L'HOMME PEUPLÉ

FRANCK BOUYSSE

L'HOMME PEUPLÉ

roman

ALBIN MICHEL

L'extrait des *Carnets du sous-sol* de Fiodor Dostoïevski, p. 125-126, a été traduit par André Markowicz.

« C'est que je cherche une image et non un livre.
Tous ceux dont les écrits sont emplis de sagesse
N'ont rien d'autre que leur cœur aveugle et gourd. »

William Butler Yeats,
« Ego dominus tuus » (trad. Jean Briat)

Caleb

Le gras du ciel libère d'épais flocons qui nappent peu à peu la nature endormie. Perchée sur le rebord de la fenêtre, une mésange bleue, que l'on dirait ornée d'un loup de carnaval, observe son reflet. À moins qu'elle ne regarde l'être aux plumes ternes de l'autre côté de la vitre, menant à sa bouche sans bec une étrange brindille au bout incandescent d'où sort une pâle fumée. Une paire de pattes le fait tenir debout, et une autre lui sert à saisir des choses que l'oiseau ne sait pas nommer ; et d'une de ces choses, la plus terrifiante de toutes, il a même vu jaillir un éclair dans un bruit de tonnerre et aussitôt dégringoler un pigeon du haut d'un chêne. En revanche, la mésange n'a jamais vu de telles pattes soulever l'homme de terre pour l'emmener ailleurs.

Caleb observe la mésange qu'ébouriffe la brise. Il envie l'oiseau, capable de demeurer un long moment immobile dans le froid, capable de le ramener à sa place en ce monde, quand lui vient le désir de s'en écarter, plus sûrement qu'un de ces gourous du prêt-à-penser dont il entend parfois la sainte parole à la radio. En cet instant, la place de Caleb est dans cette maison, avec le feu qui crépite dans le fourneau de la cuisinière à bois, avec la chaleur sur son dos et sa nuque et ses épaules. Sa vie d'homme se résume à ceci : allumer un feu à l'aube, l'entretenir et le laisser s'éteindre dans la nuit pour mieux le rallumer le matin suivant.

Le mauvais temps a refoulé Caleb dans la maison qu'il n'éclaire presque jamais. Il laisse la pénombre puis l'obscurité séduire et marier les formes, les laisse faire leur vie sans susciter de questionnements inutiles. Une maison qui, comparée à la plupart de celles du village, pourrait être qualifiée de cabane améliorée. Depuis les origines, c'est-à-dire une centaine d'années avant cette soirée d'hiver, la maison n'a subi aucune transformation ni même de rénovation notoire. Elle fonctionne comme une mémoire autonome, qui ne jette rien, entasse sans ordre apparent, se souvient et oublie, oublie et se souvient, parce que rien ne se perd tout à fait, que c'est là, quelque part dans un recoin, sous des piles d'autres choses, parfois à la surface. Une pièce principale en rez-de-chaussée, deux chambres attenantes, un grenier au-dessus et une cave en dessous. Quelle que soit la saison, la maison opère toujours de la même manière sur Caleb. Il se met au ralenti, et il n'en a pas conscience, comme si, en plus de l'abriter du chaud ou du froid, elle contraignait la vie à un minimum de gestes à effectuer, alors que tout s'accélère dans sa tête pour laisser place à de vivaces souvenirs, à d'indigentes projections et à la disparition du présent. Dehors, il se passe exactement l'inverse, l'instinct domine les forces de l'esprit et électrifie son corps. Il s'attarde peu dans la chambre, il n'aime pas dormir dans un lit, considérant que la position couchée est trop proche de celle d'un mort. Il se repose la plupart du temps assis sur une chaise munie d'accoudoirs, son dos y est habitué. Le soir, il aime se tenir face à la fenêtre du pignon est, il n'y a rien de plus beau à ses yeux que de s'endormir devant cet oracle.

Allongé près du foyer, le chien dort d'un sommeil agité, poursuivant en rêve quelque gibier trop leste. Le paysage n'a guère changé depuis le jour de la naissance de Caleb, et cette mésange si curieuse ressemble à toutes celles qu'il a déjà vues, tout comme, pour l'oiseau, il doit être identique à n'importe quel humain.

La cigarette terminée, Caleb pince l'extrémité entre la pulpe du pouce et celle de l'index puis se retourne et va jeter le mégot dans le fourneau. Le chien ouvre les yeux et balaie la pierre grise avec sa queue et se rendort. Caleb verse ensuite de l'eau dans une casserole qu'il pose sur la fonte brûlante. Il ramasse les miettes de pain éparpillées sur la table, revient à la fenêtre et l'ouvre. La mésange s'envole et se perche sur une branche du cerisier. Caleb jette les miettes et referme la fenêtre en repoussant d'un coup sec la crémone. Des moineaux se précipitent pour becqueter et aussitôt plusieurs mésanges les attaquent et les chassent. Caleb fume une autre cigarette en contrôlant l'état de l'eau dans la casserole puis attrape un bol dans le placard, verse l'eau chaude dedans, débouche la bouteille d'eau-de-vie de prune et bascule deux fois de suite le goulot au-dessus du bol, comme s'il dosait une potion. Il boit le grog face à la fenêtre, à petites lampées, et, en descendant le long de sa gorge, le liquide fait le bruit du courant dans un ruisseau.

La neige a désormais recouvert les branches du cerisier, ainsi que le bois pelé et fendu et empilé devant la maison, mais elle fond encore au contact du sol détrempé. Pas le moindre souffle d'air. Les mésanges ont terminé leur repas, revenues se percher sur le cerisier, attentives, dans l'éventualité d'une nouvelle distribution. De temps à autre, elles volettent de l'une à l'autre et se chamaillent, semblables à de minuscules harpies en robe de cérémonie.

Caleb se souvient du temps où sa mère lui préparait le grog dans un mazagran. Elle se servait ensuite un bol de chicorée mélangée à du lait. Ils buvaient ensemble, dans ce grand silence paysan qui finit par avoir raison de presque toutes les présences. Les lèvres fines et blêmes de sa mère effleuraient la faïence en soufflant doucement, ces mêmes lèvres qui filaient si peu de mots.

Elle n'est plus là aujourd'hui. Son ombre voyage pourtant sur les murs peints à la chaux, veillée par des araignées pendues aux aisselles des poutres. « Les esprits voyagent après la mort, plus libres que les corps », avait-elle dit un jour à son fils. Il se demande encore où elle avait pêché ça.

Son père, il ne l'a pas connu. Sa mère n'en parlait jamais, ne voulait jamais en parler. Les grands-parents ne semblent pas avoir existé non plus. Caleb n'en a aucun souvenir. Des visages apparaissent parfois et il ne saurait dire s'il s'agit de réminiscences fiables, jusque-là enfouies, ou bien d'une construction purement imaginaire.

Lorsque Caleb sort de sa rêverie, le soir est tombé et la neige enfle au sol. Un bruit se fait entendre au loin. Il reconnaît le ronronnement d'un moteur qui approche et bientôt la lueur des phares éclaire la brume et traverse timidement la combe. Quelqu'un vient d'arriver. Caleb attend un long moment. Il n'y a plus de bruit, plus de lumière. Sa mémoire éclatée commence tout juste à recomposer l'histoire.

Quelques années plus tôt, Sarah était en train de laver une à une les feuilles de salade et de les jeter dans un panier grillagé posé dans l'évier.

Une fois qu'elle en eut terminé, elle accoupla les

anses, souleva le panier et sortit. Elle avança de quelques mètres dans la cour et se mit à balancer le panier d'avant en arrière, regard dirigé vers le portail ouvert. Des orbes liquides se matérialisaient dans la lumière de fin d'après-midi. À un moment, elle accéléra la cadence, comme un curé ferait avec un encensoir au-dessus du cercueil du diable. Les dernières gouttelettes s'éparpillèrent et s'évanouirent. Sarah se dirigea vers la maison et monta sur la plus haute marche, fixant Caleb et la fille qui venaient de passer le portail. Le couple s'approcha d'elle et s'immobilisa à une dizaine de mètres. Sarah se mit à frotter sa main libre sur son tablier puis changea le panier de main et frotta la seconde, fixant désormais seulement la fille, comme si elle se trouvait de l'autre côté d'un précipice et non dans cette cour récemment désherbée.

– C'est Ophélie, maman, la fille des…

– Qu'est-ce qu'elle fiche chez nous ?

– Je l'ai invitée à venir.

– C'est pas un hôtel, ici.

Le visage de la fille se décomposa.

– Je m'en vais, dit-elle d'une voix étranglée.

Caleb ne fit rien pour la retenir et regarda s'éloigner la silhouette peu à peu rongée par la lumière acide, puis se tourna vers sa mère.

– On faisait rien de mal.

– Me prends pas pour une idiote.

– Je viens d'avoir dix-huit ans…

– Et tu crois que t'es un homme pour autant.

– J'ai jamais dit ça.

– De toute façon, elle te mérite pas.

Les mains de Sarah tremblaient au bout de ses bras, incapables de remplir les manches de la blouse qui descendaient sous des hanches à peine dessinées, et deux mèches de cheveux gris entortillés pendaient le long de ses oreilles, semblables à celles d'un rabbin. Elle retourna dans la maison.

– Pourquoi tu te mets dans cet état ? demanda Caleb une fois à l'intérieur.

– Je te suffis pas ? dit-elle.

– De quoi tu parles, ça n'a rien à voir…

– Si t'as besoin d'une fille, y a des endroits. Les hommes sont tous pareils quand il s'agit de… ça.

– Je croyais que j'en étais pas un.

– Me reprends pas !

Caleb fixait sa mère.

– C'est à cause de lui ?

– Tais-toi ! hurla-t-elle en se précipitant sur son fils, un bras au-dessus de la tête.

Elle s'arrêta et abaissa lentement le bras. Les paroles qu'elle aurait voulu cracher demeurèrent coincées dans sa gorge. Elle ressemblait à une carpe hors de l'eau, pendue à un hameçon, vêtue d'un tablier gris à fleurs mauves. Puis les lèvres se soudèrent et le blanc gagna du terrain dans ses yeux. Sarah plaqua une main sur sa poitrine. À l'intérieur, quelque chose de lourd l'entraînait en avant et elle résistait pour ne pas chuter. Sa main libre agrippa le dossier d'une chaise.

– Arrête de jouer la comédie, maman !

Elle ne répondit rien. La main quitta la poitrine, désignant vaguement le bahut, puis la main sur le dossier relâcha sa prise et celle qui montrait céda aussi. Le frêle corps semblait alors empli d'un vide sans substance. Comprenant enfin ce qui se passait, que sa mère ne feignait pas, Caleb se jeta sur elle et l'accompagna au sol, une main enveloppant l'arrière de son crâne, s'étonnant de la lourdeur de ce corps si maigre. Le blanc des yeux se transformait peu à peu en eau saumâtre. On aurait dit que Sarah souriait en même temps qu'elle découvrait l'abandon. Mais elle ne souriait pas. Caleb se précipita ensuite sur le bahut, saisit une petite boîte ronde et revint s'agenouiller auprès de sa mère, il appuya sur un bouton latéral du pilulier, attrapa un cachet de trinitrine, ouvrit la bouche de sa mère et glissa le cachet sous la langue. La bouche se referma aussitôt. Caleb attendit, les mains sur les cuisses, dominant celle qu'il pensait avoir tuée en lui tenant tête pour la première fois, mesurant toute l'étendue de sa faute.

Il ne se souvenait même pas avoir téléphoné aux secours, lorsque l'ambulance arriva et que l'on prit en charge sa mère. Il ne se souvenait même pas s'être relevé. S'il s'était souvenu de quoi que ce soit, de toute façon, cela ne l'aurait pas rendu moins coupable à ses propres yeux.

Caleb jette deux bûches dans le fourneau et les assomme à l'aide du tisonnier, enfile sa veste fourrée, ainsi que ses bottes, et sort, accompagné du chien. Le ciel saupoudre désormais de maigres flocons, qui fondent au contact de son visage et collent un temps à sa veste. Les moutons se mettent à bêler et il n'a même pas encore atteint la bergerie. Il tire un des deux panneaux en tôle de la porte coulissante et referme, puis allume la rampe de quatre néons suspendus sous le faîtage qui s'éclairent les uns après les autres d'une lueur tremblotante. Des bottes de foin empilées occupent la moitié du bâtiment et un vieux tracteur Zetor de couleur verte aux allures de batracien est garé dans un coin. L'autre partie de la bergerie est constituée de deux enclos destinés à accueillir les bêtes, un seul est occupé.

Caleb attrape une fourche à trois dents, ébouriffe une botte et emplit de foin les râteliers. Les animaux au ventre gonflé se précipitent sur leurs fines pattes et croquent l'herbe, se bousculant comme des bibendums aux têtes coincées entre les cordes d'un ring. Caleb fume une cigarette en regardant le troupeau batailler, essayant de comprendre la hiérarchie en vigueur chez les brebis. Affaire de caractère plus ou moins combatif, tout comme il en va des mésanges et des hommes.

Caleb ouvre ensuite la porte en grand et démarre le tracteur. Il accélère plusieurs fois au point mort pour faire monter l'huile dans les vérins, puis actionne la manette de relevage et la benne attelée décolle du sol. Il contourne la bergerie et recule au plus près de l'enclos, abaisse la benne et descend. Il se met à nettoyer l'enclos avec une fourche à fumier. La paille souillée vient par larges plaques, que Caleb répartit régulièrement dans la benne, de sorte à bien équilibrer le poids, et du purin s'écoule par l'arrière dans un caniveau. Une fois curé, le sol de l'enclos révèle une nuit de crasse éclairée de multiples éclats de béton mis à nu par la fourche. Caleb remonte sur le tracteur et roule jusqu'à la fosse à fumier, bascule le contenu de la benne dedans et retourne garer le tracteur dans la bergerie. Les moutons ont vidé les râteliers. Caleb les garnit de nouveau, éteint la lumière et s'en va.

Le brouillard épaissit la fin du jour. On n'y voit pas à trois mètres. Les semelles de Caleb écrasent la neige sous ses bottes qui fissurent le silence. Le froid de plus en plus vif anéantit peu à peu les velléités des derniers flocons. Il repense au bruit de moteur et à la lueur des phares aperçue la veille au soir. Il veut en avoir le cœur net. Enferme le chien dans la maison puis emprunte le chemin longeant la combe et la propriété voisine. Il observe un long moment les alentours. Pas le moindre mouvement, ni le moindre bruit. Il saute la clôture et s'avance dans la basse-cour.

Après quelques pas il distingue la carrosserie d'une voiture. S'en approche et, du tranchant de la main, balaie la neige de la lunette arrière. Les sièges sont basculés et l'intérieur est rempli de cartons. Une brise glaciale serpente en sifflant autour de Caleb et on la dirait accordée au son lancinant du violon provenant de la maison. Il ne s'aventure pas plus loin.

Quelqu'un a l'intention de s'installer ici pour un bout de temps, c'est désormais certain.

Caleb se souvient du jour où l'ambulance avait pris en charge sa voisine, la même ambulance qui avait déjà emmené sa mère, deux années auparavant. On avait transporté la vieille Privat sur un brancard, comme sa mère. Morte avant d'atteindre l'hôpital, pas comme sa mère. Son fils unique était absent. Il n'avait pu la secourir, lui.

La vieille femme était veuve de longue date. Son mari, tombé au champ, une masse à la main. Caleb avait dix ans lorsqu'il avait trouvé le corps au pied d'un piquet à peine enfoncé, tous deux semblables aux éléments d'un cadran solaire indiquant le midi. Penché sur le cadavre, le gamin avait longuement observé les traits détendus du visage, les yeux grands écarquillés et la bouche entrouverte. *Un beau mort à mettre dans le cercueil,* avait pensé Caleb. Il n'avait rien dit de la macabre trouvaille. Ce n'était pas à lui de le faire. Cela n'aurait eu aucun sens d'annoncer la tragique nouvelle à une femme et à son fils qui ne représentaient rien pour lui, et pour qui il n'était rien. *La mort fera son chemin, à son rythme.* Elle avait fait son chemin. Ce jour-là, Caleb était rentré chez lui en traversant la combe, insensible au drame, délogeant des insectes engourdis, zigzaguant entre les taupinières. L'herbe était encore verte et les feuilles des arbres inventaient de nouvelles couleurs. Des vols de migrateurs égratignaient le ciel et un soleil charnu acclamait l'univers. Au loin, des montagnes usées et enchaînées l'une à l'autre veillaient sur l'horizon, sans la moindre arrogance. Et tout en bas dans la vallée coulait une rivière que l'on ne voyait pas. Un homme était mort et rien n'avait changé.

Caleb apercevait parfois la Privat dans la basse-cour, lorsqu'elle donnait à manger du grain aux poules et aux canards de Barbarie, ou qu'elle s'affairait dans le jardin attenant. Le fils était de l'âge de Caleb, il ne sortait pas souvent, le nez fourré dans ses bouquins, et quand il quittait la maison, c'était pour aller retrouver la bande de copains dirigée par le fils unique du maire. Sylvain Artaud était un gamin sournois et violent, élevé dans l'ombre monumentale d'un père qui plaçait trop d'espoirs en lui. Paul Privat, Antoine Barral et Pierre Fauvel le suivaient dévotement dans ses excès. Caleb les détestait tous, autant que les autres le méprisaient. Par la suite, seul Paul Privat ferait de brillantes études dans une grande ville, en dehors du milieu agricole, revenant seulement aux vacances.

La vieille et son fils faisaient en sorte d'éviter Caleb, comme tout le monde au village avait toujours évité cette famille étrange. À l'époque, le bureau de poste existait toujours, ainsi que la boulangerie, et Dieu n'avait pas encore fermé sa porte. Tous les autres commerces avaient déjà disparu. La plupart des gens faisaient désormais leurs courses dans l'un des centres commerciaux qui fleurissaient en périphérie.

La mère de Caleb se rendait toujours seule au village. Après sa mort, Caleb avait dû s'y résoudre. Il ne s'attardait jamais. Se sentait jugé à travers les vitres et les murs par tous ces gens qui se suffisaient d'une vérité à laquelle il n'avait pas accès. Dès qu'il en avait terminé, il regagnait la maison dans laquelle il était né, avec le don que sa mère lui avait révélé le jour de ses huit ans.

De l'ongle du pouce, Sarah traçait des symboles sur le front du gamin. Ça ressemblait à une succession de croix de différentes tailles. Au début, elle effleura la peau puis enfonça de plus en plus l'ongle. Caleb grimaçait. Lorsqu'elle en eut terminé, elle enserra les poignets de son fils avec son autre main pour l'empêcher de se toucher le front, même s'il en mourait d'envie, certain que du sang s'écoulait de coupures. En réalité, rien ne ruisselait que l'idée du sang dans la tête de l'enfant. Une fois rassuré de voir l'ongle bien net, il leva les yeux sur sa mère et il trouva qu'elle avait vieilli, comme si, en le marquant ainsi, de nouvelles lézardes avaient craquelé son visage. Jamais auparavant il n'avait imaginé qu'elle pût vieillir. Par ses gestes sacrés, Sarah avait simplement éveillé ce qui sommeillait dès la première cellule dupliquée par l'embryon. Lorsqu'elle relâcha enfin son étreinte, elle posa ses paumes sur le front de son fils et les retira au bout de quelques secondes.

– Voilà, dit-elle.

– C'est mon cadeau d'anniversaire ?

– Un cadeau… J'en sais rien si c'est un cadeau que je te fais. T'en disposeras bien comme tu voudras. Il faudra juste pas confondre don et pouvoir. Nous autres, on n'est pas comme les curés, c'est pour ça aussi qu'ils nous détestent, parce qu'ils considèrent qu'ils ont le pouvoir de débarrasser les gens de leurs fautes, alors que nous, on peut que guérir.

– Je t'ai jamais vue guérir personne.

– Les animaux, c'est pas personne.

– C'est pas des gens.

– De nos jours, les gens n'ont plus besoin de nous.

– Moi aussi, je devrais soigner que les bêtes, alors ?

– Ce serait bien que tu perdes pas ton temps ailleurs.

Caleb laissa passer un moment puis il effleura son front avec un doigt et dit :

– Maman !

– Quoi.

– Est-ce que ça fait de moi quelqu'un de différent ?

– Bien sûr que non, mais les gens penseront que si, et beau comme t'es, en plus…

– De quels gens tu parles ?

– Ils sont tous pareils… Allez, file soigner les lapins, pendant que je prépare à manger !

– Tu fais un gâteau, aussi ?

– Si j'ai assez d'œufs, je ferai des crêpes.

Paul

Le lendemain de l'enterrement de sa mère, Paul promenait un carton de pièce en pièce et, de temps à autre, jetait un objet à l'intérieur. Le linge, les meubles et tout le reste, il s'en moquait. Il n'avait pas attendu l'héritage pour s'équiper. L'acheteur ferait le tri. Paul ne voulait pas entendre parler de déménagement, il habitait en Moselle, où il dirigeait toutes les agences postales du département. Il avait une fille et une femme qui détestait les vieilleries et plus encore la campagne. Il cacherait le carton dans la cave. Sa femme n'y mettait jamais les pieds, par peur des araignées.

Paul entra dans son ancienne chambre et s'assit sur le matelas recouvert d'une housse en plastique. Le bureau, la chaise, l'armoire et même le bois de lit sommeillaient sous des couvertures ou des draps. Il ferma les yeux. Des voix lui parvenaient, des odeurs aussi, puis des formes et des silhouettes apparurent. Il se laissa embobiner un court instant par des souvenirs, mais son enfance était bien trop distante pour lui être secourable. Paul rouvrit les yeux. La lumière extérieure traversait la pièce par un défaut dans le volet et traçait une ligne droite, semblable à la baguette du maître d'école désignant au tableau une chose importante, mais le mur de la chambre était vide et la lumière ne désignait rien que le papier peint jauni parsemé de traces d'humidité ensemencées de moisissures. Il se leva, retira le drap posé sur un pupitre et balança dans le carton la corne évidée qui lui avait servi de pot à crayons, après qu'il eut écumé les mers à bord d'un drakkar imaginaire. Longtemps auparavant.

Depuis que Paul était entré dans la chambre, il combattait l'idée qu'il avait été un jour un enfant, et voilà qu'un simple objet suffisait à dégauchir sa mémoire, blessant l'homme qu'il était devenu. Il savait qu'une fois de retour chez lui, dans sa maison de père, il oublierait le carton et tout ce qu'il contenait.

Paul ne voulait pas s'attarder davantage, il s'arrêta pourtant devant la porte du grenier, la seule pièce qu'il n'avait pas visitée, où se trouvait cette armoire qu'il ne pouvait se résoudre à ne pas ouvrir, comme pour vérifier que rien n'avait eu lieu, qu'il avait tout inventé du drame qui ravageait encore ses nuits. Il tourna la clé et tira la poignée de porte. Il eut un mouvement de recul en découvrant la veste en peau de mouton retournée accrochée à un cintre. Paul repoussa aussitôt le battant. Ses doigts demeurèrent agrippés à la poignée. Son corps bascula en avant et son front cogna violemment le panneau en chêne. Le choc libéra la suite d'événements qui avait conduit la veste jusqu'ici. Ce vêtement qui ne lui appartenait pas et qu'il aurait dû détruire depuis des années.

Paul décolla son front. Les nœuds du bois ressemblaient à des yeux et les veines du bois aux traits d'un visage connu. Il ouvrit de nouveau la porte. Une tache brune s'étoilait dans la laine. Il aurait tant souhaité que sa mémoire se dévide maintenant à l'envers, un genre de mémoire capable d'effacer ce qui avait été, de réparer. En touchant la veste, il ressentit une brûlure au bout des doigts. Il referma la porte à clé et dévala les marches. Une fois en bas, il attrapa le carton au passage et sortit.

Il tenta de reprendre ses esprits, contemplant la combe et, plus loin, la ferme silencieuse. Ce silence l'appelait. Il déposa le carton sur le siège passager et monta dans sa voiture, démarra et traversa la cour. Dans le rétroviseur, la façade de la maison familiale sembla aspirée dans un entonnoir.

Harry

Désormais, la nuit n'est plus un projet. Harry est épuisé par l'interminable trajet, il espérait arriver tôt dans l'après-midi. Les essuie-glaces ne parviennent même pas à balayer la neige qui tombe en abondance sur le pare-brise. Il s'arrête une dernière fois pour vérifier l'adresse sur la carte, puis repart. Quatre kilomètres après avoir traversé le village, le voilà enfin parvenu à destination. Une voiture est garée à quelques mètres du portail qui mène à la maison. Le véhicule empiète sur la chaussée. Harry pénètre dans la cour, coupe le moteur. Il jette machinalement un coup d'œil à son téléphone mobile. Pas de réseau.

Il a acheté la petite ferme en l'état, sur un coup de tête, via une agence immobilière, une simple batterie de photos à l'appui. Le lieu-dit se nomme Le Bélier, c'est à peu près tout ce que Harry sait de ce coin reculé. En route, il a prévenu de son retard.

L'agent immobilier attend dans la maison. Il accueille Harry avec courtoisie. Il a fait le nécessaire pour que l'eau et l'électricité soient rétablies. S'est permis de brancher un de ces radiateurs à bain d'huile dans la pièce principale, qui menace à chaque instant de faire sauter les plombs. Il explique sommairement la mise en marche de la cuisinière à bois qui alimente en eau chaude les radiateurs, grâce à une pompe. Il y a du bois entreposé dans le bûcher.

Sans l'épaisse couche de poussière recouvrant les meubles, on pourrait imaginer qu'un hôte va apparaître d'un moment à l'autre. L'idée de débarquer dans un endroit rempli de souvenirs avait séduit Harry. Il demande ce que sont devenus les anciens propriétaires, qui ils étaient. Le nom de Paul Privat apparaît sur l'acte de vente, mais c'est l'agence qui est mandataire. Le type répond qu'il sait juste que l'ancienne propriétaire vivait seule, avant de succomber, mais il ne la connaissait pas. Il n'est pas d'ici, on l'a missionné pour mener à bien la transaction, rien de plus. L'héritier est venu récupérer quelques affaires, puis est vite reparti. Il a donné tout pouvoir, il habite loin. Pour en savoir plus, il faudrait interroger les gens de la région. Harry croit percevoir une gêne dans sa voix, il doit se faire des idées. L'agent est probablement pressé de rentrer chez lui. Un agriculteur s'est porté acquéreur des terres de la ferme, mais tous les bâtiments appartiennent à Harry. « Agriculteur », le mot sonne faux dans la bouche du type. Il précise que la serrure de la porte d'entrée est cassée, qu'en attendant de la réparer Harry n'a pas à s'en faire pour les voleurs, surtout en plein hiver. Il demande si son client souhaite faire le tour des dépendances. Rien que l'idée de ressortir dans le froid fait renoncer Harry. Il signe les papiers. Avant de partir, l'agent dit de ne pas hésiter à téléphoner en cas de problème. Harry le raccompagne jusqu'au seuil. Dehors, les flocons ensemencent la lumière provenant d'une ampoule pendue à un fil au-dessus de la porte. Il retourne près du radiateur et place ses mains à quelques centimètres. Au loin, la voiture démarre et s'éloigne. Un filet d'air glacial s'infiltre sous la porte. Une odeur entêtante règne dans la cuisine, un mélange de rance et de viande fumée. *L'odeur du silence*. Après s'être un peu réchauffé, Harry se résout à décharger ses bagages et quelques provisions achetées en route.

Une fois l'essentiel récupéré dans sa voiture, il calfeutre l'espace entre la porte et le plancher à l'aide de torchons dégotés sous l'évier. Il vérifie ensuite que les volets sont fermés. En plus de la cuisine, il y a deux chambres, dont une servait de débarras. Harry observe longuement l'intérieur de celle de la défunte. Les draps et les couvertures sont repoussés à un angle du lit, comme si on venait d'en sortir, et une paire de pantoufles attend sur le tapis. Harry tire la porte avant de se laisser envahir par un sentiment diffus, entre tristesse et inquiétude.

Il trouve un matelas protégé par une housse dans la seconde chambre et l'installe près du radiateur.

Il déroule son sac de couchage par-dessus. Des programmes télé gisent sur la table, ainsi qu'un livre : *Mémoires d'un paysan du vingtième siècle*. Harry empile les revues dans un coin, puis déballe ses affaires. Lorsque le radiateur est parvenu à réchauffer l'atmosphère, il retire son manteau et ouvre un carton où se trouve une mini-chaîne hifi. Il s'assoit à table, mange des gâteaux secs et du chocolat, boit une bière en écoutant Schubert, se demandant quelle mouche l'a piqué de venir s'installer ici. Son repas terminé, il fume une cigarette et feuillette le livre. Schubert enfonce le clou de la nostalgie qui sourd des photos témoignant d'un autre âge. Harry sent peu à peu le sommeil gagner du terrain. Il déballe sa cafetière électrique, emplit le réservoir d'eau et verse du café dans un filtre, il enfile une paire de chaussettes supplémentaire et se glisse tout habillé dans le sac de couchage. L'ampoule près du fourneau demeure allumée. Au moment où il va s'endormir, des sons inconnus envahissent l'espace exigu, comme des mots constituant des phrases dans une langue que Harry ne connaît pas. La maison l'accueille peut-être à sa manière, à moins qu'elle ne conspire déjà contre sa présence. Schubert s'est tu depuis longtemps.

Harry s'éveille à sept heures, se lève et enfile ses chaussures. Il ouvre la fenêtre et repousse les volets sur l'obscurité. Penché au-dessus de l'évier, il jette un peu d'eau fraîche sur son visage, et branche la cafetière.

Pendant que le café s'écoule, Harry s'assoit près du radiateur en fumant une cigarette. Il réfléchit à la façon dont il va s'y prendre pour s'installer. L'emplacement du bureau est tout trouvé : la chambre-débarras sera parfaite. Il y a suffisamment de bâtiments autour de la maison pour entreposer ce qu'il ne souhaite pas garder. Il avisera au fur et à mesure. Tandis qu'il sirote son café, l'aube déchire un coin de la nuit et le brouillard ne l'aide en rien, pas plus que la musique de Schubert calée sur la lenteur du temps.

La verseuse est à sec. Le jour enfin levé, Harry décide de faire le tour du propriétaire. Il enfile son manteau et remarque les deux paires de bottes en caoutchouc contre le fourneau de la cuisinière. Taille 43 et 38. Harry en retourne une et des brindilles de paille tombent dans un nuage de poussière. La plus grande paire lui va. Le caoutchouc sera plus adapté que le cuir pour marcher dans la neige.

Dehors, le brouillard est toujours aussi épais. Les chutes de neige n'ont pas faibli. Dix centimètres recouvrent désormais le sol. Harry visite la remise accolée à la maison, prolongée d'un bûcher à demi garni. Un peu plus loin une grande bâtisse perpendiculaire faisait office de grange et d'étable. Il reste encore du foin côté grange, et de l'autre, au bas des cornadis, pendent de grosses chaînes luisantes de crasse dont la boucle repose sur le sol empierré, malmené par le poids d'animaux disparus.

Harry contourne les bâtiments, débouche sur une basse-cour derrière la maison. Il allume une cigarette. La sensation d'une présence de l'autre côté de la brume, quelqu'un qui aurait le pouvoir de la traverser d'un simple regard. Au loin, une bête inconnue émet un cri plaintif. Harry lâche le mégot, qui crépite en touchant la neige. Le silence revient. L'inquiétude se diffuse dans son corps, tenace. Avec le brouillard qui l'enveloppe, le paysage tout entier semble se replier autour de lui, comme pour isoler un parasite, l'enfermer dans une gangue. Il n'est pas à sa place et chaque élément de l'environnement le lui signifie clairement.

Harry se connaît, il est trop émotif face à l'inconnu. Se mettre en action lui fera du bien. Il finit de décharger la voiture : une mallette à outils achetée en route dans un magasin de bricolage et huit cartons de livres. Il déniche une brouette et une pelle dans la remise. Utilise la pelle pour déneiger une allée, afin d'accéder plus facilement à la remise qu'il compte utiliser comme entrepôt. Il retourne ensuite dans la maison récupérer la boîte de masques à poussière, une casquette de base-ball et des gants de chantier qu'il a pris soin d'emporter. Il commence par débarrasser la première chambre. À peine entré, il s'empresse d'ouvrir les volets en grand, retire les draps et les couvertures et les traîne dehors. Il vide aussi l'armoire et emporte toutes sortes d'objets. L'activité lui vide la tête et contribue aussi à le réchauffer.

Vers midi, Harry ne prend que quinze minutes de repos en grignotant du pain de mie avec du fromage. Il veut profiter au maximum de la lumière du jour. Lorsque le soir commence à tomber, il transporte des bûches à l'intérieur, ainsi que du petit bois, et se replie derrière les murs épais de la maison. Il étudie le fonctionnement de la cuisinière, essayant de se remémorer les paroles de l'agent immobilier. Il vide le bac à cendres dans un seau en fer, puis retire la plaque du fourneau, manquant s'écraser les doigts quand elle retombe violemment. Il recommence en prenant soin de bien enfoncer la tige métallique dans l'œillet pour soulever la trappe, chiffonne du papier, le jette dans le fourneau et le recouvre de petit bois, enflamme le papier et referme la plaque. Au bout de quelques secondes, il vérifie que le feu a pris mais le fourneau vomit une fumée grasse et pas la moindre flamme. Il referme en suffoquant. Se dit qu'il a dû oublier une opération essentielle. Cette manette au-dessus du tiroir à cendres, qu'il repousse à gauche pour ouvrir le tirage. Une fois la fumée dissipée dans le conduit, il tente de rallumer. Le papier enflamme aussitôt le bois. Harry fait basculer la plaque, attend que le feu prenne. Bientôt, il dépose deux bûches dans le fourneau et elles commencent à crépiter comme deux vieilles commères déblatérant sur une voisine. Ensuite, ainsi que l'a indiqué le type de l'agence, il laisse monter la température pendant un quart d'heure, avant de brancher la pompe. L'eau chaude s'infiltre dans les canalisations jusqu'aux radiateurs. Un contentement à la hauteur de son ambition envahit Harry, par la manifestation d'une forme de vie insoupçonnée se promenant dans la maison. Pour fêter sa réussite, il débouche une bouteille de vin et vide une boîte de raviolis dans une casserole. Ajoute des bûches.

Pendant que son repas chauffe sur le fourneau, il s'assoit à la table et boit en lisant les *Mémoires d'un paysan du vingtième siècle.* Il lit plusieurs fois l'introduction. Il faut du temps pour que ses yeux s'habituent à la lueur de l'ampoule poussiéreuse fixée sous l'abat-jour. Le récit déroule la vie de l'auteur, de l'après-guerre à la fin du vingtième siècle. Harry se plonge ensuite dans les premières pages. À l'évidence, le texte ne présente aucun caractère littéraire notable. Pourtant, dès le début, Harry est happé par le témoignage de cet homme qui déploie un luxe de détails fascinants. Le profane qu'est Harry ne sait rien, par exemple, de la manière dont on s'occupe d'un troupeau de moutons, dont on répare une clôture ou encore un abreuvoir. Absorbé par sa lecture, il en oublie les raviolis et une odeur de brûlé signale trop tard le désastre. Il mange à même la casserole ce qu'il parvient à sauver, puis retourne à sa lecture en buvant du vin et en fumant. Lorsque le sommeil le rattrape, il s'écroule sur son lit et s'endort dans le silence craquelé par les mêmes bruits que la veille.

Le lendemain matin, Harry retire le matelas de la cuisine. Le soir, il dormira pour la première fois dans la chambre. Il vide ensuite la seconde pièce, démonte les meubles, ne conserve qu'une table qui servira de bureau et une chaise. Il y a suffisamment d'espace pour qu'il installe une petite bibliothèque.

Durant l'après-midi, Harry se consacre au nettoyage et au rangement de la cuisine. Il garde à peu près tout ce qui s'y trouve, même le calendrier de la Poste datant de plusieurs années, punaisé au mur.

En fin de journée, Harry sort prendre l'air. Le brouillard épouse la couche de neige qui arrive désormais en haut de ses bottes. Il ne s'est jusqu'à présent pas aventuré plus loin que la basse-cour, pensant qu'avant d'explorer ce territoire, il devait le laisser se faire à sa présence. Il ne sait où mène le chemin qui longe la clôture. La curiosité le pousse à escalader les barbelés. Il remonte le chemin, progresse dans le brouillard les mains en avant, comme un somnambule. À plusieurs reprises, ses bottes restent plantées, il perd l'équilibre et s'agenouille. Par moments, il entend des cris d'animaux, vite consumés par la brume, rien à voir avec la plainte lancinante de la veille. Le froid se fait de plus en plus mordant et Harry plisse les yeux pour les en préserver au mieux. Une ombre fixe gigantesque apparaît soudain, puis disparaît. La fatigue formule probablement à sa manière l'inquiétude qui monte en lui.

Harry s'apprête à faire demi-tour, lorsqu'un hurlement perfore le brouillard. Un hurlement dont l'écho n'en finit pas de faire exploser les molécules d'eau en suspension. Il ne parvient pas à en situer l'origine. Un chien, peut-être même un loup, il paraît qu'ils reviennent un peu partout dans le pays. L'animal épie sûrement ses gestes, prêt à bondir. Harry n'a rien pour se défendre. L'inquiétude se transforme en peur, et la sensation empire quand revient le silence. Il recule lentement, voudrait faire taire la neige qui trahit chacun de ses pas. Rien ni personne n'est de son côté. À tout instant il s'attend à être attaqué. Nouveau hurlement. Harry se fige. L'animal ne semble pas avoir bougé de place. À moins d'être muni d'yeux capables de traverser le brouillard, il ne peut plus voir sa proie. À moins qu'une telle créature existe ici. Harry reprend ses esprits et se remet en route. Il atteint bientôt la clôture qui borde la basse-cour. En l'enjambant, un ergot déchire une jambe de son pantalon et égratigne sa cuisse. Une fois de l'autre côté, il se met à courir vers la maison et entre. À l'intérieur, il ne sait pas vraiment si c'est le feu qui crépite dans le fourneau ou son cœur qui martèle sa cage thoracique. Il finit par se raisonner. L'inconnu engendre la peur et, dès qu'il met un pied dehors, l'inconnu déferle. Pour l'instant, il s'en sort avec une égratignure. Probablement qu'il rira bientôt de sa peur lorsque les explications viendront.

Après quelques verres de vin et un repas, Harry se

sent mieux. Il lit très tard pour repousser l'affrontement avec les créatures de la nuit. Il sait comment le sommeil travaille les corps démunis.

La journée suivante commence et se poursuit comme les précédentes. Harry se met tôt au travail. Il termine le nettoyage du bureau, repensant souvent à sa frousse de la veille. Il a repéré un tas de planches entreposées sur une plate-forme surmontant le bûcher. Il s'y rend lorsque le jour est suffisamment levé. À l'aide d'une échelle en bois, il entreprend de descendre quelques planches pour fabriquer la bibliothèque avec les briques empilées contre le mur de la grange. Les barreaux sont circulaires et glissants. Mal à l'aise, Harry agrippe fermement les montants de l'échelle, et plus il prend de la hauteur, plus son équilibre est précaire. Une fois sur la mezzanine, il dégage une première planche. Elle est lourde et mesure plus de deux fois sa taille. Il commence à la descendre, sans trop savoir comment s'y prendre. Il aurait dû compter les barreaux. À un moment, il pivote pour évaluer la distance qui le sépare du sol. Le poids de la planche l'entraîne en arrière. Il la lâche, mais ne parvient pas à se rétablir et chute lourdement sur le dos. Il demeure un long moment allongé, se demandant quels os il s'est brisés, puis teste ses articulations. Son dos est endolori. Il se met à quatre pattes, avance jusqu'à l'échelle et prend appui dessus pour se relever. Il n'a apparemment rien de cassé. Il s'aide d'un bâton et traîne les pieds jusqu'à la maison.

Harry sort un tube d'arnica de sa trousse de toilette et avale trois granules. La chaleur de la cuisine le soulage et il s'allonge sur le matelas pour se reposer. Il ouvre le livre. En pénétrant plus encore dans l'âpre quotidien du paysan, il se sent ridicule et oublie vite ses petites douleurs. *Il faut immédiatement remonter en selle lorsqu'on tombe de cheval*, semble lui dire l'auteur. Harry retourne alors dans le bûcher, redoublant de prudence en escaladant et redescendant cinq fois les dix-sept barreaux de l'échelle. Il brosse ensuite les planches et les transporte une à une dans le bureau. Il utilise la brouette pour ramener les meilleures briques à l'intérieur.

Une fois la bibliothèque fabriquée, il ressent une certaine fierté face au travail accompli. Son dos ne lui fait plus mal et des muscles jusqu'alors endormis se promènent sous sa peau. Il classe les livres par auteur et range la dizaine d'exemplaires du seul roman qu'il a publié à ce jour, ainsi que des chemises cartonnées renfermant les différentes versions numérotées de son manuscrit.

Dans la soirée, Harry évalue ses provisions. Les conserves s'épuisent, son stock de pâtes aussi, et il ne reste que deux bouteilles de vin et une canette de bière. Peut-être qu'une visite de la cave réservera une bonne surprise ? Il n'y est jamais allé. On y accède par un escalier abrupt masqué par une porte basse située à droite de la cuisinière. Muni d'une torche, Harry descend les marches et débouche sur un sol en terre battue. Il découvre un vieux congélateur vide, des bocaux alignés sur des madriers et des bouteilles rangées dans un casier. Pas une seule bouteille de vin, rien que de l'eau-de-vie de prune et de poire. L'urgence se précise. Harry se promet de descendre au village dès le lendemain. L'agent immobilier l'a informé qu'il n'y avait qu'un seul commerce dans le village : une épicerie-quincaillerie faisant aussi dépôt de pain. Il branche le congélateur, remonte une bouteille d'eau-de-vie de poire et sourit en pensant qu'elle pourrait aider à son adaptation.

Lorsque Harry avait confié au loueur de voitures l'endroit où il se rendait, l'homme avait spontanément conseillé un 4x4. Heureusement qu'il l'a écouté, sinon il lui serait impossible de circuler.

Harry parcourt prudemment les cinq kilomètres qui mènent au village. Il se gare ensuite sur la place déserte. Au centre trône l'indémodable monument aux morts en forme d'obélisque, surmonté d'un coq au bec dirigé vers l'épicerie et à la croupe tendue vers la mairie. D'austères maisons encerclent la place. Harry ne s'attarde pas et rejoint la boutique. Deux tables de bistrot recouvertes de neige se reflètent dans la vitrine. Lorsqu'il pousse et referme la porte, une clochette balaie par deux fois le silence. Une jeune femme vêtue d'un jean et d'un pull bleu le salue d'une voix atone et il la salue à son tour. Elle poursuit le réassort d'un rayon avec des paquets de biscuits. Harry observe un long moment les étagères.

– Si vous avez besoin que je vous aide, n'hésitez pas, dit la fille sans se retourner.

Harry la remercie et répond qu'il va se débrouiller. Un grand désordre règne dans l'épicerie. Au moindre faux pas il risque de bousculer un ustensile, une boîte. Les espaces permettant d'accéder aux étagères sont réduits à de minuscules allées aux allures de sentes sur un versant rocailleux. Harry adresse un sourire timide à la fille qui le regarde maintenant d'un air curieux. Il s'attarde un court instant sur son visage éclairé par la lueur d'un néon. Plutôt jolie. Il avance jusqu'à un châssis près de la caisse, le seul espace à peu près dégagé. Sous une vitre réfrigérée on trouve de la charcuterie, de la viande sous vide, des produits laitiers et du fromage. La fille s'approche pour servir son client. Il achète du jambon blanc, du gruyère et quelques morceaux de viande qu'il rangera dans le congélateur. Pour ce qui est des pâtes, du riz et des conserves, Harry délègue le choix. Il prend aussi un carton de six bouteilles de corbières et un pack de bières. La commerçante accepte les cartes de crédit. Lorsque Harry lui donne la sienne, il remarque l'ongle de son majeur peint en noir. À y regarder de plus près, il s'agit de sang coagulé, comme il en apparaît après un coup reçu.

– Est-ce qu'il serait possible de boire un café dehors ?

– Avec ce froid ? répond-elle, surprise, en rendant la carte bancaire emmaillotée dans le ticket de caisse.

– Le temps de fumer une cigarette.

– D'accord.

– Je vous règle le café d'avance.

Harry fouille ses poches et dépose trois pièces sur le comptoir. Elle en repousse deux. Voilà enfin le premier avantage à vivre ici.

– Je vais ranger mes provisions dans le coffre et je reviens.

Lorsque Harry retourne à la boutique, la fille a déneigé une table et une chaise. Il s'assoit, allume une cigarette, et le café arrive peu après. Il tente d'engager la conversation :

– Je viens d'arriver dans la région, j'ai acheté une maison au Bélier.

– Je sais, dit-elle sèchement.

Évidemment qu'elle sait, tout doit se savoir très vite. Une vérité à laquelle il faudra qu'il se fasse. Il persévère avant qu'elle ne tourne les talons :

– Vous êtes d'ici ?

– Plus ou moins.

Harry se demande ce que ce « plus ou moins » signifie.

– J'imagine qu'il n'est pas facile de s'habituer au climat.

Elle se radoucit, prend un temps avant de répondre, regard dans le vague :

– C'est pas forcément le climat le plus dur à supporter.

– La solitude aussi, je suppose.

La jeune femme lève les yeux vers la place. Un vieil homme corpulent, vêtu d'un manteau en tweed, vient de sortir d'une maison. Il porte un cabas et marche en balançant les hanches à la manière d'une grosse volaille. Il marque une hésitation en apercevant Harry, puis continue. Les traits du visage de la fille s'adoucissent au fur et à mesure qu'il approche. Arrivé devant l'épicerie, il retire son chapeau de feutre orné d'une plume de geai.

– Bonjour chère Sofia, dit-il, ignorant Harry.

– Bonjour docteur.

L'homme entre aussitôt dans l'épicerie.

– Je vous laisse, j'ai du travail, dit-elle à Harry.

– Bien sûr, merci pour le café.

La fille disparaît dans le double tintement réglementaire. Il connaît maintenant son prénom. Il boit le café en sondant les alentours. La plupart des maisons ont leurs volets fermés et, de derrière les quelques vitres qu'il aperçoit, il a la sensation qu'on l'observe. *Mon pauvre Harry, arrête de te croire le centre du monde. Ici, tu n'es personne.*

Derrière la mairie, un vol de choucas tourbillonne autour du clocher de l'église. Rapetissés par la distance, les oiseaux ressemblent à des abeilles endeuillées, et l'église à une ruche monumentale et sans reine à servir. Partout où porte le regard de Harry, il n'y a pas un seul endroit qui ne témoigne du repli inéluctable de la vie, la vie sous toutes ses formes. La mélancolie le gagne et il tremble de froid. Il est temps de rentrer s'il ne veut pas que le feu s'éteigne chez lui.

Caleb

Caleb l'appelle « le chien », comme tous les autres chiens qui l'ont accompagné avant. Il ne donne jamais de nom aux animaux, parce qu'il considère que ce n'est pas leur rendre service de les baptiser. Le chien ne porte pas de collier. Il est libre de partir s'il le souhaite, d'aller où il veut. Le chien n'est jamais vraiment parti. Parfois il s'absente pour courser un gibier, d'autres fois plus longtemps, attiré par une chienne en chaleur, puis il revient amaigri et fourbu et peut-être un peu honteux d'avoir laissé parler le feu. Le reste du temps, le chien ne quitte guère les jambes de Caleb. Il tient de plusieurs races. Presque entièrement noir, hormis du blanc sur le cou et au bout de chacune des pattes, et sa fourrure s'éclaire de roux lorsque la lumière s'y attarde. Il s'y entend à rassembler les bêtes. Un seul de ses regards renferme plus de bonté que n'en possèdent les regards réunis des gens croisés par Caleb. Il n'a jamais rien enseigné au chien. Pour les moutons, il a ça dans le sang. L'instinct circule dans ses veines, tout comme le don dans celles de Caleb. Chacun apprend de l'autre. Contrairement aux hommes, la nature du chien éloigne Caleb de toute forme de cupidité, d'ingratitude et de volonté de domination. La sauvagerie est un mot inventé par les humains.

Parfois, Caleb engueule le chien, parfois, le chien engueule Caleb. En toutes circonstances, ils sont à leur place entre les barricades du même monde. Leurs ombres se ressemblent. L'animal ne demande que des caresses, sans jamais réclamer, et la seule main de Caleb pour les lui offrir. Le chien n'a pas de maître et Caleb pas d'esclave à sa botte. La compagnie du chien semble suffire à l'homme, la compagnie de cet homme-là suffit au chien. L'un pourrait sûrement se débrouiller sans l'autre, mais il n'est pas certain que ce soit vrai pour les deux. Caleb considère chaque animal, à sa manière, sans pour autant vouloir en faire un complice, comme le chien. Il ne s'attacherait pas plus à un moustique qu'à un rotengle. Certes, Caleb respecte la vie que chacun porte en lui, mais le chien, il l'aime.

Le soir venu, Caleb se replie dans la maison avec le chien. Il accueille la nuit, comme on se prépare à lutter contre un adversaire, à utiliser le poids de son corps pour le faire basculer et chuter. Mais cela ne rime à rien de provoquer la nuit, sinon dans un dernier combat à mort, et il n'y est pas encore disposé. Il attend la nuit et la souffrance lancinante qu'elle instille en lui et qui stagne dans son ventre, semblable à de l'eau putride et acide. C'est ainsi qu'est la nuit. Peu importe le prix du réveil, puisqu'il faut bien se réveiller après avoir occupé l'obscure demeure du vide où tout peut apparaître et disparaître en un seul battement de paupières. Puisqu'il faut bien s'y résoudre.

Cela fait longtemps que Caleb a appris à pactiser avec l'obscurité. La nuit, il lui arrive d'être dieu, de faire des miracles, comme enrober de chair le squelette d'une mère. Pas Dieu, un autre dieu, profanateur, sans foi ni loi, un dieu hérétique, capable d'exhumer un cadavre du tombeau. Un dieu de haine pour tous les juges qui se confondent avec les justiciers. Caleb attend la nuit, qu'elle le dépèce et violente son esprit. Il l'attend pour remonter le mécanisme du temps véritable, un temps sans durée, figé sur l'instant que sa mère a choisi, un temps blessé, impossible à cicatriser. Tout ce qu'elle n'a jamais voulu lui révéler de son vivant.

Alors, il attend la nuit.

Attend sa mère.

D'abord une silhouette.

Quand la chair a entièrement recouvert les os.

Elle est là, assise sur la chaise.

Dans la nuit.

Chaque nuit.

Qui lui parle.

Toujours.

Sarah était immobile au milieu de la cour, un seau rempli de grains de blé posé à ses pieds. On l'aurait dite dressée sur un socle boueux, silhouette coulée dans un métal froid et inaltérable, contemplant le soleil couchant, puisqu'il n'y avait rien d'autre à voir ce soir-là et que la veille on ne l'avait pas vu se coucher, le soleil, à cause du brouillard. Elle qui ne s'arrêtait jamais de travailler, qui creusait même la pierre à force de passages, se tenait droite, une main en visière, regard tendu vers l'horizon. On ne savait pas vraiment ce qui se jouait de l'autre côté, celui qu'on ne distinguait pas, ce que les mains fabriquaient devant elle, ce que sa figure exprimait, ce qui accrochait ses yeux en particulier. On le saurait bientôt, car l'immobilité d'un corps ne peut se doubler durablement d'une absence de mots. Ça ne lui ressemblait pas de s'éterniser ainsi au même endroit, et ça durait depuis un sacré moment, oui, un sacré moment. Elle se savait certainement observée par son fils. Cette présence dans son dos. On aurait dit une gamine qui s'apprête à déterrer un trésor à mains nues et sûrement pas une femme faite.

– N'importe qui te dirait qu'y a rien de plus beau, dit-elle.

Caleb observait le disque parfait posé au-dessus des bois de la Pierre-Blanche, où se fondaient toutes sortes de teintes orangées.

– Ça serait peut-être bien la vérité, dit-il.

– Non, je crois pas.

– Tu crois pas ?

– Je crois pas qu'il existe une seule vérité, sinon elle serait pas sans cesse remise en question par d'autres.

Une fois ces paroles prononcées, elle se pencha du côté du seau et tendit le bras, saisit l'anse et souleva le seau, puis tout rentra dans l'ordre d'avant.

– Laisse, je vais le porter, dit Caleb en marchant vers elle.

– Je l'ai toujours fait, je peux bien continuer.

Elle prit la direction de l'enclos à volailles, lui regarda de nouveau le soleil désormais d'un rouge presque uniforme, vibrant sur toute sa circonférence, semblable à une goutte de sang coincée sous une lamelle transparente. Il ne comprenait pas la réflexion de sa mère, où elle voulait en venir. Il savait juste que ce n'était pas en lui posant une question précise qu'il obtiendrait une réponse crédible.

Sarah disait peu, mais lorsqu'elle disait, on se doutait que c'était important. Disait qu'une fois que le passé est passé, il n'y a plus à revenir dessus. Ajoutait qu'il ne faut rien supposer du futur, rien envier de ce qu'il réserve ; que la vie résulte de très vieilles fautes que l'on n'a pas commises, mais qu'il faut pourtant endosser, et que si l'on venait à les connaître, on attenterait à sa propre mort ; que la haine n'est pas une arme létale, mais du sel incrusté sous la peau. Elle disait des choses qu'un enfant ne peut comprendre, qu'un adolescent n'entend pas et qu'un adulte ressasse le restant de sa vie :

– Orphelins de souvenirs, c'est ce qu'on devrait tous devenir, comme ça au moins on hériterait que de ce qu'on fait et on éviterait de penser. Si je te raconte un jour des choses qui te concernent pas directement, c'est que je serai pas loin de la tombe, mais même à ce moment-là, je ferai tout pour pas être tentée.

Elle avait fait promettre à son fils de ne jamais installer d'horloge dans la maison, ni même de porter une montre à son poignet, affirmant que l'heure, ce sont les animaux qui la donnent, qu'il ne faut surtout pas se fier au soleil, comme à tout ce qui brille trop. Elle disait que le temps est une trouvaille désastreuse des hommes, la pire qui soit, qu'ils ne sont que des idiots cherchant à rattraper ce qui les pousse, que ne pas jalonner une vie avec des babioles est garant de l'intégrité de l'esprit. Elle disait que le monde de chacun est clôturé par des barbelés et que, s'ils viennent à céder, il faut s'empresser de les réparer et de les consolider.

Voilà ce qu'elle avait dit à haute voix au cours de son existence, ainsi que quelques paroles supplémentaires dont Caleb se souviendrait plus tard. Il les avait toutes retenues et avait aussi appris de ses gestes ; depuis, il récite les premières sans parvenir à dévoiler leur sens profond et répète les deuxièmes pour ne plus y penser.

Chaque nuit.

Caleb regrette de ne pas avoir mis le feu à la ferme des Privat juste après la mort de la vieille, tant qu'il n'y avait personne. La vue serait dégagée. Maintenant, il va devoir composer avec l'étranger. Pas près de se fondre dans *son* paysage, celui-là. Il va en baver, c'est sûr, et ce n'est pas Caleb qui va lui rendre la vie plus facile.

Lorsque le type fume une cigarette dans la basse-cour, avec le masque à poussière qui pend à son cou et ses gants posés sur un piquet, on dirait un chirurgien prenant une pause entre deux opérations. Il ne doit pas se douter que Caleb est si proche, que rien ne lui échappe. Qu'est-ce qu'il vient faire ici, cet étranger ? Il a peut-être acheté la ferme pour en faire une maison de campagne. Si c'est le cas, il préfigure l'avant-garde d'une famille entière qui arrivera aux prochaines vacances scolaires. En plus du type, Caleb devra supporter les cris de gamins et leur curiosité qui les fera traverser la combe, attirés par ses bêtes, ou le chien. Jamais il n'acceptera une telle intrusion. Il creusera plutôt des fosses couvertes de feuillage avec des pieux épointés plantés dans le fond, installera des pièges à loups autour de sa ferme. Personne ne pénétrera sur son territoire, sous peine d'en payer le prix du sang. Au besoin, il veillera même à la fenêtre, son fusil chargé à portée de main. Et s'il abat un envahisseur, il pendra son cadavre bien en vue dans un arbre, afin de dissuader les autres. De toute façon, l'étranger apprendra bientôt que l'on ne franchit pas la combe impunément. Mais, après tout, peut-être que Caleb se trompe, qu'il n'y aura pas de famille, peut-être même que le type ne résistera pas longtemps, qu'il repartira bientôt. En attendant, Caleb va essayer de faire connaissance, à sa manière. Il veut savoir à qui il a affaire.

Le moment propice survient en début de matinée. L'homme vient de partir en voiture. Il n'y a pas de temps à perdre. Caleb laisse le chien dormir dans la maison, dévale le chemin, saute la clôture et atterrit dans la basse-cour de l'étranger. La neige s'est remise à tomber. Il contourne la maison jusqu'à la porte d'entrée et l'ouvre. Elle n'est pas fermée à clé. Caleb entre. L'intérieur ressemble à chez lui, avec plus de meubles, mais moins de poussière. La température est agréable, le feu brûle dans le fourneau. L'étranger n'a pas vraiment investi l'espace. La vieille reviendrait d'entre les morts, qu'elle ne serait pas dépaysée si elle s'asseyait sur une chaise. Peut-être le fait-elle de temps en temps, d'ailleurs. Peut-être qu'ils se donnent rendez-vous là, Privat et elle, pour assiéger le temps. Caleb sait que lorsqu'on vit longtemps au même endroit, on laisse une empreinte qui peut prendre forme, qu'il y a le vivant physique et le vivant de l'esprit, que l'un survit à l'autre. Il est bien placé pour le savoir.

Caleb explore la pièce attenante à la cuisine. Sur le bureau, il y a un carnet ouvert à la première page et un stylo-plume. La page est vierge. Deux lettres sont adressées à Harry Perdien, provenant du Service des eaux et d'électricité de France. Rien de personnel. Drôle de prénom : Caleb n'a jamais croisé de Harry dans sa vie.

Un pan de mur est partiellement couvert de livres disposés sur des étagères et rangés au cordeau. Caleb ne connaît pas les noms classés par ordre alphabétique. Il ne lit jamais, pas même le journal. Sur la rangée du bas se trouvent des dossiers cartonnés avec des étiquettes illisibles collées sur la tranche. Il y a aussi une dizaine d'exemplaires d'un même livre alignés à côté : *L'Aube noire*. L'auteur n'est autre que Harry Perdien. Un des exemplaires est ouvert en première page sur le bureau. Caleb lit : « J'avais voulu mourir à cinq ans, pensant que ce serait toujours ça de fait », puis referme le livre et le range à sa place.

En regardant le brouillard plaqué à la fenêtre, Caleb se demande quel genre d'homme peut écrire ce qu'un gamin de cinq ans pense de la mort. *Foutaises*. Parce que s'il s'agissait de sa propre expérience, il serait six pieds sous terre à l'heure qu'il est. Quel homme peut prétendre au « je » en convoquant la mort ? La bonne nouvelle, c'est qu'il habite seul. Pas de photo de femme ni même d'enfant ne traîne sur un meuble.

Caleb réfléchit un moment à tout ce que l'arrivée de l'étranger implique. Des bruits se promènent, comme quand le vent prend dans une forêt et fait craquer le bois. Le vent, dans les vieilles maisons, ce sont les invisibles qui discutent en paroles ligneuses. Il paraît que la vieille était bavarde, trop bavarde, Caleb en sait quelque chose. Elle doit encore en avoir des choses à raconter, maintenant qu'elle n'est plus seule.

Caleb refoule ses pensées et s'empresse de visiter l'autre pièce attenante au bureau. L'écrivain en a fait sa chambre, une chambre qui fut celle des Privat, avec un lit qui a dû être celui des Privat et les chevets des Privat et l'armoire des Privat. Sur l'un des oreillers se trouve un livre aux pages cornées et le crayon à papier dépassant de la tranche est la seule chose qui signale la présence de l'écrivain. Caleb ne sait pas de combien de temps il dispose. Il ne veut pas être surpris et quitte la chambre, traverse la cuisine et sort.

Le froid s'est intensifié. La neige a cessé de tomber. Caleb saute dans le chemin et le remonte sans se presser. Il ne risque plus d'être repéré, il entendrait la voiture arriver de loin. Le ciel est bas. Depuis plusieurs jours, Caleb a l'impression que le soleil s'est éloigné de la terre. *Jusqu'où finira-t-il par s'enfoncer ?* Peut-être qu'un jour il se retirera tellement loin dans sa tanière qu'il ne retrouvera pas son chemin et que ce sera l'avènement d'une nuit éternelle.

Harry

De retour du village, en descendant de voiture, Harry remarque les traces de pas dans la neige. Il les suit le long du pignon, puis dans la basse-cour, jusqu'à la clôture. L'intrus est descendu par le chemin qu'il avait lui-même emprunté le soir où il a entendu le hurlement. Au bout d'un moment, il réalise que les empreintes ressemblent aux siennes, qu'il fabule probablement en imaginant un visiteur, et retourne décharger les courses. Les empreintes s'arrêtent à la porte et en repartent. Avant d'entrer, ses yeux se portent sur le seau à cendres qu'il a vidé le matin et posé sur une marche. Une couche de neige en tapisse le fond. Elle aurait dû recouvrir les traces. Quelqu'un a bien traversé le brouillard pour se rendre chez lui pendant son absence.

Harry pousse fébrilement la porte, entre en se tenant sur ses gardes et pose les courses sur la table. Il attrape le tisonnier et fait le tour des pièces. Personne, tout est en ordre. Il cherche à se rassurer. Si ça se trouve, il a oublié le seau dehors depuis plus longtemps qu'il ne croit. Il ne sait plus vraiment.

Après avoir rangé les provisions, Harry déambule dans le bureau en sirotant un café. Il referme l'exemplaire de *L'Aube noire* posé sur la table, et le range, perdu dans ses pensées.

L'Aube noire, son premier et aussi son seul livre publié. Immense succès critique et commercial, tout ce dont Harry n'avait jamais osé rêver. Les honneurs et les mondanités avaient suivi. Il s'était pris au jeu. On l'avait encensé, couronné, courtisé, *hypocrisé*, et très vite on s'était mis à l'attendre au tournant. Le fameux deuxième livre. À l'époque, les conseils n'avaient pas manqué, des mises en garde grimées en bienveillance. On lui avait dit de profiter, de vivre l'instant présent. Harry s'était laissé prendre au piège. La gloire et le succès l'avaient rendu séduisant. Il n'avait rien tenté pour résister aux sirènes du succès, pensez : « certainement le plus grand écrivain vivant de son temps ». Comment y croire ? Comment s'empêcher aussi d'y croire ? Il aurait dû surligner le « certainement », mais la lucidité lui manquait alors. Il avait confondu le temps avec un moment, croyant s'acheter une liberté, oubliant que la liberté, c'est précisément échapper au temps, détourer le présent, se projeter déjà dans un autre *écrire*. Il n'en avait pas été capable, répétant en public un texte appris par cœur, car il se devait d'avoir un avis sur tout, avec de belles tournures pour paraître cultivé et intelligent, rien que des lieux communs déguisés en théories révolutionnaires, dites si possible en arborant un air affecté.

Ce qui avait le plus surpris Harry au début, c'est qu'une activité aussi solitaire que l'écriture le mène à rencontrer autant de gens, de tous horizons, attentionnés, passionnés pour l'immense majorité. Le problème avec ceux qui aiment un livre, c'est qu'ils finissent par aimer son auteur, sans réserve. Harry s'était senti redevable d'une dette contractée par l'homme, alors que le romancier n'aurait jamais dû entrer dans ce jeu. Il avait perdu le sens de sa vie d'avant, cette vie qui lui avait permis d'écrire *L'Aube noire*, d'ajouter une vie supplémentaire à son existence, le pouvoir de la littérature, de l'art en général. Il était désormais trop tard pour faire machine arrière, pour partir à la recherche d'une autre vérité.

Harry se croyait invincible tant qu'il écrivait, ne se posait pas de questions, n'intellectualisait ni l'acte ni ses fondements. Aujourd'hui, il a conscience qu'écrire ne consiste pas à noircir une page, mais que précisément la page à écrire a déjà été noircie par Homère, Shakespeare, Proust, Faulkner et quelques autres. Et lui, Harry, à peine avait-il gratté un coin de cette page qu'on l'avait consacré, comparé et, d'une certaine façon, sacrifié.

Il s'était remis au travail, persuadé qu'on n'a jamais vu un maçon ne plus savoir monter un mur, ou un bûcheron regarder sa tronçonneuse en se demandant ce qu'il pourrait bien en faire. Pourtant, des écrivains incapables d'écrire, il y en avait des exemples à la pelle, et des grands, de ceux qui portent quelque chose en eux, de ceux qui ne disent pas le monde mais le représentent aux couleurs de leur âme. Le doute n'avait pas duré. Les mots étaient venus tout seuls, formant de belles phrases équilibrées, qui fabriquèrent une histoire, avec un début, un milieu et une fin. Harry était content de lui.

Le livre avait été bouclé en trois mois. Il tenait debout, un beau meuble manufacturé, facile à monter, facile à démonter, facile à remplacer. Avant même de laisser reposer la chose pour s'y replonger plus tard, il avait eu la faiblesse de faire lire le manuscrit à son éditeur, devenu un ami après la publication de *L'Aube noire*. Thomas avait trouvé le livre formidable. Évidemment. Il pensait en vendre des palettes. On avait sablé le champagne et puis tout s'était écroulé à la relecture de Harry. Il en avait été malade, tant ça sonnait faux et creux. Il avait été capable d'écrire, pas d'être oiseau, vent, déesse ou monstre. Pas une seule ligne ne lui apparaissait digne d'être sauvée, à part peut-être le titre : *J'écrivais*, une incantation lancée sur la page, histoire de remonter à un temps béni, lancée afin de conjurer le sort, de débloquer le rouage, de sublimer le désaveu, qu'enfin se remette en route sa main, pour de vrai. Se prouver que c'était possible, faire apparaître des images n'appartenant qu'à lui, même absurdes. Mais voilà, les images étaient usées et le texte nullement habité. Harry s'était résolu à détruire le manuscrit, rendant fou son éditeur.

Il continuait de lire, le plus souvent de relire, la vingtaine de livres constituant son panthéon, comme on écoute jusqu'à sa mort Bach ou Schubert sans jamais se lasser, sans jamais en épuiser la forme. Les grands livres ont ce pouvoir-là, de modifier la trajectoire du lecteur à chaque lecture, de maîtriser le temps en déployant l'espace, de faire en sorte que rien ne s'est véritablement produit, qu'à tout moment peuvent surgir de nouvelles montagnes et de nouveaux abysses. Le temps révolu n'est dès lors plus une succession de moments déjà vécus, mais une suite insoupçonnée de rapports au monde. Harry se nourrissait dans l'espoir de récupérer quelques pierres supplémentaires glanées au fil de ses lectures, nécessaires à la poursuite de la construction de sa propre maison.

Cinq ans maintenant que Harry n'a pas posé la moindre pierre, qu'il explore en vain la vacuité de son esprit immobile. Cinq ans qu'il a le sentiment de faire sortir des lapins du chapeau et pas un seul oiseau. Cinq ans qu'il n'a pas écrit une seule ligne qui lui appartienne, une de celles qui s'ajoutent aux autres en charriant leur propre vérité, non une qui se superpose. Il rendrait son à-valoir sans aucune hésitation pour une simple suite de mots qui saisirait la vie dans une forme nouvelle. Cinq ans qu'il marche dans sa tête en quête d'une porte ouverte sur *la* phrase qui enflammerait la mèche des possibles. Cinq ans qu'il cherche ce qu'il sait pourtant ne jamais trouver en cherchant. Cinq ans qu'il se ment pour ne pas devenir dingue. Prêt à tout effacer pour cette phrase, à quitter l'environnement qui l'a mis à mort avec son plus béat consentement, plus sûrement qu'une flèche en plein cœur.

Son seul espoir, c'est qu'il se passe enfin quelque chose ici, que la page noire enfin se révèle, maintenant que le voilà de nouveau anonyme. L'agent immobilier n'a pas tiqué en inscrivant son nom sur le contrat de vente et la jeune femme qui tient l'épicerie ne l'a pas reconnu non plus. Son livre n'est pas sur le tourniquet dans la boutique, il a vérifié. C'est déjà ça. Écrire ne doit pas être une activité dont on se vante à la campagne, au contraire… Mais pour qui se prend-il, à se croire encore l'objet de toutes les attentions ? D'autres écrivains ont pris la place. On le cite parfois dans les milieux littéraires de la capitale, mais sûrement plus ici.

Ici, il ne s'est encore rien passé. Le carnet est toujours vierge et sa montre donne la même heure. Au moins, en ville, il avait l'illusion d'un mouvement. Mais y retourner serait renoncer trop facilement.

Harry regarde par la fenêtre, la neige lui apparaît comme une immense page blanche sous laquelle repose la terre noire. Les mots de Burroughs lui viennent en mémoire : « La neige… elle tend une main miséricordieuse à la terre et toute chose en son sein, mais à ce qui circule à la surface, elle oppose ses obstacles et son embargo. » Il ouvre un carnet et fixe la première page, ce grand silence blanc qui la parcourt, un grand silence neigeux. La neige, il est parvenu à la faire fondre il y a longtemps, pour laisser apparaître l'encre noire et cette phrase annonçant le printemps.

En cet instant, seule son ombre recouvre uniformément le papier d'un voile translucide, mais ce n'est pas de l'encre. Burroughs laisse alors la place à T. S. Eliot. Harry attrape un feutre et écrit sur le mur, face à lui, pour ne pas oublier.

Quelques jours avant de partir, Harry était passé chez son éditeur. Il l'avait trouvé dans son bureau. Thomas avait évoqué le prochain livre. Harry avait coupé court, révélant ce qu'il avait sur le cœur.

– C'est pas si grave, avait-il dit.

– Qu'est-ce qui n'est pas si grave ?

– Il faut que je me rende à l'évidence. Je suis peut-être l'auteur d'un seul roman.

Thomas s'était levé pour venir s'asseoir dans le fauteuil près de Harry.

– Ce n'est pas vrai que tu n'arrives plus à écrire, preuve en est ce que tu m'as donné à lire il y a plus d'un an. J'avais beaucoup aimé.

– Beaucoup aimé.
– Oui, beaucoup.
– Ça ne veut rien dire, je n'aurais pas dû.
Thomas s'était penché pour attraper le regard de Harry.
– Qu'est-ce qui t'arrive ?
– Rien, justement. Il n'y avait pas une seule ligne sincère dans ce que tu as lu.
– Tu es fait pour ça, que tu le veuilles ou non, comme…
– Beckett ? Tu me l'as déjà dit, mais je ne suis pas Beckett.
– Je te sens perdu.
Harry prit un temps.
– Tu sais, je n'ai jamais été plus heureux que du temps où j'écrivais *L'Aube noire*. C'était comme un état de grâce. Il me semblait que les mots s'attelaient les uns aux autres avec de très anciennes cordes, du fil de fer rouillé ou des câbles, et les phrases se tenaient debout, les unes à la suite des autres. Un miracle de vérité.
Thomas laissa retomber l'émotion qui avait saisi Harry, puis avait dit :
– J'ai confiance en toi, il te faut juste encore un peu de temps.
Harry avait regardé la photo où on les voyait tous les deux lors de la remise d'un prix littéraire.
– Je vais m'absenter, avait-il dit au bout d'un moment.

– T'absenter ?

– Couper avec ce monde, ne plus répondre aux sollicitations.

– Si tu penses que c'est mieux pour toi, vas-y.

– Tu devrais m'en vouloir, me mettre au pied du mur.

– T'en vouloir de quoi ?

– Deux ans que je déroge à mon engagement, que j'ai dépassé la limite contractuelle de te fournir un nouveau manuscrit.

– Ne t'inquiète pas pour ça.

Thomas était retourné au bureau, avait ouvert un tiroir et en avait sorti quelques feuilles agrafées, qu'il avait déchirées, avant de les jeter dans une poubelle.

– On signera un nouveau contrat quand tu seras prêt. Tu as une idée de l'endroit où tu veux aller ?

– Oui, tout ce que je peux dire, c'est qu'il a l'air paumé.

– Tu n'y es jamais allé ?

– Jamais. Si ça se trouve, je ne vais pas supporter la solitude, mais je sens que c'est ma dernière chance.

Caleb

Sarah venait d'avoir soixante ans. Soixante années de vie représentent la même durée pour tout le monde mais, en dehors du temps commun, il faudrait considérer de quoi sont faites ces années, autrement dit ce qu'on endure, ce qu'on est capable d'endurer en fonction de notre constitution, par où lutte la chair et ce qui l'entame. Sarah, c'était le cœur qu'elle avait trop tendre, trop vulnérable, trop poreux. Personne ne l'aurait soupçonné en la voyant. Toutes sortes de saletés s'étaient entassées dans ce cœur, quand il aurait dû se contenter de distribuer et de ramener le sang sans accumuler des émotions corrosives.

Elle avait toujours fait face avec son corps visible, rien ne transparaissait, rien n'était révélé, le mal demeurait caché, c'était tout ce qu'elle souhaitait. Dans cette chambre d'hôpital, assise dans ce lit d'hôpital, avec son fils désemparé debout près d'elle qui ne savait que dire, elle faisait encore face, déroutant sans cesse son regard pour y accueillir un semblant de mouvement, un simulacre de vie. Sa grande peur ne résidait pas dans le fait de mourir, non, son immense peur, c'était de mourir ici, précisément dans cette chambre d'hôpital. Pourquoi avait-elle laissé le cachet fondre dans sa bouche ? Pourquoi ne pas l'avoir craché ? Quel déplorable réflexe de survie, quelle faiblesse. Tout serait terminé à cette heure-ci. Terminé certes, mais chez elle, allongée sur le sol de la cuisine ou dans son lit, peu importait. Elle aurait ainsi échappé à l'hypothèse d'un inutile sursis. Parce que les blouses blanches ne faisaient pas de miracles, elles ne lui disaient pas tout, forcément. Qu'est-ce qu'une femme comme elle pouvait comprendre de l'usure de la grande mécanique trop souvent malmenée ? Pauvre femme peut-être, mais qui savait déchiffrer les visages, interpréter les messes basses.

Sarah ne possédait rien en elle de nature à la secourir, rien dans sa mémoire qui pût la mener à une forme momentanée d'oubli, pas même ce fils en rappel d'une naissance qu'elle n'avait pas souhaitée et qui lui renvoyait seulement la facilité des humains à concevoir, même dans la violence, sans le recours pour la femme de rejeter la semence reçue malgré elle, cette semence qui l'avait inondée jusqu'à atteindre la cellule primordiale empressée de dessiner les contours flous d'une silhouette devenue en ce jour le fils, à mi-chemin entre elle et l'autre, ce fils qui se tenait près du lit dans lequel elle ne voulait pas finir. Elle avait appris à refouler la violence en lisière de sa haine, mais sûrement pas les rappels incarnés de la violence. Ce fils, pourtant si beau. Quelle diablerie du destin.

– Je suis désolé, maman.

– De quoi t'es désolé ?

– J'ai cru que tu étais morte à cause de moi.

Elle déplia ses longs doigts sur le bleu pâle du drap.

– Je suis pas sûre que ça valait le coup, dit-elle froidement.

– Ne dis pas de bêtises.

Le regard de Sarah s'évada par la fenêtre de la chambre et des nuages gris s'éparpillèrent sur la vitre, puis elle se tourna vers son fils. On aurait dit qu'elle avait fourré le gris des nuages dans ses yeux.

– C'en n'est pas, des bêtises. C'est peut-être ce qu'on devrait chercher dès notre naissance, en finir au plus vite. Pour ce qu'on en retient… Mais voilà, on est tous pareils, quand le moment vient, on fait tout pour s'en sortir, ou bien il se trouve une main charitable pour vous tirer du mauvais pas…

Elle s'interrompit un instant, puis reprit d'une voix tremblante :

– Ils ont dit quand je pourrais sortir ?

– Non, je demanderai.

Des bruits métalliques et des voix feutrées provenant du couloir décolorèrent à peine le silence qui suivit.

– Cette fille que t'as ramenée… tu sais, j'ai rien contre elle, dit Sarah.

– On en parlera plus tard.

– Non, je préfère maintenant. C'est pour ton bien que j'ai agi comme je l'ai fait.

– Tu la connais même pas.

– Pas besoin, à cet âge-là, elles rêvent toutes d'ailleurs et d'autrement.

– Et c'est mal de rêver ?

– Ça mène à rien. On n'a besoin de personne. Faut pas succomber à la tentation, elle apporte que le malheur.

Caleb se retint de renchérir, de peur que le cœur de sa mère ne s'emballe à nouveau.

– On peut uniquement compter l'un sur l'autre, et bientôt tu devras juste compter sur toi, dit-elle d'une voix ébréchée.

– C'est pas demain la veille…

– Y a une chose qu'il faut que tu saches, tant qu'il est temps, dit-elle en montrant l'aiguille de la perfusion fichée dans une grosse veine bleutée au dos de sa main. Notre sang est corrompu, s'il devait continuer à cause de toi, tu serais maudit et aussi tous ceux que tu aurais entraînés dans cette folie.

– Qu'est-ce que tu racontes ?

– La vérité, la pure vérité, m'en demande pas plus et crois-moi sur parole.

– J'imagine que ça n'a rien à voir avec mon père dont tu n'as jamais voulu me parler, rétorqua froidement Caleb, regrettant aussitôt ses paroles.

Elle crocheta le drap et le blanc lui monta aux phalanges. Dans ses yeux grondait l'orage d'une froide colère.

– Si j'avais pu t'épargner de venir au monde, je l'aurais fait, sois-en sûr, mais t'as jamais voulu te décrocher quand c'était encore possible.

Les paroles de sa mère fouettèrent Caleb au sang. Il n'y avait pas la moindre haine dans cet aveu. On aurait dit qu'elle s'excusait d'avoir entraîné son fils au cœur d'une malédiction. Qu'adviendrait-il ? Lui obéirait-il ?

Caleb ne parla jamais à sa mère de la visite d'Ophélie, deux jours après son hospitalisation. Cette fois-ci, la jeune fille atteignit les marches. Sa progression sonnait comme une petite victoire, elle qui n'avait pu dépasser, la première fois, le milieu de la cour. Ses yeux de chien battu ne parvenaient pas à masquer le contentement qui étirait un peu sa bouche. Caleb l'accueillit sur le seuil et, lorsqu'elle comprit qu'elle n'irait pas plus loin, ses lèvres s'accordèrent à son regard. Nullement prête à abdiquer, elle comptait bien faire fructifier ces pas supplémentaires. Si ce n'était pas maintenant, le moment viendrait tôt ou tard. Elle pensait que plus rien ne l'arrêterait.

La fille dit à Caleb vouloir le soutenir dans cette épreuve, qu'il pouvait compter sur elle à toute heure et en toute circonstance. Caleb l'écouta. Prenant le détachement du jeune homme pour un encouragement, elle poursuivit, ajoutant qu'elle était infiniment désolée, que ça leur ferait du bien de parler calmement, de rentrer s'asseoir à l'intérieur de cette maison dont on lui barrait l'entrée avec moins de détermination qu'auparavant. Elle n'en démordait pas.

Devant l'absence de réaction de Caleb, elle proposa de lui préparer à manger de temps en temps, de laver son linge et aussi de l'aider à soigner les bêtes, en attendant que sa mère revienne, bien sûr. Bonne fille, elle s'y entendait en tout. Caleb ne répondit rien. *Le don inné du sacrifice*, pensa-t-il ironiquement. Sa mère avait raison, Ophélie agissait ainsi juste pour lui mettre le grappin dessus. Comment avait-il pu être attiré par cette fille à la peau brune et au visage parsemé de taches de son, cette fille qui répétait et répétait qu'elle était désolée, désolée, désolée et encore désolée, qui prétendait comprendre ce qu'il ressentait, pouvoir le soulager de sa peine, qui attendrait qu'il ait envie de parler, n'importe quand, n'importe où. « Parler », le mot revenait sans cesse dans cette bouche aux lèvres charnues, dont il avait eu envie et qui le dégoûtait maintenant, comme tout le reste autour. Parler était-il une obsession de jeune fille et se taire une obsession de vieille femme ? Cela dit, en écoutant Ophélie, il en vint à la conclusion qu'elle aurait toujours des choses à dire, même quand elle serait aussi vieille que sa mère, des choses sans intérêt. Il se demanda encore s'il s'agissait d'un seul et même but poursuivi par cette fille ou sa mère, par les femmes en général, dans la parole dite ou le silence, un but qui serait d'endosser la douleur des hommes. Quoi qu'il arrive, il préférerait toujours les silences de sa mère aux mots de cette fille qu'il avait désirée et qu'il ne désirait plus.

Caleb agrippa les montants du chambranle, silhouette christique clouée sur l'ombre immuable de sa mère. Il chassa la jeune fille avec des paroles très dures et sans équivoque, il ne voulait plus la revoir, elle avait assez fait de mal. Ce qui était arrivé à sa mère était de sa faute, entièrement de sa faute. Elle tenta pourtant de s'approcher et tendit une main, bien qu'elle ne puisse le toucher, espérant qu'il comblerait le vide, mettant ses paroles sur le compte de la douleur, mais il la repoussa violemment, avec des mots plus durs que les précédents, des mots puisés dans la bouche de sa mère.

Elle était assise dans le fauteuil lorsque Caleb pénétra dans la chambre d'hôpital baignée d'odeurs de médicaments et de bouillon froid. Il tenait à la main un bouquet de tulipes enveloppé de papier aluminium.

– Faut plus venir me voir ici, dit-elle une fois qu'il eut refermé la porte.

– Tu racontes n'importe quoi…

– J'ai plus envie que tu me voies comme ça, j'ai

honte. Tu viendras me chercher quand je sortirai. Ils t'ont toujours rien dit ?

– Non.

Sarah baissa les yeux et ses joues se creusèrent.

– Qu'est-ce que tu as mangé ce midi ? reprit Caleb.

– Arrête ça !

Caleb tendit le bouquet, un bouquet de fleurs cueillies dans leur jardin. Elle ne fit aucun geste pour s'en saisir.

– Ils t'ont laissé monter avec ?

– Je les ai planquées sous ma veste.

– J'ai jamais aimé couper les fleurs.

– Je voulais te faire plaisir…

– Ce qu'elles doivent penser, à se retrouver ici, alors qu'elles étaient à l'air libre, plantées dans de la bonne terre. Tu réfléchis, des fois ?

– Il en reste plein d'autres.

Sarah fixait les fleurs, semblables à de grosses taches diluées par sa cataracte, et elle secouait la tête comme si son fils venait de dire une insanité. Son crâne recouvert de fils argentés révélait par endroits des taches brunes, surmontant ce visage que les soucis, les malheurs et le temps avaient largement entamé. Peut-être demandait-elle sincèrement que Caleb ne vienne plus à l'hôpital, mais il continuerait malgré tout à s'y rendre. Qui le ferait, sinon ? Il baissa les yeux sur les mains de sa mère, celle aux doigts crispés sur un mouchoir et celle posée sur l'accoudoir du fauteuil, toutes deux façonnées par le travail d'une vie, décharnées, dignifiées. Il se souvenait de celle qui avait montré le pilulier, réalisant que peut-être elle avait voulu désigner autre chose qu'un cachet miraculeux, ou alors plutôt le provoquer, lui donner l'occasion de surseoir à ce bras tendu, afin que tout fût révélé.

– Mets-les dans l'eau avant qu'elles fanent, y a une carafe dans la salle de bains.

Ces paroles ramenèrent Caleb à la réalité de la chambre d'hôpital. Il se rendit dans la salle de bains et déposa le bouquet dans la vasque. Remplit à moitié la carafe d'eau, retenant sa respiration, se concentrant sur ses gestes pour ne pas croiser son reflet dans la glace. Il déplia ensuite le papier aluminium et le jeta dans une poubelle, glissa les pédoncules dans la carafe et rapporta celle-ci dans la chambre, reprenant seulement sa respiration. Il s'apprêtait à poser le bouquet sur la tablette roulante.

– Pas ici, sinon ils vont me le prendre.

– Où tu veux que je le mette, alors ?

– Sous le lit, pardi.

Il hésita un court instant puis fit ce qu'elle demandait. Il se planta ensuite à nouveau devant sa mère et elle leva un seul doigt de la main posée sur l'accoudoir, le désignant.

– Va-t'en maintenant. J'ai besoin de me reposer.

La peur d'en rester là saisit Caleb à la gorge, la

peur qu'elle s'en aille avant qu'il obtienne une réponse à *la* question.

– Maman !

– Quoi ?

– Pourquoi t'as jamais voulu me parler de… lui ?

– Lui.

– Mon père.

Les lèvres de Sarah se mirent à trembler, elle ferma ses poings aux phalanges diaphanes traversées de veines transparentes gorgées de sang bleu.

– Il existe pas, y a rien à dire de plus.

– C'est pas possible…

– Faut croire que les curés ont pas tort sur tout, dit-elle d'un air dédaigneux.

– Maman, s'il te plaît, j'ai besoin de savoir.

– Il en sortirait rien de bon.

– C'est à moi d'en juger.

Elle desserra les poings.

– Alors, tu es décidée à me parler ?

– J'ai pas envie de te mentir.

Caleb se pencha, défiant sa mère du regard, sans plus se soucier de son cœur malade.

– Ce type qui est passé, il y a deux ans, c'était qui ?

– Personne.

Elle déplia plusieurs fois de suite le doigt, montrant cette fois la porte, puis elle ferma les yeux, ses mains se rejoignirent sur la couverture posée sur ses jambes, comme un rideau d'où dépassaient les pointes de ses pantoufles en feutre mauve, et sa tête bascula en avant. Il savait qu'elle faisait semblant d'être assoupie, qu'il n'obtiendrait rien, et s'en alla.

Deux ans plus tôt, assis sur le siège du tracteur, moteur éteint, Caleb observait l'étrange phénomène. Le tourbillon avait pris naissance au milieu du pré qu'il venait de faucher, soulevant dans les airs d'imposants buissons d'herbe, qui montèrent à plusieurs dizaines de mètres et s'éloignèrent en direction de la vallée, portés par le vent. Sa mère lui avait appris que la nature prévenait de ce que les hommes auraient à endurer, mais les hommes ne connaissaient plus sa langue.

Caleb s'apprêtait à rentrer lorsqu'il aperçut un homme sur la route, qui marchait dans sa direction. Le chien trottina jusqu'à l'inconnu et l'autre se baissa pour le caresser. Le chien se laissa faire, l'homme se redressa et posa une main sur son chapeau pour ne pas qu'il s'envole, fixant Caleb. Il avait l'allure d'un vagabond. Portait une gibecière et une gourde en bandoulière, ainsi qu'une couverture dans son dos, roulée et accrochée par deux ficelles de lieuse. Le type était grand et maigre, vêtu d'un pantalon noir et d'une chemise blanche sous un veston beige. Les vêtements flottaient sur sa carcasse, si bien qu'on pouvait penser qu'ils avaient appartenu à un autre. Caleb était sûr de ne l'avoir jamais vu. Les deux hommes ne furent bientôt plus séparés que par la clôture grillagée aux mailles carrées, sur laquelle flottaient des touffes de laine semblables à des scalps de vieillards. Le vagabond essuya la sueur de son front à l'aide d'un mouchoir, releva le menton, et un demi-sourire déforma sa joue, avant qu'il ne parle :

– Bonjour ! C'est votre ferme que je vois là-bas ?

– Ça se pourrait.

Le vagabond retira son chapeau et lissa de rares cheveux en arrière, remit le chapeau et ses yeux s'estompèrent à nouveau dans l'ombre.

– Il est beau ce chien… et gentil.

– Tous les chiens sont beaux.

– Ils sont pas tous gentils.

Le vagabond tapota la gourde.

– Vous auriez un peu d'eau potable, pour la remplir ?

Caleb dévisagea longuement le type.

– Suivez-moi, j'allais rentrer.

Caleb embraya, tira sur le démarreur et enclencha la première. Il longea la clôture jusqu'à la barrière ouverte et déboucha sur la route. Le vagabond suivait. Le chien marchait entre eux deux, se retournant souvent.

Une fois dans la cour, Caleb coupa le moteur. Il n'eut pas le temps de descendre que sa mère apparaissait déjà sur le pas de la porte.

– Qui tu ramènes ?

– Il veut juste de l'eau.

Le vagabond effleura le bord de son chapeau.
– Madame, dit-il en s'inclinant légèrement.
Elle ne répondit rien sur le coup, observant le type, puis ses paupières retombèrent et quand elle les releva ses yeux étaient dirigés vers son fils.
– T'as pas du travail ? dit-elle sèchement.
– J'ai fini de faucher.
– Dépêche-toi d'aller faner, alors.
– Je lui donne de l'eau et j'y retourne.
– C'est bon, je m'en occupe.
Caleb fut surpris de la réaction de sa mère, mais il n'avait pas pour habitude de discuter une injonction. Il s'en alla dételer la faucheuse derrière la grange puis attela la faneuse. Il ne vit personne dans la cour lorsqu'il passa devant le portail. Il rejoignit le pré.
Au cours de l'après-midi, il observa un filet de fumée noire s'élever au-dessus de la maison, qui disparut dans le ciel laiteux en direction de la vallée, tout comme les brassées de foin plus tôt dans la journée. Caleb se demanda s'il s'agissait d'un même signe à interpréter. Il résista à l'envie de retourner à la ferme pour voir si le vagabond était encore là, l'écouter et peut-être lui parler.
À l'heure du souper, Sarah distribua les assiettes, avec dans chacune un morceau de pain, les couverts, le verre et la serviette entourée de l'anneau en inox. Assis sur le banc, tournant le dos à sa mère, Caleb caressait la tête du chien coincée entre ses cuisses et,

dès qu'il s'arrêtait, les yeux de l'animal l'imploraient de continuer.

– Drôle de type, dit Caleb.

– Quoi ?

– Le type qui est venu.

Sarah attrapa une bouteille de vin entamée dans un casier en bois près du bahut et la posa sur la table.

– Je l'ai pas vu repasser, ajouta Caleb en se retournant.

– Il est parti vers le bourg, je crois bien.

– Tu crois bien.

Elle défiait son fils du regard.

– Vous avez pas un peu discuté ? demanda-t-il.

– Je lui ai donné de l'eau et c'est tout.

– C'est tout, répéta Caleb.

Il disposa les couverts de part et d'autre de l'assiette, retira la serviette de l'anneau et, d'un doigt, le fit rouler d'avant en arrière sur la table.

– Et à toi, il t'a parlé ? demanda-t-elle au bout d'un moment.

– Un peu, il a l'air de s'y connaître en chiens.

Elle s'en alla chercher des fromages dans le garde-manger suspendu au-dessus de l'escalier menant à la cave. Caleb reconnut le mouchoir abandonné sur le banc. Il le ramassa, le mouchoir sentait la sueur du vagabond. Il le fourra dans une poche. Quand sa mère revint, elle servit un fromage dans chaque assiette.

– J'ai pas eu le temps de faire à manger, avec tout ça.

– C'est vrai qu'il n'y a pas grand monde qui rentre chez nous.

– Qui te dit qu'il est rentré chez nous ?

– Personne, mais comme il voulait boire, j'ai pensé…

– Je lui en ai donné, de l'eau.

Troublé par l'agressivité de sa mère, Caleb encaissa le mensonge. Il savait qu'il n'obtiendrait rien de plus. Elle souleva la bouteille de vin.

– Je te sers ?

– Je veux bien.

Elle remplit le verre de son fils, puis le sien. Caleb la regardait fixement.

– T'as fait brûler quelque chose cet après-midi ?

Sarah saisit le couteau, coupa une tranche de pain et la recouvrit de fromage, elle décrocha une bouchée et se mit à mâcher lentement. La peau de son front, rougie par le soleil de juin, craquelait comme une terre argileuse en manque d'eau.

– Des vieux papiers, répondit-elle.

Caleb but une gorgée.

– Peut-être qu'on le reverra, dit-il en baladant le verre devant ses yeux.

– Ce type ?

– Oui, peut-être qu'il va repasser dans l'autre sens, un de ces jours.

Elle baissa les yeux et dit :

– Va savoir…

– Et peut-être qu'il aura encore soif.

Harry

Harry inscrit quelques mots sur son carnet, puis déchire la feuille et la laisse traîner près d'un exemplaire de *L'Aube noire*. Envie de prendre l'air.

Il enfile son manteau et ses gants, chausse les bottes et sort. Après un détour par la remise pour prendre un bâton, il traverse la cour. De l'autre côté de la route se déploie un immense pré qui décline en suivant une pente prononcée et se perd dans le brouillard un peu moins épais que les jours précédents. Harry longe le fossé jusqu'à une barrière, soulève l'œillet en fil de fer, ouvre, pénètre dans le pré et referme derrière lui. Il descend le vallon en droite ligne, s'aidant du bâton pour garder l'équilibre dans la neige, et ses pas croquent le silence. Une fois au bas de la pente, son champ de vision est mieux dégagé, la brume stagne à une dizaine de mètres au-dessus de lui et ronge la cime d'un bouquet d'arbres. Il perçoit le carillonnement de l'eau et devine bientôt un ruisseau masqué par de hautes herbes ployées par la neige. L'extrémité des joncs apparaît çà et là, comme des aiguilles à tricoter piquées au travers d'une couche de laine cardée. Harry s'avance et découvre une fine langue d'eau sombre qui rebondit sur un méandre à peine plus large que ses œuvres complètes. Il se penche sur une zone plus dégagée et repère de petites empreintes en forme d'éventail. Un froissement suivi d'un cri perçant le fait se redresser. Juste le temps d'apercevoir l'oiseau massif, fantôme cendré, qui vient de s'envoler pesamment et disparaît déjà dans le brouillard.

Le calme revenu, le bruit de l'eau se fait glaçant, obsédant. Harry a la sensation d'être observé. L'angoisse monte. Il se souvient des hurlements. Se retourne, tenant le bâton à bout de bras. Rien. Il regarde de tous côtés. Il ne voit rien, ni personne. Il tente de refouler la sensation, mais au contraire, l'angoisse s'installe. De gros flocons tombent maintenant, nonchalamment. Harry pourrait presque les entendre crépiter au contact de l'eau. Il se sent vulnérable, comme piégé dans un goulet d'étranglement que surplombent les crêtes vaporeuses. Il entreprend de remonter la pente en empruntant ses propres traces. Au bout d'un moment, il entend d'autres pas. S'arrête. Le chaos de sa respiration cadence le silence, maintenant que le ruisseau est trop loin. Il se remet en route et l'être invisible fait de même. Le brouillard se rapproche du sol. Les bruits de pas disparaissent, remplacés par les halètements d'un animal semblables à ceux d'un chien, ou d'un loup. Harry s'immobilise, des gouttes de sueur gèlent dans sa barbe naissante et soudent ses lèvres. De nouveau le silence. Il tente de se convaincre que son imagination lui joue des tours, mais l'angoisse et la peur ont fabriqué leur nid et la brume occulte toute forme. Il continue, accélère et atteint enfin la barrière. À bout de souffle, il l'ouvre, traverse la route en diagonale et rejoint la maison. Une fois à l'intérieur, il ne lâche pas le bâton et se plaque à la fenêtre qui donne sur la cour. Attend. Le sang à ses tempes résonne comme les pas du poursuivant et, lorsqu'il ralentit son rythme, d'autres sons prennent le relais, des cognements réguliers. Puis c'est de nouveau le silence.

Bien plus tard, Harry retirera ses gants, son manteau et ses bottes, et alimentera la cuisinière en souriant de sa frayeur. Il se rassurera en se disant qu'il a tout inventé, qu'il lui faut encore apprendre ce pays. Il a tellement souhaité mettre de la distance avec sa vie d'avant.

Harry a toujours vécu en ville. Les quelques escapades avec ses parents durant les vacances ne lui ont pas permis de poser des jalons dans cette campagne qu'il a tant fantasmée. En ville, son regard est habitué à buter sur un obstacle de chair, de fer, de béton ou de verre. Là-bas, le ciel est très haut, il faut lever la tête si on veut en découvrir la trame ; ici, il est à hauteur d'homme, peut-être un effet de l'hiver. En ville, les sons, les voix, les cris se conçoivent en bruit ; ici, chacun se distingue des autres sur l'apprêt silencieux. En ville, les arbres ne peuvent rivaliser avec les gratte-ciel, emmaillotés dans leur écorce grise, des mégots à leur pied ; ici s'exprime leur toute-puissance, il n'y a que la distance pour abaisser leur cime, et même foudroyée leur histoire est immense. Ici, les lignes électriques s'érigent en clôtures d'un bestiaire fabuleux, que des oiseaux discrets surveillent comme des chiens de berger.

Maintenant qu'il a fait le choix d'être ici, Harry ne peut pas abdiquer si rapidement. À force, ce territoire va s'ouvrir, au moins ménager quelques brèches, afin qu'il s'y glisse.

Une fois la tension retombée, Harry s'assoit sur une chaise près du foyer qui crépite, ses muscles se sont dénoués et son esprit vagabonde en un autre temps, un autre lieu. Il n'y peut rien, ne lutte pas contre le souvenir qui le traverse. Ce mot abandonné sur la table du salon par une femme, alors qu'il n'avait pas encore publié de livre : « Mes yeux se sont usés à guetter ta promesse. » Il pense à elle. Réfléchir, beaucoup, trop, c'est peut-être son grand problème ; réfléchir à la vie, aux femmes, à la littérature, trois féminins impossibles à accorder.

Harry se lève pour contrer la nostalgie, avant qu'elle ne dilue ses forces. Jusqu'à présent, il a repoussé le moment d'explorer le grenier. L'agent immobilier lui a parlé d'un capharnaüm indescriptible. Lorsqu'il ouvre la porte donnant sur l'escalier, un souffle d'air froid gifle son visage. Il actionne plusieurs fois de suite l'interrupteur, sans résultat. Referme la porte et revient peu après, muni d'une torche. Il monte lentement les marches qui craquent. Le bois semble se déchirer sous son poids et le froid s'intensifie au fur et à mesure. Harry arrête l'ascension lorsque sa tête émerge au-dessus du plancher. Le faisceau qu'il promène d'un mouvement circulaire révèle la surface gondolée du parquet, ainsi que toutes sortes d'objets amoncelés, plus ou moins volumineux.

Les dernières marches gravies, Harry se concentre sur les endroits où il pose les pieds. Le peu de lumière naturelle qui parvient dans la pièce par une lucarne ronde percée sur un seul des pignons semble absorbé par les obstacles rencontrés. Les bris de verre d'une ampoule éclatée scintillent sur les lattes. Harry avance tête baissée. Il bute sur quelque chose qui se déforme à son contact. Il recule vivement, avec la sensation d'être dans le train fantôme à la Foire du trône. Il éclaire devant lui et découvre une balançoire fixée à une poutre de la charpente par deux cordes. Harry teste la solidité de l'accroche, se disant qu'il est bien trop émotif, puis il enfourche l'assise. Il tourne lentement sur lui-même à l'aide de ses pieds prenant appui sur le plancher. La torche suit le mouvement. La lumière dévoile des outils d'un autre âge, des piles de journaux, un bahut sans portes, des chaises défoncées, un banc, une voiture à pédales, des sacs éparpillés ; après ce tour d'horizon, toutes sortes d'objets sont encore tapis dans la pénombre. À l'angle le plus éloigné du pignon, plusieurs mètres carrés de plancher sont recouverts de noix ouvertes, semblables à de minuscules navires en cale sèche. Le grenier apparaît à Harry comme une boîte renfermant des souvenirs plus ou moins bien rangés à l'intérieur d'une mémoire à laquelle il n'a pas accès. Grelottant de froid, il demeure ainsi de longues minutes.

Une armoire attire son attention. Harry se redresse, s'en approche et ouvre les deux battants. Des vêtements masculins sont disposés sur des cintres, usés à la corde, à part une veste sans manches en peau de mouton retournée et tachée d'un côté. Harry l'enfile pour se réchauffer. Elle est à sa taille. Il explore les poches latérales, sans rien trouver à l'intérieur. Derrière les vêtements, il découvre un fusil de chasse et une boîte en métal remplie de cartouches. Il redescend ensuite, vêtu de la veste et portant l'arme et les munitions.

L'escapade dans le grenier lui a ouvert l'appétit. Il fait cuire des pâtes, les égoutte et mélange du beurre et du fromage qu'il laisse fondre. Harry mange à même la casserole tout en lisant les *Mémoires d'un paysan du vingtième siècle*. Il lit plusieurs fois certains passages pour la précision des gestes, les ambiances étranges et les superstitions. Son repas terminé, il entame la bouteille d'eau-de-vie remontée de la cave, un demi-verre suffit à l'assommer. Il referme le livre sur une scène de braconnage et abandonne la vaisselle sale dans l'évier. Après avoir garni le fourneau pour la nuit, il gagne la chambre, retire ses vêtements et les étale sur une chaise, la veste en peau enfilée sur le dossier.

Harry se réveille brusquement en pleine nuit. Des bruits sourds dans la maison. Il allume la lampe de chevet. Le silence revient aussitôt. Probablement un rêve. Il peine à se rendormir, épie le moindre son.

Au matin, il se lève, rejoint la salle de bains pour se débarbouiller, puis s'habille. Lorsqu'il regagne la cuisine, il remarque que la veste n'est plus sur le dossier de la chaise et qu'elle n'a pas non plus glissé au sol. Tout comme pour les bruits entendus dans la nuit, il se demande s'il n'a pas aussi rêvé sa visite du grenier. Mais il baisse les yeux vers le banc et le fusil est là, avec la boîte de cartouches.

Harry ouvre les volets. Une lumière inhabituelle traverse les vitres. Le brouillard a disparu. Il boit un café en fixant le dossier vide, comme s'il attendait que la veste réapparaisse par enchantement. Plusieurs fois, il ferme les yeux, les rouvre et constate que rien ne se passe. *Pauvre Harry, en train de perdre la carte.* Il jette un coup d'œil accusateur à la bouteille d'eau-de-vie sur la table. Parfaite coupable. Il enfile son manteau et remplit son bol de café. Une fois dehors, il contourne la maison, débouche dans la basse-cour. Une combe uniformément enneigée s'étale devant lui, se dévoilant enfin. De l'autre côté, Harry aperçoit une ferme. Il devait être tout près, quand il a remonté le chemin. La grande ombre entrevue était certainement le pignon de la maison. Pas le moindre mouvement. Au loin, des arbres décharnés tamponnent un horizon blafard. Harry sirote son café et la fumée s'étire paisiblement au-dessus du bol. Il a le sentiment de voyager à rebours du temps, la sensation d'entendre cliqueter le mors de chevaux de trait aux ordres d'une voix asexuée, des sons emmagasinés dans la terre ou les pages du livre dont il a fait sa bible. L'immobilité est totale, jusqu'au moment où une silhouette s'esquive à l'angle d'un bâtiment. Et puis plus rien.

Celui ou ceux qui vivent là-bas n'ont pas envie qu'on les dérange. Harry va essayer de se renseigner, savoir à qui il a affaire, avant de tenter une nouvelle incursion. Il se souvient des hurlements. L'idée de se faire attaquer par un animal a refroidi ses ardeurs et sa balade au bord du ruisseau n'a rien arrangé. Il termine son café en fumant une cigarette. Même par temps clair, ce pays inspire la mélancolie et le mystère. Le ciel se voile peu à peu.

Harry retourne à la maison, s'appliquant à marcher dans les traces qui correspondent à sa pointure. Les yeux rivés au sol, il perçoit un changement et ne met pas longtemps à découvrir de quoi il s'agit lorsqu'il lève la tête. Un chien se tient au milieu de la cour. Il est très maigre, et les longs poils emmêlés tout autour de sa tête forment une crinière de dreadlocks. L'animal est presque entièrement noir, hormis une tache blanche qui s'étale du cou à la partie supérieure du poitrail. Il n'est pas impressionnant, n'a pas l'air bien méchant, rien à voir avec le démon hurlant imaginé par une nuit brumeuse. Harry se méfie quand même, reste à distance et avance la main. Le chien le fixe de ses grands yeux bruns aux pupilles noires, semblables à des taches circulaires de café. Une vilaine blessure cicatrisée orne son crâne.

– Bonjour, le chien !

Il quille les oreilles au son de la voix, avance timidement de deux ou trois mètres, recule.

– Viens, n'aie pas peur, le chien, je ne te veux aucun mal.

La voix humaine continue de produire son effet. Cette fois, l'animal approche en balayant la neige de sa queue. Il tend le cou et renifle la pointe d'une botte. Il ne porte pas de collier. Harry se penche lentement, dépose le bol sur la neige et caresse le chien, qui se laisse faire en reniflant les traces de café. Lorsqu'un paquet de neige glisse du toit, l'animal se retire vivement, puis revient goûter aux caresses. Harry l'interroge et le chien l'observe, comme s'il était désolé de ne pouvoir répondre. Nulle présence de tatouage à l'intérieur des oreilles. Harry attrape le bol et s'apprête à rentrer, se disant que le chien retrouvera bien son chemin, qu'il s'agit peut-être de celui de ses voisins. L'animal le suit jusqu'à la porte. Harry le repousse délicatement et referme derrière lui.

Pendant qu'il rince le bol, Harry entend chouiner et gratter à la porte. Il s'assoit, prend la bible paysanne, pensant que le chien va bien finir par se calmer. Au contraire, l'animal s'obstine. Impossible de se concentrer. Harry ouvre la porte et le chien se faufile à l'intérieur. Il l'attire dehors avec un biscuit, décidé à le raccompagner jusqu'à la ferme voisine. Voilà une excuse toute trouvée pour faire connaissance. Le chien engloutit le biscuit et suit Harry jusqu'au chemin, puis s'assoit en regardant l'homme s'éloigner dans la brume qui s'est de nouveau installée. Après quelques mètres parcourus, Harry l'appelle. Oreilles plaquées en arrière, l'animal ne réagit pas. Harry fait demi-tour et l'incite à le suivre, sans résultat. Il ramasse un morceau de bois et le jette au loin vers la ferme voisine. L'animal n'esquisse aucun mouvement. Harry tente à nouveau l'expérience, mais le chien demeure impassible. Tant pis ! Harry veut en avoir le cœur net. Il remonte le chemin sur une vingtaine de mètres. Le chien se lance à ses trousses, le dépasse et se plante face à lui en grognant, poils hérissés sur le dos. Harry se méfie des réactions de l'animal, il cherche à l'amadouer. Rien n'y fait, le chien n'est pas décidé à lui céder le passage. Harry renonce à aller plus loin et retourne sur ses pas. Il reviendra plus tard, seul. Lorsqu'il escalade la clôture, le chien l'a déjà rejoint et se faufile en dessous. Il se demande ce qui a pris à l'animal, maintenant que le voilà revenu à de meilleures intentions.

Pendant que le chien furète autour des bâtiments, Harry en profite pour s'esquiver dans la maison. Il s'attend à de nouveaux grattements à la porte. Comme rien ne se passe, il reprend sa lecture. Plus tard, s'en allant chercher du bois, il constate que le chien a disparu. Il jette un coup d'œil à la combe voilée par la brume. Un cyprès couvert de neige ressemble à une mariée immobile, triste et abandonnée sur un parvis émaillé de pétales blancs, dans un silence de mort.

De retour à l'intérieur, un panier de bûches à la main, Harry se surprend à penser encore au chien. Une pâle lueur pénètre la cuisine, huilant la grande table, les chaises, le buffet, les murs. Différentes nuances de pénombre tapissent les encoignures, et partout sur les poutres, des araignées aux allures de petites méduses demeurent suspendues à leur fil invisible, les sens aiguisés par l'attente de voir approcher un insecte imprudent.

Harry se verse un fond de café passé depuis longtemps. Le breuvage a un goût de métal lui rappelant celui que préparait tôt le matin sa mère et qu'elle laissait réchauffer jusqu'à ce que tout soit consommé. Des sensations déboulent en cascade. Harry regarde machinalement sa montre, le ramenant à une conversation, cinq ans auparavant.

– Bonjour, maman.

– Bonjour, mon grand, entre.

Harry s'assit dans le fauteuil en tissu orné d'oiseaux de paradis et de taches de sang que sa mère n'était jamais parvenue à effacer. Ce jour où il s'était égratigné en tombant de vélo.

– Je te sers une tasse de café ?

– Je veux bien.

Elle disparut quelques secondes et revint, une tasse à la main.

– Papa n'est pas là ?

– Il est sorti discuter avec les voisins. Il y a eu des cambriolages dans le quartier.

– Mince…

– Les gens vont faire leurs courses, et ils trouvent la porte fracturée en rentrant. Plus personne n'a d'espèces de nos jours, ils cherchent l'or… Des professionnels, c'est ce que disent les gendarmes.

Harry but une gorgée. Au fil du temps, il avait appris à aimer le café usé de sa mère. Elle reprit :

– On n'a pas les moyens de faire installer une alarme, avec mon salaire et ce que ton père touche comme indemnités. De toute façon, les seuls bijoux de valeur que je possède, je les porte sur moi.

– Les cambrioleurs ne sont pas censés le savoir.

– C'est pour ça qu'on laisse la porte ouverte quand on s'en va. De nos jours, faire déplacer un serrurier coûte les yeux de la tête.

Elle déplia un papier qui traînait sur la table basse et le tendit à son fils : « Chers cambrioleurs, ce n'est pas la peine de retourner la maison sens dessus dessous, nous n'avons pas d'argent et les quelques bijoux que nous possédons sont sans valeur. Nous les laissons à votre disposition dans le coffret posé sur le meuble de la salle à manger, prenez ce qui vous fait plaisir. »

– On le met bien en vue sur le guéridon de l'entrée quand on s'en va, ajouta-t-elle.

– Vous pensez vraiment que ça peut arrêter les voleurs ?

– C'est une idée de ton père, tu le connais, il a toujours pensé qu'il y a quelque chose de bon à tirer de tout être humain.

– On ne le changera pas.

Elle hocha la tête, attrapa son sac à main et en sortit une montre au bracelet râpé, que Harry n'avait jamais vue.

– Je veux bien tout leur laisser, mais pas cette montre. Elle appartenait à mon père. Elle te revient. Je l'ai fait réviser, elle est à l'heure et la pile est neuve.

La mère de Harry lui avait raconté la captivité de son père dans un camp de travail en Allemagne, pendant la Deuxième Guerre mondiale, le froid, les privations et les brimades de tous ordres. Après deux ans de sursis, il était mort à quarante ans, balayé de la surface de la terre. L'air avait fini par lui manquer tout à fait.

– Donne ton poignet !

Harry releva la manche de sa veste. Sa mère prit une profonde inspiration et accrocha le bracelet au même œillet que celui utilisé par son propre père, et ses mains tremblaient un peu.

– J'en prendrai soin, maman, dit-il en fixant le cadran.

Elle recouvrit la montre avec la manche.

– Je sais, dit-elle.

Elle esquissa un sourire, ravalant l'émotion qui la gagnait.

– C'est gentil d'être passé nous voir.

– Je voulais vous annoncer qu'un éditeur accepte de me publier.

– Mais c'est formidable, ton père va être fou de joie quand il va l'apprendre.

– Je ne peux pas rester plus longtemps, j'ai justement rendez-vous avec lui. Je repasserai.

– Alors, tu l'annonceras toi-même à ton père.

Harry a toujours le regard figé sur la montre de ce grand-père inconnu, cette montre qui ne sera jamais sa montre. En lui faisant ce cadeau, sa mère lui avait offert « le mausolée de tout espoir et de tout désir ». Le cadran a jauni avec les années. Les aiguilles dorées semblent se déplacer dans une eau saumâtre, non vers le futur, mais au contraire vers un temps abandonné aux portes d'un passé refoulé. Et ce tic-tac, comme le bégaiement d'une réalité ne pouvant qu'être vaincue par la mort. Parce que entre oublier et conquérir, il n'y a pas d'espace, deux projets qu'on ne parvient jamais à mener à bien, sinon en disparaissant, en s'extirpant de cette maudite substance épaisse et glauque, inaltérable, sans laquelle nous serions des êtres magnifiques, libres et sans orgueil, exempts de la crainte de mourir.

Caleb

Ça sert à quoi d'écrire des livres ? On a obligé Caleb à en lire à l'école, de vieilles choses en vers racontant les maîtres et les valets. À ses yeux, un livre, c'est de la poudre aux yeux. Ça n'aide pas à vivre. Ça n'aide pas plus une brebis à agneler, à planter droit un piquet ou à déneiger la cour. Comme s'il n'y avait pas d'autre endroit pour venir s'installer qu'ici, pile sous son nez. Un type de ce genre, rempli de courants d'air. Il en a parfois entendu parler, à la radio, vu à la télé, des gens de son espèce, donneurs de leçons et compagnie, comme s'ils étaient tombés sur terre dans le but de révéler une grande vérité au reste de l'humanité. Pas de doute, le Harry en question veut fourrer ce pays et ses habitants dans un de ses livres, sinon pourquoi venir là. Caleb va surveiller ce qu'il écrit, veiller à ce qu'il ne raconte pas de bêtises.

Il rassemble ses mains autour du verre de café tiède. Une poésie apprise par cœur escalade sa mémoire :

Mignonne, allons voir si la rose
Qui ce matin avait desclose
Sa robe de pourpre au soleil,
A point perdu cette vesprée
Les plis de sa robe pourprée,
Et son teint au vôtre pareil.

Il s'étonne de se rappeler cette petite chose inutile, pas même écrite en bon français. Des roses, Caleb en voit éclore chaque année sur les arbustes plantés de chaque côté du portail. Il se souvient du poème et même du nom du poète, un nom prédestiné, une racine de ronce, Ronsard et ses mots bizarres qui font fleurir la rose en plein hiver. Au moins, pour ce que Caleb en a lu, l'écrivain a l'air d'écrire en bon français.

Le chien est déjà parti faire un tour. Caleb boit le café. Il reste un peu de marc dans le fond du verre et il le fait tourner à la manière d'un orpailleur. Une forme diffuse apparaît, s'affine en une silhouette reconnaissable, et ce n'est pas de l'or qui la définit, mais plutôt de la terre. Caleb cogne nerveusement le verre sur la table et se lève, maudissant l'écrivain et sa mauvaise influence. Il remet du bois dans le fourneau, chausse ses bottes fourrées, enfile sa veste et sort. Il se rend dans la bergerie. De sous un tas de sacs à grains vides, il exhume un cadre en bois finement grillagé, de quatre mètres sur quatre, fabriqué de ses mains, et le transporte dans le verger. À l'aide d'une pelle, il décape la neige sous un pommier plein vent et s'en va chercher un seau de pommes flétries, en partie pourries, entreposées dans la cave, et revient les éparpiller sur le sol. Il dépose le cadre par-dessus et retourne dans la bergerie scier un liteau d'un mètre environ pour le positionner au milieu d'un des montants du cadre, dans une encoche. Une fois le cadre en équilibre, Caleb noue une cordelette au centre du liteau et la déroule jusqu'à la bergerie en la recouvrant de neige au fur et à mesure, puis la fait passer par une lucarne. Il appelle le chien, qui rapplique aussitôt, il l'emmène avec lui dans la bergerie et tire le battant. Les moutons donnent de la voix. Caleb remplit les râteliers pour les faire taire, installe un escabeau sous la lucarne et s'assoit sur la plus haute marche, de sorte à voir au-dehors, et il attend, les mains dans les poches de sa veste, avec l'extrémité de la ficelle coincée entre les jambes. Le chien est allongé et mordille un montant.

Quelques minutes plus tard, un merle vient se poser sous le cadre et commence à becqueter une pomme, relevant sans cesse la tête pour sonder les alentours. Un autre le rejoint, suivi d'une escouade d'étourneaux et de petites grives qu'on appelle ici des « tours » et qui sifflent en se posant. Estimant qu'il y a suffisamment d'oiseaux sous le piège, Caleb agrippe la cordelette à deux mains et la tire d'un coup sec. La grille s'abat. Il descend de l'escabeau et se précipite dans le verger, le chien accroché à ses basques. Certains oiseaux ont été tués par l'impact, d'autres se débattent encore. Caleb saisit le liteau et avec, il assomme les blessés, puis il soulève le cadre grillagé et l'appuie contre le tronc du pommier. Il ramasse une dizaine de volatiles. Les tenant chacun par une patte, il se dirige vers le tas de fumier, et, tandis qu'il marche, les ailes flasques et déployées fouettent ses jambes de pantalon, dont l'une est déjà maculée du sang qui s'écoule d'un bec. Le chien en récolte quelques gouttes sur sa langue. Caleb dépose ensuite les oiseaux sur la neige durcie par le gel, commence par plumer un des merles au bec jaune, et le petit corps encore chaud lui facilite la tâche. Il jette les plumes dans la fosse et un duvet gris pâle s'éparpille dans l'air et flotte un moment, avant de s'accorder à la couche neigeuse. Une fois qu'il en a terminé, Caleb enfonce la pointe de la lame du couteau dans l'anus des oiseaux, retire les viscères fumants et les balance au chien. Il tranche les têtes et brise les pattes à hauteur de la première articulation, puis retourne dans la bergerie chercher un seau propre siglé au nom d'une marque de lait en poudre, et jette les petits rôtis dodus dans le seau. Il a maintenant de quoi assurer au moins quatre repas, avec des patates rissolées.

Parvenu en haut du chemin, Caleb s'arrête, observant la maison de l'écrivain. Tout est calme. Voilà bien une chose que l'autre ne doit pas savoir faire : piéger des oiseaux, pourtant autrement plus utile qu'écrire des livres ou parler des roses.

Dans la maison, Caleb dépose une cocotte sur le fourneau et y verse deux cuillerées à soupe de saindoux. Une plaque de suie se décroche du conduit de la cheminée, dégringole, se cogne à la paroi et s'écrase dans le foyer. L'huile crépite au fond de la cocotte. Caleb place le couvercle en fonte dans un bruit de cloche qui s'éteint. N'en finit pas de s'éteindre, pour laisser le temps à la vision de s'installer. Malgré lui. Cette main qui soulève le couvercle pour vérifier la cuisson. Cette main qui n'est pas la sienne. Sa main à *elle*, dont la peau ressemblait à un gant translucide, insensible à la chaleur. D'ailleurs, elle n'utilisait jamais de manique, même quand elle ouvrait la porte donnant accès au tiroir à cendres pour réduire le tirage. Elle ne craignait pas plus la chaleur lorsqu'elle s'asseyait sur la chaise en paille roussie qui se tenait toujours prête à la recevoir à quelques centimètres du fourneau brûlant. Puis se voûtait lentement, et la tête basculait en avant, menton calé entre deux excroissances osseuses. Somnolait.

Caleb fait glisser la cocotte pour réduire la température. Il s'assoit ensuite sur la chaise, jambes serrées l'une contre l'autre et bras croisés, et s'endort.

Pendant que sa mère était à l'hôpital, Caleb décida de démonter le vieux puits situé dans la basse-cour, afin de récupérer les pierres. Elle lui avait toujours dit qu'il était à sec et ne pas se souvenir quand il avait été en service.

Il fit sauter la grille de protection avec un pied-de-biche et descella une à une les pierres puis les transporta dans une brouette derrière la grange et les empila régulièrement. Il faisait chaud. Caleb avait mis à tremper une bouteille d'eau dans le bassin et allait boire de temps en temps au goulot et s'asperger le visage. Après une douzaine de voyages, ayant atteint le niveau du sol, il s'accroupit au bord du trou béant, ramassa un caillou et le jeta dedans. Le son mat que fit la pierre en touchant l'eau le surprit. Il recommença. Il ne s'agissait apparemment pas d'une simple flaque résiduelle provenant des dernières pluies. Caleb alla chercher une lampe électrique et dirigea le faisceau vers le fond du puits. La surface lisse de l'eau se trouvait sept ou huit mètres plus bas. Et si le puits était de nouveau alimenté ? Caleb pourrait alors installer une pompe et un tuyau qui servirait à irriguer le jardin et à remplir l'auge des bêtes dans la combe, plutôt que de garnir au bassin la tonne à eau attelée au tracteur. Même pas besoin de remettre les pierres en place. Il n'aurait qu'à poser la grille au sol pour éviter les accidents et protéger la pompe.

Il n'y avait qu'un seul moyen de savoir si le jeu en valait la chandelle. Caleb lesta une ficelle avec un gros écrou, afin de jauger la profondeur. Lorsqu'il la remonta, la ficelle était humide sur un bon mètre cinquante. Restait à savoir s'il ne s'agissait pas d'eau croupie. Caleb accrocha la ficelle à l'anse d'un seau et la déroula jusqu'à ce que le fond entre en contact avec l'eau, il tira d'un coup sec et le seau bascula, puis il le laissa se remplir, donnant du lest pendant qu'il s'enfonçait, et lorsque la tension se relâcha, il le ramena au jour. Caleb constata la clarté de l'eau. Seules quelques particules dorées flottaient et se déposaient sur un fragment blanchâtre de la taille d'un crayon. Caleb vida l'eau limpide dans la cour, contemplant d'un œil circonspect le bout d'os pailleté.

Il conduisit ensuite le tracteur en marche arrière près du puits, stoppant près du bord. Il noua une corde tressée à la barre de relevage et la jeta dans le vide. La lampe électrique pendait à son cou par une ficelle de lieuse. Caleb se mit à descendre à la force des bras, s'aidant de la pointe de ses chaussures glissée dans les anfractuosités de la paroi maçonnée. Atteignant l'eau, il libéra une main et dirigea le faisceau de la lampe vers le bas, juste le temps d'apercevoir une imposante masse claire dans le fond. La corde glissa entre ses doigts et il chuta dans l'eau glacée. Ses pieds s'enfoncèrent dans une substance molle, quelque chose se brisa aussi. La hauteur de laquelle il était tombé n'était pas suffisante pour qu'il se blesse. Il balada la lampe à la surface, mais l'eau s'était troublée et il ne distinguait rien. Il n'osa pas plonger le bras. Attendit que la transparence revienne, immobile et tremblant de froid, la lampe orientée vers ce qui lentement apparaissait en fragments osseux posés sur une masse sombre prenant la forme d'un crâne au front duquel s'enroulaient deux énormes cornes.

Sarah paraissait contrariée de voir Caleb. Il n'avait pas voulu l'écouter quand elle lui avait demandé de ne plus venir la voir à l'hôpital. Il la regardait avec insistance. Elle le sentait nerveux. Il n'avait porté ni fleurs ni rien.

– Qu'est-ce que t'as de travers ?

Caleb plaqua ses mains sur ses reins.

– J'ai mal au dos, dit-il.

– Tu veux que je jette un coup d'œil ?

– D'accord.

Caleb retira sa veste et s'approcha du fauteuil dans lequel sa mère était assise. Il se tourna dos à elle et releva son pull. Elle ne le toucha même pas. Une sensation de chaleur se propagea pourtant depuis le haut de ses fesses, jusqu'à ses épaules.

– C'est bon, dit-elle au bout d'un moment.

– Merci.

– Qu'est-ce qui t'est arrivé ?

– Je suis tombé.

– Comment t'as fait ton compte ?

Caleb s'assit au bord du lit, fixant de nouveau sa mère. Un hélicoptère cisailla le silence. Il le laissa atterrir et attendit encore l'arrêt du rotor avant de répondre :

– En démontant le vieux puits pour récupérer les pierres avant de le combler.

Sarah prit appui sur ses mains cramponnées aux accoudoirs, se souleva de quelques centimètres et retomba aussitôt, épuisée par l'effort. Les rides déchiraient son visage, comme sous l'effet de la douleur.

– Je l'ai pas comblé, si c'est ce qui t'inquiète, dit-il.

Elle défiait son fils du regard, les doigts toujours crispés.

– Pourquoi ça m'inquiéterait ?

– Il est pas à sec, ce puits, comme tu l'as toujours prétendu. J'ai même mesuré une belle profondeur.

Sarah pointa un doigt sur Caleb, comme s'il s'agissait d'une mire au bout d'un canon.

– Personne ne doit toucher à ce puits, dit-elle.

– Pourquoi tu te mets dans un état pareil ? Je me disais juste qu'on pourrait le remettre en service pour le jardin.

– C'est rien que de l'eau de pluie qui a dû s'accumuler dans le fond.

– C'est pas de l'eau de pluie.

– Qu'est-ce que t'en sais ?

– J'ai remonté de l'eau bien pure dans un seau, elle vient forcément d'une source qui donne toujours.

– Tu t'es trompé, elle peut pas être pure, cette eau.

– Je suis même descendu voir.

Les yeux qu'elle posa alors sur son fils ressemblaient à des têtes de boulons rouillés enfilés sur deux rondelles galvanisées.

– Tu laisses tout ça où c'est, t'entends !

Caleb soutenait le regard de sa mère.

– Tout ça ?

– Fais pas l'innocent.

– Qu'est-ce qu'elle fout au fond du puits, cette carcasse ?

– T'y as pas touché, au moins ?

– Non, mentit Caleb, qui avait gardé le crâne. Ce bélier, comment il est arrivé dans le puits ?

Les doigts de la vieille femme libérèrent les accoudoirs. Ses mains se rejoignirent sur ses jambes, comme pour contraindre leur tremblement, et les varices sous la peau de ses tibias faisaient penser à des tiges biscornues décapitées.

– Le bélier…, répéta-t-elle, hagarde. Il est tombé dans le puits quand ton grand-père le creusait. Il s'était rompu le cou, il a fallu l'achever d'un coup de fusil.

– Pourquoi il y est toujours ?

– Personne n'est en droit de modifier à sa convenance ce qui a eu lieu et où ça a eu lieu.

– Je comprends pas. Le bélier est forcément tombé avant que les pierres soient posées.

– Et alors.

– Il a quand même terminé le puits ?

– On construit bien des tombes pour les humains.

– Pourquoi tu m'as jamais rien dit ?
– Je l'aurais fait.
– Quand ?
– Aujourd'hui, j'imagine.

Puis Sarah se recroquevilla comme une crosse de fougère qui revient à l'origine de sa forme. Une autre image que celle de sa mère assise dans le fauteuil de skaï brun apparut à Caleb, ainsi que la scène tout entière, quand elle chevauchait un sillon de betteraves pour le désherber, coiffée d'un chapeau de paille cerclé d'un ruban noir, sa robe noire couvrant son corps des chevilles aux poignets. L'enfant qu'il était alors jouait avec des grillons et plaçait des mottes de terre sur le passage des insectes. De temps à autre, il jetait un coup d'œil à sa mère et elle jamais. Il avait le sentiment de veiller sur elle, sur cette silhouette appliquée et opiniâtre occupée à dégraisser la terre, le sentiment qu'elle était à sa place, cette place qui lui permettait d'honorer la vaste tombe qu'était ce champ uniformément décoré, comme si elle arrachait à mains nues l'histoire d'avant elle et qu'elle faisait aussi en sorte d'empêcher de pousser l'histoire après elle, comme si elle endossait l'histoire dans un même geste répétitif, la seule histoire à retenir, la seule à conserver, celle bloquée sur le cadran de la montre ensorcelée par le mouvement réprimé de l'unique aiguille de sang, cette aiguille qu'elle n'avait jamais pu briser autrement qu'en jetant les horloges, afin de se venger elle-même de sa faiblesse de n'avoir su la briser à temps. Ce sang qu'elle n'avait su contraindre dans ses veines et ses artères, et qui la rongeait partout en dedans, parce qu'il n'y avait rien à faire contre la dilution du sang, parce qu'on n'est pas maître des crues.

Elle releva la tête et appuya le dos contre le dossier. Jamais Caleb ne l'avait sentie aussi vulnérable.

– Ils disent que je peux pas rentrer, qu'il faut que j'aille dans une *maison de repos*, c'est comme ça qu'ils l'ont appelée, mais moi, je veux rentrer chez nous.

– Laisse-les dire…

– Ils disent que je risque d'autres attaques, que je suis un poids trop lourd pour toi.

– Ça les regarde pas ce que tu es pour moi.

Elle paraissait désemparée, maintenant.

– Tu me promets que ça n'arrivera pas ?

– Ça n'arrivera pas.

– Alors, je vais te croire.

Harry

La torche a donné des signes de faiblesse lors de l'exploration du grenier. Harry se dit qu'il vaut mieux prévenir en cas de coupure d'électricité et se rendre au village pour acheter des piles. L'obscurité totale est une expérience qu'il ne se sent pas encore prêt à tenter.

Sofia marque la surprise en le voyant entrer dans la boutique. Elle note les changements sur son visage. Il ne se rase plus et en seulement quelques jours ses joues se sont creusées au travers d'une barbe clairsemée. Il achète des piles et deux paquets de bougies.

– Panne d'électricité ?

– Non, c'est juste au cas où.

– Vous avez raison, ça arrive souvent, les pannes en hiver.

– Vous n'auriez pas entendu parler d'un chien perdu, par hasard ?

– Non, pourquoi ?

– J'en ai trouvé un dans ma cour, hier. Je pensais qu'il appartenait à mes voisins…

– Quels voisins ? coupe sèchement la jeune femme.

– La ferme en face de chez moi, j'ai essayé d'y amener le chien.

– Vous êtes monté là-haut ?

– Non, le chien n'a rien voulu savoir. Vous les connaissez probablement ?

– Je les connais pas.

– Moi qui pensais que tout le monde se connaissait dans un petit village.

D'un geste nerveux, elle enfourne les articles dans une poche en papier.

– C'est tout ce qu'il vous fallait ?

La question sonne comme une grille refermée brutalement.

– C'est tout.

– La machine est en panne aujourd'hui, au cas où vous auriez envie d'un café.

Harry paie ses achats. Il ne quitte pas Sofia des yeux.

– Ce chien, il avait l'air terrorisé dans le chemin.

La jeune femme lui tend la poche.

– On devrait plus souvent écouter les animaux, dit-elle d'une voix atone.

Harry reprend la route. La calandre déchire des copeaux de brume de plus en plus épais. Il parcourt la distance qui le sépare du Bélier en ressassant les paroles de la jeune femme, sa gêne à l'évocation des voisins. Il n'a pas insisté pour ne pas la braquer.

Pénétrant dans la cour, il aperçoit le chien assis

devant la porte. Il gare la voiture contre la grange. À son retour, le chien n'a pas bougé. Des glaçons pendent le long de sa queue et de chaque côté de sa tête. Cette fois, Harry le laisse entrer. L'animal ne se fait pas prier et se couche devant la cuisinière, comme s'il était chez lui.

Les jours qui suivent, le brouillard reprend le pouvoir. L'immobilité est totale et même la neige a renoncé à tomber. L'espace est contraint par deux états de l'eau, solide et vaporeux. Le temps flotte, stagne et pèse plus encore que s'il s'écoulait d'un événement à un autre ou sous le cadran d'une montre. L'unité tangible qu'embrasse son regard oppresse moins Harry, non qu'il ait l'impression d'en faire partie, mais la puissance qui s'en dégage fomente une calme rébellion contre une existence qu'il avait crue tracée. *Le temps ici*, pense-t-il, *c'est de la poudre d'os enfermée dans un sablier que personne n'aurait l'arrogance de retourner, on le devine par transparence et on retient sa main.*

Le chien ne quitte plus guère la chaleur de la maison. Il suit Harry partout, au même rythme, semblable à une ombre dévote, s'offrant un peu de liberté au-dehors pour se dégourdir les pattes. Le reste du temps, il dort sur une couverture, près du fourneau. Parfois, il se poste debout face à la porte, comme s'il tentait de déchiffrer les écorchures du bois. Au début, Harry a pensé le conduire au refuge le plus proche. Il y a vite renoncé. Le chien est devenu son compagnon et l'animal semble heureux d'être là. Par superstition, Harry n'ose pas encore lui donner un nom, de peur qu'il s'en aille.

Ils passent de longs moments, reclus dans le silence. Harry lève parfois les yeux de la bible paysanne lorsqu'il entend un bruit, et le chien fait de même. On dirait que la maison étire ses membres longtemps endormis, s'exprime dans son propre langage, traduit à sa manière les voix et les sons que d'autres ont abandonnés à l'intérieur des murs, des meubles et du plancher. En plus de parler, peut-être que la maison écrit, que toutes les scarifications valent symboles, qu'ainsi elle raconte l'histoire, comme les rides sur un visage. Ne pas brusquer les choses. Apprendre patiemment ce langage. Apprendre à toucher, sentir, regarder, écouter. Harry a le sentiment que la maison se nourrit aussi de sa présence, qu'elle le tolère dans ce but. Peut-être que sa raison vacille, avec l'isolement. Peut-être que les murs conventionnels de son esprit s'en trouvent peu à peu rongés, que des rouages insoupçonnés se mettent en action, graissés par le brouillard. Peut-être que les mots sont eux aussi en suspension dans la brume et qu'il faut leur laisser le temps de se mettre en place. Les ciels clairs sont sans mystère et ne contentent que ceux qui rêvent de vacances. Peut-être que tout se joue dans cette maison, avec sa mémoire, avec le chien, avec le dehors qui bute sur les murs et les traverse. Peut-être que Harry est au bon endroit, qu'il ne faut pas résister, que seuls les humains d'ici font de lui un étranger.

Harry n'a jamais utilisé une arme à feu. Si une bestiole trop entreprenante venait à se manifester, il se dit que cela pourrait lui être utile de savoir tirer. Il n'imagine pas un seul instant tuer un être vivant.

Il emporte le fusil, une boîte de conserve vide et fourre une dizaine de cartouches dans les poches de son manteau. Il contourne la grange, suivi du chien. Il pose la boîte sur un piquet de clôture, s'éloigne de quelques mètres et s'arrête avant que la cible ne disparaisse dans la brume. Met en joue, vise un long moment et presse la détente. La détonation perfore ses tympans, il ferme les yeux par réflexe et le recul enfonce violemment la crosse dans son épaule. Le brouillard est en place. La boîte n'est plus sur le piquet et le chien observe Harry d'un air curieux, nullement apeuré par le coup de feu. L'écho résonne encore dans les oreilles de Harry. Il a un peu honte d'avoir dérangé le silence. Puis tout redevient normal. Il récupère la boîte criblée de plombs. Pas très glorieux de faire un tel carton à une si faible distance. Il appuie d'un coup sec sur le double canon, qui se désolidarise de la crosse, expulsant la cartouche vide. Le chien bondit et la saisit dans sa gueule et la rapporte fièrement à Harry, qui se penche et tend la main et reçoit l'offrande dans sa paume. Quelqu'un a appris ça au chien. Quelqu'un.

Plus tard, pendant que le chien dort profondément sur sa couverture, Harry décide de traquer les courants d'air qui s'insinuent dans la maison par une multitude de brèches. Il commence par glisser du papier journal sous les plinthes mal ajustées, réduisant ainsi l'air froid qui monte de la cave. Il faut trouver une autre solution pour la porte, ne pas avoir à remettre en place les torchons à chaque fois qu'il entre.

Harry explore la remise. Il y a des outils en vrac sur un établi et toutes sortes de matériaux accrochés sur un mur : ficelle, raphia, fil de fer et une chambre à air de roue de tracteur, en déduit Harry à sa taille. Une idée surgit. L'idée de fabriquer quelque chose de ses propres mains éveille en lui une âme insoupçonnée de bricoleur. Agir avec méthode. Il retourne mesurer la porte. À l'aide d'un cutter, il découpe une lanière de chambre à air d'une dizaine de centimètres de largeur, qu'il cloue au bas de la porte avec de petites pointes à tête large dégotées dans un tiroir de l'établi. Une fois la bavette en place, il ouvre la porte. L'essai est concluant. Le caoutchouc racle le sol en se déformant. La porte refermée, il remplit parfaitement son rôle en empêchant les entrées d'air glacial. Harry est satisfait.

Le chien se lève brusquement et se met à grogner, les poils hérissés sur le dos. Il a perçu avant Harry les bruits réguliers au-dehors, les mêmes cognements déjà entendus. Ça vient de la combe ou de plus loin. Harry regarde par la fenêtre du bureau. Il ne voit rien. Les bruits sont toujours aussi réguliers, mais s'estompent, comme si la neige les recouvrait peu à peu, et la terre.

Caleb

À l'autre bout du téléphone, d'une voix douce, l'infirmière dit :

– Votre maman est décédée ce matin. Elle a fait un nouvel infarctus. Nous ne sommes pas parvenus à la ranimer, je suis désolée.

« Maman », ce mot dans la bouche d'une inconnue avait choqué Caleb. Pourquoi pas « Votre mère est morte ». Et que signifiait « ce matin » ? Il n'était pas encore dix heures. Caleb en voulait à cette femme, qui précisa ensuite qu'« elle », pas « votre maman » ni « votre mère », mais qu'« elle » n'avait pas souffert, que ça se voyait aux traits détendus de son visage. Les « traits détendus de son visage », comment croire à un tel prodige ? Ajoutant que Caleb pouvait venir quand il le souhaitait, qu'on avait préparé sa mère. Il se demanda également ce que signifiait « préparer une morte », lui qui n'avait vu qu'un seul cadavre humain dans sa vie, celui du voisin allongé dans l'herbe, et pas du tout préparé. Une fois que l'infirmière eut terminé,

Caleb répondit qu'il se rendrait à l'hôpital dans la journée, puis il raccrocha.

Il nota la date sur le calendrier. Rien ne pressait, désormais. Il alluma une cigarette, versa un reste de café froid dans un verre et y ajouta de la gnôle. Il but une gorgée, le dos contre la fenêtre donnant sur la combe, face au fourneau, là où s'affairait souvent sa mère. Tant qu'elle s'activait, elle paraissait surhumaine, indestructible, immortelle, même lorsqu'elle s'asseyait sur la chaise pour se reposer. Il se promit de ne jamais retirer cette chaise sur laquelle l'ombre reposerait désormais et dans laquelle il se fondrait afin de s'accorder à son pouvoir. Les ombres ne meurent pas, mais sa mère était partie en un lieu de misère anonyme d'où il n'avait su l'extraire à temps. Cette promesse qu'il n'avait pas honorée, de la ramener vivante chez elle, une promesse qu'il traînerait jusqu'au bout et qui n'en finirait pas de soulever la poussière. Une poussière issue d'un champ de betteraves. Tout ce qu'elle avait probablement voulu lui faire comprendre à ce moment-là, le dos voûté, les doigts enterrés. Lui faire comprendre qu'on se redresse toujours une fois de trop. Se croyant encore capable de déroger à la règle, avant de se donner raison. À quoi cela pouvait-il bien servir de le savoir ? Comment reconnaître le moment où il ne faut plus chercher à se redresser, qu'il est inutile d'essayer ? Il semble qu'on ne soit jamais assez lucide pour se débarrasser de l'orgueil déplacé de croire que le monde n'est pas encore prêt à se passer de nous, pas le vaste monde, mais ce lopin sur lequel on s'affaire une vie entière. La vanité est un marteau, et nos vaines espérances les clous qui scellent le cercueil.

Caleb se rendit à l'hôpital en milieu d'après-midi. On le conduisit à la morgue où reposait sa mère, son cadavre vêtu de propre. Les pantoufles mauves à ses pieds lui donnaient une allure grotesque et il demanda qu'on lui enfile les chaussures qu'elle portait à son arrivée. Il voulut ensuite la ramener lui-même dans le break, mais on lui dit que ce n'était pas possible. Il guida l'ambulance jusqu'à la ferme et les deux types à bord transportèrent le corps sur un brancard et le déposèrent sur le lit, puis retrouvèrent seuls la sortie.

Le chien s'approchait de temps en temps de la porte de la chambre et repartait, n'entrait pas. Caleb contemplait la dépouille au visage fermé, à la bouche close. Sa mère avait depuis longtemps dit l'essentiel, consacrant son énergie à dissimuler un secret. Il imagina un instant l'abandonner dans cette chambre aux fenêtres et aux volets fermés, laisser son corps se dégrader et pourrir, que s'échappe enfin le secret dans l'air. Était-ce une des raisons pour lesquelles certains cadavres incommodent plus que d'autres ? Parce qu'ils renferment des secrets plus ou moins grands ? Ce que sa mère voulait emporter avec elle dans la tombe, ce que son corps confessait dans la puanteur ?

Caleb veillait le corps pour ne rien manquer de la

révélation, si elle devait survenir, pensant que le don s'étendait peut-être à cela. Il la veillait jour et nuit, ne s'absentant que pour s'occuper des animaux. Il espérait que tout ne soit pas mort, que tout ne soit pas dit, quitte à faire l'apprentissage d'une langue créée pour l'occasion et aussitôt détruite. Au moins être présent, si une telle chose devait arriver. Constatant que rien ne se produisait, que sa mère n'avait rien à ajouter, il tenta de trouver des réponses sous les paupières qu'il releva avec une pince à épiler, ne découvrant que deux yeux vitreux étonnamment rieurs ; dans les rides parcourant son visage et menant à d'autres rides, semblables à des ruisseaux asséchés ; sur ses mains plaquées au drap, boursouflées d'os et de veines en décrue, aux doigts tordus, aux ongles trop longs, elle qui les taillait deux fois par semaine avec les ciseaux de couturière ; sous les vêtements qui masquaient les quelques reliefs, dont Caleb pouvait témoigner de la présence, pour les avoir surpris enfant au travers d'amples chemises de nuit, les soirs d'été. Durant trois jours, il s'obstina à la faire parler, et elle à se taire.

Tant qu'elle était vivante, Caleb ne s'était jamais apitoyé sur sa mère, mais en la voyant ainsi offerte au néant, un immense désarroi s'empara de lui. Pire que de s'être trompé sur elle, il avait le sentiment de ne pas l'avoir connue.

Le jour de l'inhumation, les croque-morts vinrent

déposer le corps dans le cercueil et demandèrent à Caleb s'il voulait lui adresser un dernier mot. Caleb ne comprit pas la question et demeura immobile dans l'embrasure de la porte, avec le chien derrière lui. Les employés des pompes funèbres posèrent le couvercle et le scellèrent, puis transportèrent la bière dans le corbillard.

Une fois au cimetière, Caleb tint à porter une des poignées du cercueil, se souvenant que de toute sa vie sa mère ne lui avait jamais pris la main. Il faisait une chaleur à crever. Pressés d'en finir, les croque-morts expédièrent l'affaire. Le curé n'avait pas été convié pour prolonger le rituel. Caleb demanda au fossoyeur de s'éloigner un moment et dit au revoir à sa mère, maintenant que ça avait du sens, pas adieu. Puisqu'elle était désormais parée d'invisibilité, il n'aurait plus aucune possibilité de lui échapper, n'aurait aucun répit. Le moindre de ses actes serait jugé depuis la froide demeure qu'elle venait de rejoindre.

Caleb rentra et s'assit sur une chaise près du lit vide, dans la chambre éternellement mortuaire. Le chien resta sur le seuil. Caleb aurait aimé qu'il le rejoigne. Il se demanda ce qui tenait l'animal à distance, sûrement pas les odeurs persistantes, et il en vint à la conclusion que ce n'était simplement pas son affaire. La mort, le chien ne la considérerait pas avant qu'elle ne survienne. Voilà tout.

Va pas falloir que t'aies les deux pieds dans le même sabot, maintenant que je suis plus là.

Le Land Rover pénétra dans la cour. Le maire en descendit, déployant son imposante carcasse, et claqua violemment la portière. Deux vastes auréoles tachaient sa chemise au niveau des aisselles. Caleb connaissait sa famille, comme tout le monde, surtout son fils, Sylvain, avec qui il était allé à l'école communale jusqu'au CM2, un abruti pourri gâté qui harcelait les faibles, né avec une cuillère en argent dans la bouche et plein d'hectares autour.

Une vingtaine de mètres séparaient la voiture de la porte d'entrée. Simon Artaud hésita à les franchir, comme s'il s'apprêtait à traverser le temps à rebours, mais il était pourtant bien là, dans cette cour, en plein mois d'août, en plein après-midi, en plein soleil, dans son rôle. Caleb, pieds nus sur le perron, le regarda approcher. L'autre se campa bientôt devant lui, à distance respectable, puis dégrafa un bouton supplémentaire de sa chemise.

– Je te présente mes condoléances.

Caleb ne réagit pas.

– J'imagine que c'est pas facile de se retrouver tout seul.

Caleb jeta un coup d'œil au chien assis près de lui.

– Il faudra que tu passes à la mairie pour signer des papiers.

– Je passerai.

– Bien.

Le maire s'interrompit et pinça la couture de sa chemise pour la décoller de son ventre.

– Dis-moi, je voulais te demander. Elles donnent encore bien tes sources ?

– Elles donnent.

– Remarque, le contraire serait étonnant, vu qu'on sait trouver l'eau dans la famille.

Caleb comprit où l'autre voulait en venir, pourquoi il avait débarqué en réalité.

– La mienne est tarie à cause de la sécheresse. Ils disent qu'on va en avoir de plus en plus souvent, que l'eau va devenir de l'or.

– Ça l'a toujours été.

– Sûrement, mais tant qu'on n'en manque pas, on s'en rend pas compte.

– C'est bien le problème. Vous avez autre chose à me dire que des condoléances ?

Le maire fixait maintenant Caleb.

– Tu viendrais pas chez moi, pour voir s'il y a moyen de trouver un filon pas trop profond pour irriguer mon maïs ?

– Un filon ? Moi, je trouve que les sources, vous savez.

Le maire sourit nerveusement. Caleb soutenait son regard.

– Alors, tu viens quand ?

– Je viendrai pas.

– Je te paierai ta peine, évidemment.

– C'est pas la question.

– Alors, c'est quoi, la question ?

– C'est vous qui l'avez voulu, ce monde sans eau. Maintenant, faut en assumer les conséquences.

– Qui ça, vous ?

– Vous et vos hectares de maïs gaspilleurs d'eau.

– Il faut bien que je nourrisse mes bêtes.

– Combien vous en avez au juste ?

– Trois cents, je viens même de construire une nouvelle stabulation, pour qu'on puisse vivre à tous sur la ferme.

– Je sais, je vois briller le toit depuis la colline... Sacrée verrue dans le paysage.

– C'est à cause des panneaux solaires, une première dans la région.

– Vous chauffez les bêtes avec ? demanda Caleb d'un air cynique.

– Je revends l'électricité, rien ne se perd et tout le monde en profite.

– J'imagine bien que chez vous y a rien qui se perd.

– On fait le même métier.

– Je crois pas.

– Bien sûr que si, et on doit même s'entraider.

– On dirait que vous vous en rappelez quand ça vous arrange.

– Je sais ce que ta famille a enduré, je peux faire en sorte que ça aille mieux pour toi.

– J'ai pas besoin d'aide.

Le maire ouvrit les bras, comme pour étreindre quelqu'un par les épaules.

– Allez, tu viens quand ?

– J'ai déjà répondu.

– T'es qu'un égoïste.

– Merci pour les condoléances, je suis touché que vous vous soyez déplacé exprès. Je passerai signer les papiers dans la semaine.

Le maire fulminait. Il rejoignit sa voiture à grandes enjambées, encastra sa grosse masse à l'intérieur et démarra en trombe. Le silence revenu, Caleb marcha jusqu'à la bergerie contre laquelle se trouvait le bassin. Il positionna sa paume sous le filet d'eau s'écoulant par le tuyau en cuivre et but plusieurs lampées glacées.

Au lendemain de l'enterrement de sa mère, Caleb fouilla la chambre de fond en comble, souleva le matelas, ouvrit les tiroirs, explora les piles de draps et de linge dans l'armoire monumentale, tout cela pour un misérable butin n'excédant pas trois branches de lavande et des objets du quotidien. Il faudrait faire avec, ou plutôt sans. Elle avait suivi ses propres préceptes à la lettre, les avait aussi inculqués à son fils depuis sa tendre enfance : ne rien conserver qui eût pu trimbaler un souvenir, arguant qu'il subsistait toujours assez d'objets recouverts d'empreintes, de petits mémoriaux trompeurs. Elle avait aussi confié à Caleb que si un jour l'envie le prenait de gravir une colline pour se prouver quelque chose ou simplement voir de l'autre côté, il lui faudrait lever la tête une fois en haut et regarder le ciel, de nuit comme de jour, car cet infini inconcevable le ramènerait toujours à la surface de son existence : une ferme à entretenir, à conserver sans songer à l'étendre. Vivre n'était pas se soumettre au temps, ni aux êtres, ni aux événements qui le balisent. Le meilleur moyen d'oublier ses ambitions était la discipline et le travail, reproduire la même journée, ne rien changer, refouler les tentations.

Pour Sarah, seuls les animaux avaient le talent de venir au monde sans ambition. Eux seuls étaient en mesure de ne pas désirer devenir plus qu'une alternance de mouvements et de repos, eux seuls étaient capables de ne jamais convoquer un quelconque après dans une seule vie offerte. L'effacement était la doctrine de Sarah. Caleb avait reçu l'enseignement. Il devait ainsi éviter de côtoyer les humains, car selon elle, les formes d'attachement ne conduisent qu'au reniement de soi et l'on finit toujours par se trahir dans la haine ou le consentement. Lorsqu'elle parlait de haine, Caleb sentait que le sentiment accompagnait les mots de sa mère, une haine destinée à quelqu'un en particulier qu'elle ne pouvait nommer ni même évoquer.

Elle avait depuis longtemps réglé le sort de Dieu et aussi de son Fils, dont elle avait réduit l'image et l'histoire à un épouvantail accroché à deux morceaux de bois, une construction risible balayée par les vents dominants. De la même manière que Dieu et ses anges combattants avaient refoulé du paradis le diable et son armée, le village avait procédé de la sorte avec Sarah et Caleb. Ils ne croyaient pas aux mêmes forces de l'esprit. Alors, on avait placé la mère et son fils dans un camp qu'ils n'avaient pas choisi, et ils avaient baissé la tête, non par soumission, mais pour résister aux assauts, ne pas fuir, ne pas se renier, même au prix du bannissement de la terre et du ciel, même pour un enfer. Ne rien renier. Ne rien oublier, pas même ce bélier au front boursouflé qu'on avait laissé croupir au fond du puits, pensant emprisonner le malheur dans un trou béant protégé par une grille. Ce bélier qui avait refait surface pour affirmer qu'on ne peut contraindre une idée et pas plus une croyance.

Harry

La lumière traverse les vitres à pas de loup et les notes de Schubert flottent dans la maison. Bien des fois la musique était venue au secours de Harry pendant l'écriture de *L'Aube noire*, susciter une émotion qu'il traduisait en une suite de mots, s'accordant au rythme de sa propre musique intérieure, dont il aurait plus tard à parfaire les harmonies. Il avait maintes fois constaté que les phrases bien calées contiennent uniquement du sens, et que les plus bancales recèlent parfois une magie à découvrir. Harry continue d'écouter de la musique pour se rendre en terre d'écriture, mais depuis longtemps elle ne lui inspire que des phrases rectilignes, convenues, rassurantes, attendues, des phrases bien trop respectueuses de l'histoire qu'elles racontent pour être honnêtes. Il les laisse traverser l'espace sans abandonner la moindre trace sur les pages du carnet.

Depuis longtemps, le double en littérature obsède Harry, l'idée selon laquelle le moi se protégerait de l'anéantissement en créant un double messager de la mort. *El otro*, disait Borgès. Un double qui ne serait pas un sosie ou un jumeau, mais un *autre*, capable d'endosser le bonheur, la frustration, le courage, la peur, le désespoir, la lâcheté, la monstruosité, la folie, l'amour, la haine..., toutes les impossibilités momentanées ou non de l'original subordonnées à un double tout-puissant. Il n'y a pas lieu de faire coller ces deux-là.

Son père lui avait expliqué que l'auteur créait des personnages ayant pour mission d'explorer un espace littéraire, de trouver une nouvelle planète. Cette planète devrait alors posséder suffisamment de caractéristiques communes avec notre bonne vieille terre pour être habitable. Cette planète ferait littérature, celle qui place la vérité des personnages plus haut que tout, pas celle qui se raconte, pas celle des idées ou des sujets. La littérature imprégnée de mythes et de légendes, inféodée aux corps qui chutent et aux malheureux qui résistent. Celle qui redistribue les cartes du réel, celle qui triche avec un as dans sa manche. Une littérature universelle, sans frontières rassurantes. Shakespeare, Homère, Proust, Woolf, Faulkner, Virgile, Yourcenar, Sábato, Eliot, Whitman, Hugo, Mallarmé, Dickinson, Dante, Milton, Colette, Yeats, ceux qui viennent en premier à l'esprit de Harry, ceux qui savaient se tenir droits sur la crête, ceux qui ne marchaient pas à l'intérieur des terres en décrivant des paysages déjà décrits et en parlant à des statues de sel.

Lorsqu'un sujet se présente à Harry, il en repousse

les assauts, comme saint Michel le dragon. Son père lui a appris à s'en méfier. Il ajoutait qu'un auteur ne devrait pas écrire une seule ligne qui ne soit en rapport avec des obsessions profondes. Il faudrait remonter à leur source, creuser au même endroit, inlassablement. Depuis *L'Aube noire*, « l'autre » s'est tu. Harry attend que survienne l'image inaugurale, génésiaque, comme cette peur d'enfant qui avait resurgi. À cinq ans, la lumière des phares avait traversé les persiennes, traçant au mur des épées de lumière qu'il avait mis vingt ans à interpréter. Ce n'était pas l'obscurité qui le hantait alors, il y était chez lui ; c'était l'irruption de la lumière sur une surface où elle n'avait pas lieu d'apparaître, ce qu'elle révélait, les démons qu'elle éclairait au cœur de cette aube noire d'avant l'aube. Harry s'était laissé porter par cette image et le souvenir qui lui en restait : « J'avais voulu mourir à cinq ans, pensant que ce serait toujours ça de fait. »

Harry relit les dernières phrases des *Carnets du sous-sol* de Dostoïevski : « Même être des hommes, cela nous pèse – des hommes avec un corps réel, à nous, avec du sang ; nous avons honte de cela, nous prenons cela pour une tache et nous cherchons à être des espèces d'hommes globaux fantasmatiques. Nous sommes tous mort-nés, et depuis bien longtemps, les pères qui nous engendrent, ils sont des morts eux-mêmes, et tout cela nous plaît de plus en plus. On y prend goût. Bientôt nous inventerons un moyen pour naître d'une idée. » Harry lève les yeux de la page, termine son café et retourne le livre ouvert sur la table, semblable à un oiseau échoué, avec la possible mer et les possibles vagues. Au moins, Dostoïevski et son père le ramènent dans le droit chemin, quand lui prend la tentation de divertir le lecteur. Ce qui peut exister, c'est la rencontre fortuite d'un écrivain et d'un lecteur, et ce n'est pas le livre seulement qui permet ce miracle, c'est l'oubli de celui qui l'a écrit et de celui qui le lit.

Schubert continue de guider les pensées de Harry. Jamais auparavant il n'a écouté l'*Opus 100* dans un tel silence, sans le secours d'un casque. Ce silence lui fait percevoir la musique différemment, comme si leur accouplement menait à l'antichambre de l'écriture. Même s'il ne se passe encore rien de concret, il sent que l'envie revient, qu'il se tient en lisière du territoire de « l'autre ».

La maison était assise à flanc de colline. Le visiteur y accédait par un chemin goudronné. En arrivant, il découvrait une plate-bande de vivaces savamment orchestrées et désherbées chaque semaine à compter du printemps et jusqu'aux premières gelées, alignées contre les pierres grises du pignon. Quelques marches menaient à une terrasse carrelée qui dominait la ville de jour et ses lumières la nuit.

Harry était fils unique. Ses parents l'avaient choyé. Son père lui avait transmis son amour de la littérature. Sa mère l'admirait. Ni elle ni lui ne l'avaient contraint à choisir une voie plutôt qu'une autre. Jamais son père ne l'avait obligé à lire. Ce fut par simple tropisme naturel que Harry s'empara du premier livre qui compterait : les *Histoires extraordinaires* d'Edgar Allan Poe. Il en avait ensuite longuement parlé avec son père, puis cela devint un rituel, faire part de ses émotions à la lecture d'un livre, rien à voir avec une explication de texte. La littérature prit possession de Harry. Il se mit à écrire pendant les années de lycée, sans plus cesser, affirmant plus tard qu'il faisait alors des gammes. Il ne fit pas lire la moindre ligne à son père avant la publication de *L'Aube noire*. Le jour où il lui avait offert le livre, son père n'avait rien dit, il s'était retiré pour lire. Harry confia plus tard avoir eu peur de son jugement. *L'Aube noire* racontait l'histoire d'un homme qui, depuis son enfance, n'attendait rien de l'existence. En grandissant, au gré des rencontres, il se réconciliait peu à peu avec la vie, s'obstinant à faire surgir le beau, même dans les moments tragiques. Le livre avait parlé à toutes les générations, chacun y avait retrouvé ses peurs, ses rêves, et toute la panoplie des sentiments humains. « Un texte d'écrivain », avait dit son père avec beaucoup d'émotion. Il en avait oublié le fils derrière les mots. Le plus grand des compliments.

Harry retrouva ses parents dans la cuisine. Sa mère faisait des mots croisés, un dictionnaire à proximité. Son père lisait *Le Loup des steppes* pour la énième fois, dans une vieille édition de poche. Il l'avait fait lire à ses étudiants durant les quinze années où il avait enseigné à l'université, avant qu'on ne lui enjoigne de prendre une retraite anticipée, à la suite d'un troisième infarctus.

Elle leva les yeux sur son fils et le père l'imita dans la seconde, le regardant par-dessus ses lunettes calées au bout de ce nez grec qu'il lui avait légué, comme s'ils étaient reliés par une même fibre nerveuse. La mère de Harry était déjà en train de tirer des plans sur la comète.

– Tu aurais dû prévenir que tu passerais, j'aurais prévu autre chose pour le déjeuner.

– Je ne suis pas venu déjeuner, maman, mais vous dire au revoir.

– Au revoir, mais tu viens juste d'arriver !

– Je pars m'installer à la campagne, j'ai besoin de quitter la ville, de me retrouver seul pour écrire.

Elle piqua la pointe du crayon à papier dans la gomme.

– Où tu vas et combien de temps tu pars ?

– Le temps qu'il faudra, dans un petit village du centre de la France.

Harry ne leur avoua pas qu'il avait acheté une maison, sans même l'avoir visitée.

– Tu crois vraiment que c'est mieux ?

– Arrête avec tes questions. C'est son choix. S'il sent que la meilleure chose à faire pour écrire est de s'éloigner, on n'a pas notre mot à dire, coupa le père.

La mère de Harry jeta un coup d'œil à son mari en fronçant les sourcils, puis se tourna vers son fils.

– Tu pourrais quand même rester manger, puisqu'on ne va pas te revoir avant un moment.

– Désolé, mais je n'ai pas le temps, des formalités à régler.

– Tu t'en vas quand ?

– Demain matin, je vous appellerai quand je serai arrivé.

Elle ne tenta plus de le faire changer d'avis. Se leva et vint l'embrasser. Son père retira ses lunettes et se leva à son tour pour le raccompagner.

Père et fils descendirent les marches côte à côte, lentement et en silence, escortés par une rangée de buis. Au bas des marches, le père dit au fils de ne pas s'en faire plus que de raison, que tous les écrivains avaient un passage à vide, que la qualité d'une œuvre était à ce prix, qu'il ne croyait pas en ceux qui reproduisaient la même recette avec des ingrédients similaires.

– Et rappelle-toi : « Pense le matin. Agis à midi. Mange le soir. Dors la nuit. »

Ces mots qu'il lui répétait depuis l'adolescence, tirés du *Mariage du ciel et de l'enfer* de William Blake, Harry ne les avait jamais oubliés, tout comme ces récitations qu'on demande d'apprendre à l'école sans qu'on en saisisse forcément la signification. Parfois les mots lui revenaient en mémoire et prenaient alors un sens.

Tout en s'éloignant de ses parents, Harry pensait à cette maison de banlieue qu'il n'avait jamais aimée. Cette maison, sa mémoire pouvait la décrire à la perfection, froidement, rien de plus. Ce n'était pas celle de l'enfance, ils avaient trop souvent déménagé pour qu'il ait eu le temps de l'y installer. Son enfance ne se rattachait à aucune matérialité, mais à de folles courses dans la jungle, à des duels à l'épée, à la préservation du feu, à des amoureux enlacés pour toujours sous la glace du pôle, à deux ans de vacances à bord d'un voilier, à l'évasion d'une forteresse, à tant de vies imaginaires ancrées en lui. Au moins, ses parents avaient toujours laissé la clé sur la porte de la cellule. Harry le savait. Pendant des années, il n'avait rien tenté pour s'en échapper, pensant que le confort d'une cellule était bien plus enviable que l'inconfort et les agressions du monde réel. À bien y réfléchir, il n'avait jamais su ce qu'est le réel, si ce n'est une suite de renoncements permettant d'être accepté par ses semblables et de se fondre dans la masse. Ces renoncements procédaient de la même peur viscérale ressentie en écoutant le récitant dans la salle de classe, la peur qu'il se trompe, comme si on se trompait soi-même, quand certains n'attendaient que l'accident de l'autre pour se rassurer.

En cet instant, la réalité, c'était son père qui avait probablement rechaussé ses lunettes pour replonger dans son livre, c'était sa mère qui cherchait à combler des cases vides à partir d'une définition, c'était cette maison rectangulaire aux deux chiens sagement assis sur un pan du toit et qui donnaient sur un grenier dans lequel s'alignaient sur le dos des livres les noms classés par ordre alphabétique, comme des cercueils dressés dans une ville du Far West.

En abandonnant ses parents cloîtrés dans leurs solitudes complices, Harry réalisait qu'il les avait toujours tenus à distance de sa propre vie. Comme tous les enfants, il n'était jamais parvenu à les imaginer en train de faire l'amour. Il avait essayé à tout âge. Le jour de son départ, il aurait tant aimé les imaginer en train de baiser, pour qu'ils le laissent en paix, qu'ils ne fassent pas inconsciemment peser sur lui le poids de sa propre défaite. *Faites l'amour le matin, baisez à midi, faites l'amour le soir, et baisez la nuit, chers parents, voilà le seul moyen de marier le ciel et l'enfer.*

Caleb

Caleb souffle la fumée de cigarette vers la télévision allumée et les volutes s'écrasent mollement contre l'écran puis s'étalent et le contournent. Une fille parcourt la planète. En ce jour, elle parle du haut d'une tribune, depuis le siège de l'ONU. Elle porte une chemise mauve et une longue tresse retombe sur son buste androgyne, semblable à une liane. La colère déforme sa bouche et son visage. Telle une tragédienne, elle crache des mots définitifs alignés sur l'apocalypse dans le but d'éveiller les consciences. Trop naïve pour savoir qu'on ne peut éveiller ce qui n'existe pas chez la majorité de ceux qu'elle invective avec gravité dans l'assistance ou à travers le téléviseur : les décideurs et les figurants. *Pauvre petite, tu te fatigues pour rien.* Caleb sait d'expérience que la colère ne mène nulle part, mais qu'on ne peut pourtant s'en défaire lorsqu'elle vous prend, qu'une fois dans le ventre, elle n'en ressort pas, sinon pour nourrir une plus grande haine.

Caleb a entendu chanter une cigale l'été dernier. Au

début, il n'y a pas cru, puis a fini par la débusquer sur le tronc centenaire de la glycine courant sur les clapiers. Bien sûr que la fille a raison, lui aussi ressent la douleur de la terre, constate que les hommes la font vieillir à toute vitesse grâce aux outils aiguisés par leur avidité. *Pauvre chérie*, bercée d'illusions, qui semble découvrir que les tribunaux sont présidés par les coupables, ceux-là mêmes qui font tourner la planète empalée sur une broche au-dessus du feu qu'ils ont allumé.

Les filles, Caleb s'en méfie comme de la peste, presque autant que des industriels, des banquiers, des politiciens, des syndicalistes professionnels, ainsi que d'à peu près tout le reste du genre humain qu'il voit défiler dans le téléviseur. Sa mère regardait chaque soir le journal de vingt heures, sans jamais faire de commentaires, un peu comme on va à la messe en espérant que le curé aura tiré autre chose de la lecture des Écritures.

Caleb coupe le son et continue de regarder l'écran. Ça ne change rien. L'incarnation de la révolte continue de se démener. D'une certaine façon, il plaint cette fille de gâcher son énergie. Un simple soldat sorti du rang n'a jamais donné d'ordre à un général, sinon ça se saurait. À quoi bon se ruiner la santé dans un combat perdu d'avance. Caleb pense que ce qui peut arriver de mieux à la planète, c'est que les humains disparaissent le plus rapidement possible, peu importe comment. Pour que tout soit parfait, il faudrait qu'il n'y ait aucun survivant, sinon un jour ou l'autre, on recommencerait les mêmes erreurs. L'homme a toujours réussi à faire mieux, en pire. Il faudrait aller au bout des choses, ne pas se louper. Ce monde a besoin d'une catastrophe globale, à l'échelle de la planète, qui dénicherait chacun et chacune, partout, jusqu'au village, à commencer par le maire, et son fils, bien sûr. L'écrivain y passerait aussi, n'aurait pas le temps de se réfugier dans un de ses fichus bouquins. Pas un pour rattraper l'autre. Personne à sauver. Enfin presque. Caleb aimerait jouir du spectacle, jusqu'au bout, mais ce n'est pas possible.

Il éteint la télé puis dépose une cocotte sur la cuisinière, retire le couvercle et fait tomber deux cuillerées à soupe de graisse de canard dans le fond. Il se met ensuite à éplucher des pommes de terre, les rince, les coupe en dés et les verse dans la cocotte. Il pèle aussi trois échalotes et les jette dans une autre cocotte, avec trois des oiseaux piégés la veille, préalablement bardés d'une tranche de lard ficelée.

Dehors, des bourrasques soulèvent de fins cristaux qui s'entortillent sur des quenouilles d'air. Caleb se dit que la neige est probablement la dernière des illusions, la seule qui parvienne à masquer la saleté du monde moderne, mais il neige de moins en moins. Il est temps pour lui de s'occuper des moutons. Il s'équipe pour affronter le froid et sort. Le chien suit un moment en reniflant l'air, avant de bifurquer vers la fosse à fumier où il débusque un bout de placenta.

Une brebis a mis bas dans la nuit, des jumeaux. Caleb y a assisté, il n'a pas eu à intervenir, mais le second agneau a souffert lors de l'agnelage. Pendant que son frère tète goulûment le pis, l'autre demeure allongé sur le flanc contre le bloc de sel à lécher qu'une des brebis a dû renverser. Caleb enjambe la rambarde de l'enclos et raccroche le bloc de sel au support. Il essaie de faire tenir le nouveau-né sur ses pattes, mais l'animal est trop faible. Au contact de la peau, le sel a laissé une marque de brûlure. Caleb le soulève dans ses bras, le porte dans la grange et le couche sur le foin. Se tenant à genoux, il balade un doigt au-dessus de la brûlure et ses lèvres bredouillent des paroles sacrées de nature à retirer le feu du frêle corps. Une fois le rituel terminé, Caleb ramène l'agneau dans l'enclos et l'aide à se camper sur ses pattes, le soutient et le guide jusqu'au pis de sa mère. La brebis rabroue sa progéniture d'un coup de tête. Caleb insiste et elle se fait plus véhémente encore à renier son engeance. Voyant qu'il ne parviendra pas à le faire accepter, Caleb rapporte l'agneau dans le fenil et l'abandonne inerte sur la couche de foin. Il verse de l'eau au fond d'un seau et prélève d'un sac deux poignées de lait en poudre, qu'il mélange à l'aide d'un fouet de cuisinier. Il utilise ensuite un entonnoir pour faire couler la mixture à l'intérieur d'une bouteille en plastique et enfile une tétine sur le goulot. S'approche de l'agneau en secouant la bouteille, s'agenouille et frotte le caoutchouc contre le museau. Par réflexe, l'animal aspire avidement la tétine sous le regard noir de sa mère à la tête fendue par une lame de l'enclos, comme si elle en voulait à mort à cet homme de tenter de sauver ce qui n'est pas destiné à l'être et au nouveau-né de ne pas lui avoir donné raison en mourant sur-le-champ. Parfois, la tétine échappe à la gueule du nouveau-né et le lait épais et gras moutonne sur les babines. Caleb attend qu'il reprenne son souffle et présente à nouveau la tétine. L'agneau engloutit ainsi plus de la moitié de la bouteille, puis, repu, il la refoule d'un coup de museau. Il tremble à la suite de l'effort consenti. Caleb caresse sa tête un long moment, il le transporte ensuite dans un petit enclos à part du reste du troupeau, où l'animal demeurera le temps qu'il prenne suffisamment de forces, s'il continue de se nourrir convenablement. Sinon, il mourra sous peu.

Caleb fait couler le reste de lait dans une casserole qui traîne au sol et la dépose sur un antique frigidaire contenant quelques médicaments destinés à soigner le bétail et dont la porte est maintenue fermée par un tendeur jaune et noir. Il éparpille ensuite du foin dans les râteliers. Un chat de gouttière famélique saute d'une poutre, atterrit en silence sur le frigo et se met à laper le lait dans la casserole, oreilles plaquées à son crâne osseux barré par deux accents circonflexes de poils bruns, et souvent, il épie les alentours de ses grands yeux à l'iris planétaire. Une fois son repas terminé, le félin remonte dans la charpente et se tapit derrière un arbalétrier, tel un petit démon sculpté dans le bois noir de crasse.

La mère de Caleb lui a appris à prendre soin de tous les animaux, domestiques et sauvages, à les secourir si besoin, à ne prélever que ce qui est nécessaire pour se nourrir. Avant de quitter la bergerie, il jette un dernier coup d'œil à son protégé. L'agneau n'a pas bougé, et la tête blanchâtre piquée de deux yeux caves se dresse dans la pénombre, semblable à un trophée empaillé par un amateur.

Caleb a déjà eu l'occasion de faire face au regard désemparé d'une bête sauvage.

Il se promenait avec le chien, quand il avait découvert une renarde dans le bois de la Pierre-Blanche, une patte prise dans un collet en acier. Elle avait bondi instinctivement. Le fil s'était tendu et elle avait pirouetté dans les airs, avant de retomber sur l'échine, mais elle s'était aussitôt redressée, fixant le chien méfiant en lui montrant des crocs d'une éclatante blancheur fichés sur des gencives charbonneuses. La blessure infligée par le piège saignait sur le pelage roux.

Caleb était rentré en vitesse à la ferme et avait enfermé le chien dans la maison. Il avait enfilé son épaisse canadienne en cuir et pris une ceinture. S'était rendu ensuite à l'atelier, avait déroulé la ceinture bien à plat sur l'établi et, de la pointe de son couteau, avait percé des trous supplémentaires, puis il l'avait fourrée dans sa poche. Il avait aussi emporté une paire de pinces coupantes, ainsi que des gants de chantier, avant de retourner auprès de la renarde.

Quand il l'avait retrouvée, elle était couchée sur le flanc, haletant. Ses yeux étincelaient dans la pâle lueur du sous-bois et on ne distinguait même plus la pupille rongée par la colère. Caleb s'était approché. La renarde s'était levée d'un bond pour tenter de fuir à nouveau, coupée dans son élan quand le fil était parvenu en bout de course. Il l'avait laissée se calmer. Passant une extrémité de la ceinture dans la boucle, il avait enroulé le cuir autour de son avant-bras et retiré sa veste, la tenant à bout de bras, telle la cape d'un torero. Il s'était mis à tourner lentement. La renarde suivait mécaniquement le rythme qu'il imposait, et il réduisait imperceptiblement le rayon à chaque révolution. De temps en temps, il accélérait un peu puis ralentissait pour la perturber. Durant de longues minutes, il s'était escrimé de la sorte à déboussoler l'animal. Estimant le décalage suffisant, il s'était précipité sur la renarde et l'avait recouverte de sa veste, pesant de tout son poids sur les paquets de muscles et de nerfs. Il entendait les mâchoires déchiqueter la doublure, malgré le peu de latitude dont elles disposaient. Caleb avait attendu que la renarde se fatigue. Il avait ensuite tâtonné afin de repérer l'emplacement de la tête et laissé glisser la veste, dégageant le museau, prenant garde à ne pas se faire mordre. Épuisée par l'effort, la femelle demeurait calme. Caleb avait glissé l'extrémité de la ceinture dans la boucle, la tenant comme un lasso devant la gueule. Les mâchoires s'étaient mises à claquer dans le vide et la renarde avait repoussé le cuir d'un violent coup de museau. Caleb avait agrandi l'ouverture jusqu'à ce qu'il parvienne à cerner la gueule puis avait serré d'un coup sec, réussissant à museler l'animal qui se débattait de plus belle. Il avait maintenu la pression et bloqué le nœud dans un des œillets récemment percés. L'animal avait encore résisté un moment. Étant venue à bout de ses dernières forces, la renarde s'était immobilisée. Caleb avait sorti les pinces et sectionné le fil d'acier. Ensuite, il avait emmailloté la bête vaincue dans sa veste, emprisonnant la tête sous une aisselle, s'était levé, et de la pisse dégoulinait sur son pantalon.

La renarde était légère et Caleb lui parlait d'une voix douce en chemin. Arrivé à la ferme, il s'était rendu aux clapiers. Les lapins affolés rebondissaient sur les parois en ciment, semblables à des Zébulon. Caleb avait ouvert un clapier inoccupé et, utilisant la veste comme protection, avait poussé la renarde à l'intérieur et refermé la porte grillagée en insérant la goupille dans l'œillet. La renarde se cognait contre les parois, contrainte dans ses mouvements par l'exiguïté de l'enceinte.

La ceinture tenait bon. La renarde avait fini par abdiquer, s'était lovée, respirant avec difficulté. Caleb avait ensuite découpé plusieurs barreaux grillagés, ménageant une ouverture suffisante pour y passer la main. Il avait de nouveau parlé à la renarde pour qu'elle s'habitue à sa voix, puis s'était rendu à la maison et en avait ramené une fiole d'eau oxygénée, de la crème cicatrisante, des chiffons propres et un ciseau. Il avait passé un bras par l'ouverture et, de sa main gantée, agrippé la patte blessée. La renarde s'était détendue et ses griffes avaient ripé sur la manche de la veste. Caleb n'avait pas lâché sa prise, tirant la patte hors du clapier et la serrant d'une seule main, pendant que de l'autre, il traçait les signes en balbutiant les mots capables d'atténuer la brûlure. Il avait ensuite dégagé le fil imprégné dans les chairs et une onde de douleur supplémentaire avait traversé la renarde, il avait alors versé de l'eau oxygénée sur la plaie, qui s'était mise à bouillonner aussitôt. Il avait patienté, avant d'éponger le sang à l'aide d'un chiffon et de verser encore de l'eau oxygénée. On distinguait l'os à un endroit. La plaie maintenant nettoyée, Caleb l'avait enduite de crème cicatrisante et avait relâché la patte, qui s'était repliée comme un ressort. Par bonheur, l'articulation n'était pas cassée.

Caleb avait laissé l'animal récupérer du traumatisme.

Il s'était rendu à la bergerie pour s'occuper de ses bêtes et en avait rapporté une muselière à mouton. Il avait passé une main par l'ouverture de la grille, attendu que la renarde s'habitue puis saisi l'arrière du crâne. De son autre main, il avait réussi à enfourner la tête dans la muselière et accroché la bride au premier cran. Ensuite, il avait glissé la pointe du ciseau par un des trous de la muselière et commencé à couper la ceinture sans blesser la renarde. Il s'y était repris à plusieurs fois avant de parvenir à ses fins. Une fois la ceinture coupée, l'animal respirait mieux, sa langue apparaissait au travers des mailles, telle une feuille de cerisier rosie par l'automne.

Caleb avait soigné la renarde pendant deux jours. Et comme elle ne pouvait ni boire ni manger, il avait décidé de la libérer, l'estimant tirée d'affaire. Il avait sectionné la bride de la muselière, sans essayer de la retirer, et avait ouvert en grand la porte du clapier, se tenant sur le côté pour ne pas la gêner. La renarde avait bondi au-dehors en un roulé-boulé, se libérant de la muselière dans sa chute. Elle s'était remise instantanément sur ses pattes et avait galopé comme si elle n'était même pas blessée. Elle avait disparu au bas du chemin, bifurquant dans le taillis.

Environ un mois plus tard, Caleb avait aperçu la renarde assise en lisière du bois, le suivant du regard. Elle était revenue les jours suivants, approximativement à la même heure. Caleb lui abandonnait à l'avance des restes de viande, qu'elle mangeait sans défiance. Le rituel avait duré des semaines, et, du jour au lendemain, elle n'était plus revenue traîner aux abords de la ferme.

Plus tard, alors qu'il était parti tôt le matin chercher des champignons, Caleb avait surpris la renarde en lisière de forêt, accompagnée de quatre renardeaux turbulents. Elle avait tourné la tête dans sa direction, humant l'air, mais elle ne pouvait le voir. Puis elle avait rameuté sa portée et Caleb les avait regardés partir.

Harry

Un ciel boueux pèse sur les toits d'ardoise qui encerclent la place, et la fumée des cheminées monte et s'étale puis s'évanouit dans l'uniforme teinte de l'hiver. Debout sur la terrasse de l'épicerie, Harry fume une cigarette en attendant que la lumière s'allume à l'intérieur. Il est arrivé plus tôt ce matin. Il voit des portes s'ouvrir et se refermer, des gens marcher pour rejoindre leur voiture et s'en aller, d'autres s'éloigner et disparaître à un angle de la place, mais ils sont peu nombreux. Le travail est ailleurs. Il a le sentiment de ne pas être dans la même réalité que le reste de la population, que les gens, en l'ignorant, l'excluent de la leur, le sentiment de n'exister pour personne, d'être invisible, immatériel. Rien qui le dérange, au contraire.

Une dame approche de l'épicerie. Elle est âgée et rondelette, concentrée à tenir en équilibre sur le trottoir gelé. Le froid lézarde ses joues de petites veines violettes. Elle ne remarque même pas Harry dans un premier temps. Elle actionne la poignée dans le vide et regarde au travers de la vitre en bougonnant. Elle semble alors prendre conscience de la présence de Harry.

– Sûrement encore à l'école, dit-elle en haussant les épaules.

– Pardon ?

– C'est pas grave, je reviendrai.

La vieille dame s'en va. Quelques minutes plus tard, Sofia arrive en voiture, se gare et rejoint Harry.

– Bonjour, déjà là, dit-elle un peu gênée.

– Bonjour, vous venez de manquer une cliente.

– Tant pis.

– Elle a parlé d'école, je n'ai pas bien compris.

– Ah, oui… Je fais des livraisons de temps en temps, pour la cantine de l'école du village voisin. Café ?

Sofia entre dans sa boutique, puis sort racler la neige sur la table et la chaise.

– Vous avez le temps d'en boire un avec moi ? demande Harry.

La jeune femme hésite un instant.

– D'accord, j'ai un peu de temps.

Elle nettoie la seconde chaise. Harry se surprend à observer chacun de ses gestes, leur fluidité, leur efficacité. Sofia entre ensuite préparer les cafés et revient avec deux tasses et dans chacune des soucoupes une de ces noisettes enrobées de chocolat au lait que Harry déteste. Elle a revêtu un caban et coiffé un bonnet en laine bleu-vert assorti à la couleur de ses yeux. Elle jette un coup d'œil vers la place avant de s'asseoir. Un long silence suit. Le regard de Harry flirte avec la finesse des traits pris dans l'ovale du visage, la mèche sur le front qui dépasse du bonnet. Elle le remarque, et bouscule aussitôt sa gêne avec une poignée de mots :

– On ne peut pas dire que vous ayez choisi la meilleure saison.

– Content d'apprendre qu'il y en a de plus accueillantes, répond Harry en souriant.

– Le printemps vaut le détour.

Harry se demande s'il s'agit d'une invitation. Il essaie d'imaginer ce que le printemps pourrait changer à l'aspect austère du village et de ses habitants. Il n'y parvient pas. Un chat approche de la table. Sofia recule un peu sa chaise et l'animal saute sur ses genoux.

– C'est le vôtre ?

– Non.

– On dirait qu'il vous apprécie.

Le chat renifle la table en ronronnant. Sofia le caresse longuement.

– Je suppose que vous connaissez pas mal de monde, dit Harry en portant la tasse à ses lèvres.

– Plus ou moins, répond vivement la jeune femme.

« Plus ou moins » semble être sa réplique d'évitement favorite. Elle se remémore sûrement la question concernant les voisins de Harry. Il ne doit pas l'amener abruptement sur ce terrain-là, au risque d'interrompre la conversation.

– Ma réserve de bois diminue à vue d'œil, vous savez à qui je pourrais en acheter ?

– Non, je ne sais pas.

– Cette vieille maison, c'est le palais des courants d'air, je n'ai pas encore l'habitude.

Sofia arrête de caresser le chat et ses doigts vont se crisper autour de l'anse de la tasse.

– Les vieilles maisons se ressemblent toutes.

– Si vous passez dans le coin, n'hésitez pas à vous arrêter.

Elle balade un doigt au-dessus de la tasse et tranche la fumée qui s'en dégage, puis termine son café. Elle pose le chat au sol, se lève et jette à nouveau un coup d'œil de l'autre côté de la place.

– Je vous laisse, Édouard ne va pas tarder.

– Édouard ?

– Mon plus fidèle client, médecin à la retraite, c'est son heure.

– Je laisserai la monnaie sur la table.

Harry suit la jeune femme du regard, ainsi que le chat collé à ses basques. Un moineau se pose sur le dossier de la chaise où elle était assise. Le petit barde emplumé gesticule et piaille en explorant la table de ses yeux vifs et noirs enfouis dans une tache sombre. Le chat, que Sofia n'a pas laissé entrer, revient, attiré par le volatile. Il bondit sur la table, mais l'oiseau s'est déjà envolé, rejoignant le moignon d'un tilleul amputé des branches de l'année.

Harry caresse le chat au pelage imprégné du parfum de la jeune femme. Il allume une autre cigarette en observant les bâtiments qui entourent la place. Sur une façade en pierre, un frontispice encadre une inscription gravée : « École libre », au-dessus de la porte de la mairie. La lecture de cette marque du passé fait naître la mélancolie chez Harry, une marque apparemment ineffaçable, comme si l'on entretenait l'espérance morbide d'un retour en arrière, celui d'entendre à nouveau les enfants réciter l'alphabet et les tables de multiplication, et aussi leurs cris à la récréation. Quelqu'un aurait dû précéder la mention d'un « À la mémoire de », afin de pétrifier la nostalgie au sein d'une mémoire collective, ce qu'aucun homme ne serait alors en droit d'effacer au risque de se voir déchu de sa propre mémoire.

Harry détourne les yeux en direction de l'épicerie, devinant la silhouette de la jeune femme derrière le comptoir. Il aperçoit une ombre furtive, qui se déplace et s'évanouit dans le fond de la boutique. Personne n'est entré. Sûrement un effet collatéral de la mélancolie, faisant apparaître des ombres fuyantes là où elles n'ont pas lieu d'être. Il trouve la monnaie dans une poche, se lève et se dirige vers la mairie, accompagné d'effluves parfumés qui imprègnent une manche de son manteau, sous le regard du chat.

Un type d'une trentaine d'années est assis à un bureau et une enseigne rectangulaire indique en lettres dorées sa fonction de secrétaire de mairie. L'homme lève le nez de son ordinateur, fixant l'intrus qui vient d'entrer avec des yeux chassieux réduits à deux fentes d'où suinte une évidente condescendance.

– Bonjour ! dit Harry.

– On ouvre qu'à neuf heures, les horaires sont collés sur la porte.

– C'était ouvert.

L'autre ne répond rien. Harry regarde sa montre.

– Désolé, je n'ai pas fait attention, je reviens dans cinq minutes, alors.

– Vous pouvez vous asseoir dans le hall, en attendant.

– Merci.

Le secrétaire hausse les épaules et baisse les yeux sur l'écran. Sa main droite posée sur la souris va et vient nerveusement. Harry patiente en lisant les affiches sur un panneau : des décrets officiels rédigés en termes abscons, qu'il parcourt en diagonale.

– Qu'est-ce que vous voulez ? demande le type en élevant la voix, à neuf heures pétantes.

– J'ai acheté une maison au Bélier.

– La ferme Privat, je suis au courant.

– Vous les connaissiez ?

– Comme tout le monde.

– Vous pouvez m'en parler ?

– Je n'ai pas pour habitude de parler des gens, question d'éthique.

Harry n'insiste pas, il comprend tout de suite qu'il ne tirera aucun renseignement du secrétaire.

– Est-ce que je peux consulter le plan cadastral ?

L'autre ouvre grands les yeux et demande :

– Des problèmes de bornes ?

– Non, pourquoi vous me parlez de bornes ?

– Je disais ça comme ça, et puis je vous répète que je ne suis pas habilité à émettre un quelconque avis sur les administrés.

– C'est vous qui avez parlé de bornes, pas moi.

– Justement, il s'agirait de ne pas les dépasser, répond sèchement le secrétaire.

Il donne à contrecœur accès aux documents, répondant d'un air blasé aux précisions demandées concernant les abréviations. Harry repère sa maison et les dépendances, ainsi que l'étendue des terres récemment achetées par un agriculteur du coin. Il visualise aussi la propriété voisine constituée d'une maison d'habitation, de bâtiments annexes et d'une quinzaine d'hectares tout au plus, répartis en prairie et en bois taillis. Il y a également un petit étang.

– Qui a acheté les terres ? demande Harry à l'issue de la consultation du document.

Le secrétaire esquisse un sourire narquois.

– Je suppose qu'il va bientôt venir lui-même se présenter.

Harry quitte la mairie et se retourne après avoir refermé la porte. À travers la vitre, il aperçoit le secrétaire en train de téléphoner.

Caleb

Caleb fume en regardant s'éteindre le jour. Il se déplace de temps à autre pour jeter les cendres dans le fourneau puis retourne à la fenêtre. L'épaisse couche de neige est en train de geler et scintille, tel un drap brodé de fils d'or, et le brouillard ressemble à un buvard, qui lentement s'imbibe d'obscurité.

À la nuit tombée, le brouillard s'est évanoui. Une dame blanche sort du taillis et se pose sur un piquet qui borde le chemin. Caleb fixe la chouette immobile, silhouette fantomatique veillant un cimetière recouvert d'une vaste dalle immaculée. Quand elle s'envole, ses ailes étincellent en passant devant les troncs d'arbres. Plus loin, une lumière diffuse éclaire une pièce de la maison d'en face.

Caleb dîne d'un reste de poulet froid, qu'il partage avec le chien. Plus tard, il s'assoit sur la chaise, près de la cuisinière. Forme fuligineuse, se dégrafant parfois de l'assise en paille pour nourrir le foyer, évitant le chien endormi à ses pieds, puis s'endormant à son tour dans l'obscurité imparfaite, bras ballants, tête renversée en arrière, bouche entrouverte et silencieuse.

L'aube se déploie lentement. Le soleil déroule une lumière pâteuse sur le parquet. Aussitôt réveillé, Caleb se lève et délasse ses articulations. Le chien redresse la tête, bâille et s'étire, replonge dans le sommeil. Caleb prépare du café. Il boit plusieurs tasses en guettant d'éventuels mouvements de l'autre côté de la combe. Le type apparaît, emmitouflé dans son manteau. Il démarre sa voiture et en redescend pour gratter la glace recouvrant le pare-brise. Une fois la voiture disparue, Caleb enfile sa veste, chausse ses bottes et sort, laissant le chien dormir. Il traverse la combe.

La porte est encore ouverte. Sur la table de la cuisine, il y a un bol, avec une auréole de café au fond et des miettes satellisées tout autour. D'où il se trouve, Caleb aperçoit les mots écrits sur le mur au-dessus du bureau, dans la pièce voisine :

Entre l'idée
Et la réalité
Entre le mouvement
Et l'acte
Tombe l'ombre

Entre la conception
Et la création

Entre l'émotion
Et la réponse
Tombe l'ombre.

Caleb lit plusieurs fois le poème. En dehors des roses de Ronsard, son expérience dans le domaine est limitée. Le sens lui paraît pourtant explicite. Nul besoin de faire autant de détours pour dire à peu près la même chose. Caleb pourrait résumer ainsi : De la coupe aux lèvres tombe l'ombre.

Il sait enlever le feu, guérir les mammites, faire disparaître les verrues, trouver de l'eau, et un tas de choses tout aussi utiles. Pour lui, les ombres ne tombent pas, elles rampent, tournent autour des substances, ne font pas de différence entre le vivant et l'inerte. Le poète parle d'un autre genre d'ombre, probablement une ombre fabriquée par une idée, quelque chose comme ça. Plus d'une fois Caleb a évalué l'écart entre l'idée et la mise en pratique et cette sorte d'ombre, il la nommerait plutôt impuissance, ou parfois misère. S'il affiche de tels mots sous son nez, l'écrivain ne doit pas être dans une bonne passe. Peut-être qu'il n'a plus assez d'encre dans le stylo et qu'il est venu se perdre ici pour essayer de refaire le plein.

Caleb entre dans le bureau. Sur un papier, posé près du bouquin de l'écrivain, un message semble lui être adressé :

À mon visiteur fantôme.
Bonne lecture, si vous le souhaitez !

H.

La lecture du message plonge Caleb dans la stupeur. Il observe un long moment le livre qu'il ne peut emporter. Plus de temps à perdre. Il s'empresse de quitter la maison, court en longeant le pignon, traverse la basse-cour, saute la clôture, et il court encore sur le chemin. Il n'y a plus de soleil dans le ciel, ni d'ombre tombée au sol et pas plus de traces derrière lui.

Harry

Harry retire la barre à mine qui maintient la porte à double battant de la grange fermée et entre. Le chien surgit de nulle part en lui faisant la fête. Harry le caresse un moment, puis dégage quelques bottes de foin encombrant le passage. Une ficelle cède et l'herbe luisante s'éparpille sur le plancher glissant, parfumant l'air. Le chien s'enfonce dans le bâtiment et furète autour d'un tracteur poussiéreux. Des gouttes se faufilent entre des ardoises cassées et s'écrasent sur le plancher. Le vent s'engouffre par les fermes ajourées et discute un moment avec la charpente, avant de ressortir. Harry ouvre ensuite les portes en grand et s'en va chercher sa voiture pour la rentrer à l'abri. Il ménagera la batterie et n'aura plus à dégivrer les vitres.

Le chien rapplique quand les battants se referment et suit Harry qui contourne la grange à la recherche de nouvelles traces dans la neige. Rien. Une fois dans la maison, il ne décèle pas non plus de marque d'intrusion. L'exemplaire de *L'Aube noire* et la dédicace sont toujours sur le bureau. Harry a l'impression que la feuille a bougé. Le souvenir de la veste en peau refait surface.

– Si ça t'amuse d'essayer de me faire peur ! dit-il en levant les yeux vers le plafond.

Assis près de la cuisinière, Harry réfléchit en écoutant les flammes écarteler les fibres du bois et des braises vaillantes se cogner au conduit en inox. Au bout d'un moment, il reprend les *Mémoires d'un paysan du vingtième siècle*. Il s'agit non seulement d'une bible, mais aussi d'un manuel de survie. L'auteur est versé dans l'occulte. Au fil d'un long passage, il développe la puissance des forces de l'esprit, les dons et les pouvoirs des guérisseurs. Le terme sorcier est plusieurs fois évoqué, ainsi que les superstitions conduisant aux pires abominations. Harry est tellement absorbé par sa lecture qu'il en oublie de déjeuner. La faim le rattrape vers quinze heures. Il descend à la cave et récupère dans le congélateur un des morceaux de viande achetés à l'épicerie.

Son repas terminé et la vaisselle faite, Harry regarde sa montre. Il est dix-sept heures et le jour commence déjà à s'éteindre. Il pense à Sofia. Il n'a pas une grande expérience des femmes, mais il sent bien qu'elle le tient à distance dès qu'il veut en apprendre un peu plus sur le village et plus précisément sur les gens du Bélier. Sur elle, il n'a pas encore vraiment essayé. Il ne saurait dire si elle lui plaît. Ce qui est certain, c'est qu'elle l'intrigue et le trouble parfois. Il aimerait la connaître davantage, sans pour autant vouloir la séduire. Il n'est pas prêt à s'engager dans une relation avec une femme. La dernière, la seule d'importance, traverse quelquefois ses nuits. Il ne garde au réveil que le souvenir diffus d'une présence. Son visage s'est effacé.

Épiphanie. Ses parents lui avaient donné ce prénom pour sanctifier sa venue, tant souhaitée, alors qu'ils ne l'espéraient plus. Elle était entrée dans la vie de Harry par effraction, lors d'un voyage en train. Ils étaient seuls dans un compartiment. Comment la conversation s'était-elle engagée ? Harry ne savait plus. Une attitude avait suffi à l'émouvoir, au-delà de son évidente beauté, par la façon qu'elle avait eue d'effleurer d'une main son visage. Ils avaient pris un café en descendant de la voiture et s'étaient donné rendez-vous le soir même pour boire un verre. Ils s'étaient embrassés dans la rue alors qu'il la raccompagnait en fin de soirée. Il chérissait encore le souvenir de ce baiser, la première rencontre des lèvres, le goût de l'autre dans sa propre bouche, l'inconnu. Elle l'avait invité à monter, ils avaient fait l'amour.

Une routine s'était vite installée. Chaque fois qu'ils se voyaient, Harry tentait de retrouver cet engagement du corps qui lui avait offert les lèvres d'Épiphanie. Il avait fini par désespérer que la magie se renouvelle.

Il ne lui avait rien promis durant les six mois de leur relation. N'avait rien eu à lui reprocher. Il n'avait conservé aucune photo d'elle, ne possédait que ce coquillage trouvé lors d'une escapade au bord de l'océan. Il avait aimé le moment où elle s'était penchée pour le ramasser, puis relevée en le lui offrant. Le coquillage le ramenait au geste, alors qu'il avait cru reconnaître un instant la magie originelle. Le geste était parfait, mais la coquille était vide. Il conservait le coquillage, qui convoquait une silhouette de sable balayée par la brise. Penser à elle n'était pas douloureux. Après tout, peut-être était-il le genre d'homme imperméable au sentiment amoureux.

La dernière fois qu'ils firent l'amour, Harry s'appliqua à lui donner du plaisir, comme un médecin rédigeant consciencieusement une ordonnance. Il s'oublia, trop éloigné de ses propres sensations. Elle se mit ensuite à pleurer, et il se garda bien de lui en demander la cause. Une fois qu'elle fut endormie, Harry observa les rêves bousculer son corps. Femme-poisson piégée à marée basse dans une flaque, attendant que l'eau monte pour rejoindre le large et croire encore que cela est possible. Harry était depuis longtemps au large, lui, hypnotisé par les traces de larmes séchées sur ses joues.

Harry se leva pour regarder la pluie ruisseler sur les vitres et dessiner des serpentins liquides agacés par le vent. De temps à autre, le hurlement d'une sirène traversait l'espace de la chambre, et son cri s'épinglait sur un mur, avec tous les autres cris. Les réverbères alignés dans la rue fardaient la pièce d'une lumière évanescente se déposant sur la peau de la jeune femme comme un feu à l'agonie. Harry n'eut aucun désir de souffler sur les braises.

La pluie se calma. Harry quitta son appartement en retenant la porte de claquer. L'aube se frayait un passage entre les toits, coulant le long des façades pour atteindre la rue, et l'air frais caressait son visage. La ville soufflait une haleine fétide. Cité mouvante en perpétuelle évolution, dont la seule ambition semblait être de repousser le ciel toujours plus haut. De rue en ruelle, de ruelle en venelle, de venelle en ruelle, de ruelle en rue, Harry parcourait la ville tel un chien errant, adoubé par quelques vagabonds éveillés éclusant un fond de bouteille. Depuis toujours, il avait conscience de sa fragilité au cœur de la cité, mais cette fragilité était aussi son seul bien en ce monde.

Il se rendit au buffet de la gare et commanda un café, observa les voyageurs déambuler sous le squelette métallique. Puis la foule se dissolut dans son regard et il sortit le carnet qui ne quittait jamais sa poche. L'image surgit au moment précis où les rayons du soleil pénétrèrent dans la gare et rebondirent sur des lames de fer, faisant apparaître la première phrase de *L'Aube noire*. Épiphanie ne saurait jamais rien du miracle.

Une fois de retour chez lui, Harry découvrit le mot posé en évidence sur la table : « Mes yeux se sont usés à guetter ta promesse. »

Caleb

Depuis qu'il ne neige plus, le gel opère comme une dentellière travaillant sans relâche à crocheter des fils de givre éclairés par un soleil aux contours incertains, semblable à la lune surprise au réveil. Le vent ne soulève rien, il n'est qu'un son lancinant, un murmure. Le paysage ressemble à une immense pièce dans une maison abandonnée aux meubles recouverts de draps blancs, confinant à l'épure.

Un navire de croisière a fait naufrage quelque part au large des côtes occidentales de l'Afrique. Il y a des morts et de nombreux disparus. Caleb décroche le calendrier de la Poste accroché derrière la porte, le feuillette et s'arrête à la carte du monde. Il trouve le lieu du drame. Pur réflexe, car il se moque des *abrutis* entassés dans les étages de la cité flottante. Des images d'archives montrent le navire au temps de sa splendeur, on y voit des gens se baigner dans l'une des piscines se trouvant à bord. *Faut-il être con pour se baigner dans une piscine en plein océan.*

Caleb éteint la radio et laisse le navire sombrer lentement et les disparus grossir les rangs des morts. L'écrivain vient de partir. Il se souvient du livre posé sur le bureau. Il aurait aimé l'emporter, mais c'est impossible. Le don de Caleb ne se réduit pas à trouver l'eau ou enlever le feu ou encore à souffler le mal hors d'un corps, il est aussi capable de ressentir ce qu'abandonnent les gens quand ils ont occupé un espace : souffrance, joie, colère, tout ce qui les anime. Le livre représente l'espace de l'écrivain, Caleb a vu clair à l'intérieur, mais il ne fait pas confiance aux mots. Peut-être avec le temps.

Caleb sort et se dirige vers la bergerie. Un froid vif s'enfonce sous la peau de son visage. Derrière le bassin, dans le grand peuplier, un groupe de corneilles silencieuses et des boules de gui ressemblent à des décorations oubliées sur un arbre de Noël décharné.

L'agneau est assez fort pour rejoindre le reste du troupeau. L'animal n'en a guère envie et Caleb doit le guider en le poussant dans l'enclos. L'agneau demeure contre le portillon refermé, tout tremblant. Sa mère s'approche de lui, le renifle et volte avec dédain, les autres ne le remarquent pas. Caleb reviendra voir souvent si tout se passe bien.

Après en avoir terminé avec le nourrissage des bêtes, Caleb passe la journée au coin du feu, tressant l'osier pour fabriquer un panier.

La nuit venue, le brouillard a disparu. La lune apparaît comme une énorme orbite évidée et de minuscules paillettes scintillent sur la peau métissée du ciel. Le panier terminé, Caleb dîne de pain et de fromage frais et boit du vin, assis à la fenêtre, son assiette posée sur l'épaisseur du mur recouvert d'une planche de châtaignier noueux, face à la combe. Le dormant couleur d'os encadre le paysage nocturne, semblable à une toile abandonnée dans le coin d'une église éclairée par une poignée de cierges.

Un épicéa solitaire, assis à mi-pente du versant opposé, déroule sur le sol une flaque d'obscurité supplémentaire en forme de pointe de flèche crantée. À un moment, la dame blanche se détache d'une branche et traverse le pré, raclant la neige gelée avec ses serres. Elle reprend ensuite de la hauteur en criant sa victoire, alourdie d'un mulot, et ses ailes frappent l'air avec lenteur. Un de ces oiseaux que l'on cloue encore parfois aux portes des granges pour conjurer le mauvais sort. Il ne viendrait jamais à Caleb l'idée de faire une chose pareille, sacrifier un animal sans raison.

Son repas terminé, Caleb retourne s'installer à la fenêtre avec un verre propre et une bouteille d'eau-de-vie de prune datant du siècle dernier. L'alcool révèle des détails invisibles à l'œil d'un profane. Un peu après minuit, alors que tout semble rentré dans l'ordre grâce aux vertus de l'alcool, une lueur se promène mollement de l'autre côté de la combe, s'approche et se fige sur le chemin. On dirait une bouée portée par le courant qui vient de rencontrer un obstacle, puis s'en libère, s'éloigne et disparaît. La lune et les étoiles se rapprochent alors instantanément de toute chose terrestre dans une immobilité parfaite et nulle forme mouvante ne s'aventure plus à la troubler.

Un bruit de moteur. L'écrivain a pris l'habitude de partir le matin, toujours approximativement à la même heure. Caleb se dit qu'il doit se rendre au village, qu'il a besoin de bouger, de rencontrer des gens, de faire des courses. L'écrivain ne connaît visiblement personne. On ne lui rend jamais visite.

La brume a de nouveau jeté l'ancre au Bélier. Caleb descend le chemin. Aucune trace de pas et il n'a pas neigé cette nuit. La lueur aperçue provenait peut-être de plus loin. Les distances ne signifient rien dans l'obscurité.

La porte n'est toujours pas fermée à clé. Caleb pénètre à l'intérieur de la maison. Ne va pas au-delà de la pièce principale. Une sensation le traverse. Il refoule la lumière afin de mieux percevoir les notes subtiles d'un parfum. Il ne met pas longtemps à découvrir qu'elles émanent du pull accroché au dossier d'une chaise. Renifle comme un chien l'extrémité d'une manche. Bois humide, pelure d'orange, et aussi quelque chose de *sa* peau. Mais ce n'est pas possible. Il doit rêver. Il ne fait plus que cela. Il y a des rêves que l'on ne désire même pas souhaiter faire. Des rêves qui se vivent debout.

C'était un jour d'avril. Caleb observait la fille qui marchait sous le soleil. L'apparence fragile d'un animal peureux. Il l'avait immédiatement reconnue. Rencontrée le samedi précédent.

Au temps où sa mère était encore en vie, elle allait toujours acheter seule le pain à la boulangerie et faire les courses au bourg. Caleb s'y était rendu deux jours après l'enterrement, avait demandé une couronne pas trop cuite à cette même fille qui approchait en cet instant.

« Une couronne pas trop cuite », avait-elle répété en souriant au jeune homme si beau, qu'elle voyait pour la première fois. Caleb n'avait rien répondu, perturbé par le sourire désarmant. Lorsqu'il s'en dégagea, ce fut pour ne plus détacher les yeux de ceux de la fille. Caleb n'avait jamais cru à la foudre ailleurs que dans le ciel et le ciel était vide. Elle paraissait plus jeune que lui et il ne savait que faire de cet écart pour marquer la distance, incapable de penser normalement, de toute façon. Des clients patientaient derrière lui. Puis la fille s'était retournée, avait attrapé une couronne et l'avait enveloppée dans un papier fin qu'on aurait cru de soie. Il avait aussitôt fouillé sa poche, avait tendu ce qu'il fallait et elle ce qu'il voulait, toujours piégé par le sourire et aussi par les yeux couleur de prairie. Caleb avait saisi le pain d'un geste nerveux. Elle avait regardé la main qui prenait. Même si elle ne l'avait jamais rencontré auparavant, elle savait qui était Caleb. Le fils de la sorcière du Bélier était devenu tout naturellement le sorcier du Bélier. Elle avait imaginé un homme affublé de tares physiques, un bossu parlant aux animaux, vêtu d'une peau de bête. Sa mère avait toujours refusé de soigner les humains. Son fils perpétuait la tradition. On racontait que la décision remontait à fort loin, mais personne n'en connaissait la raison, ne savait quel ancêtre avait décidé de cela.

La jeune fille avait regardé Caleb quitter la boulangerie, traverser le vide que les autres clients ménageaient en lui cédant le passage. Depuis cet instant, elle avait acquis la certitude que le beau vous arrive sans qu'on l'attende, sous une forme non imaginée, à la manière d'une coulée de lumière dans laquelle on est pris ; et qu'on n'y peut rien, qu'il est trop tard.

Caleb avait regagné la ferme en hâte, sans comprendre ce qui s'était passé avec cette fille qui marchait maintenant dans le pré, comme on danse avec la nature sur un pas enseigné par la brise, de l'herbe en haut des cuisses et les mains en appui sur les frêles épis d'une orge ensauvagée.

Elle portait un appareil photo en bandoulière. Ne poussa pas plus loin que la barrière. C'est lui qui vint à elle et il ne savait pas danser. Elle le vit poser la main sur une des fiches d'acacia, la même main qui avait saisi la couronne de pain, une main qui savait caresser le bois, en plus des animaux, toutes choses rendues dociles par ce simple contact.

– Qu'est-ce que vous faites ici ? demanda sèchement Caleb.

– Je me suis perdue.

– Vous n'avez pas l'air bien perdue.

Le chien les rejoignit en trottinant, se glissa sous la clôture et vint se frotter aux jambes de la jeune fille en se dandinant, et elle se mit à le caresser.

– Beau chien, dit-elle.

Caleb observait l'animal sous le charme.

– Je crois que je me suis foulé une cheville en sautant le ruisseau, là-bas, dit-elle en balançant la tête légèrement de côté, puis elle leva un pied chaussé d'une sandale en corde.

– Je vous ai vue marcher, vous ne boitiez pas.

La jeune fille ne quittait pas Caleb des yeux, la paume d'une main abandonnée à la langue du chien.

– C'est que vous ne m'avez pas bien regardée, dit-elle.

– Et même, qu'est-ce que j'y pourrais ? demanda Caleb en fixant la cheville.

– Il paraît que vous savez soigner.

Caleb pensa au malheur qui avait surgi, quand il s'était laissé embobiner par Ophélie. Sa mère en était morte. Il n'avait eu aucune peine à la chasser de ses pensées, ayant acquis la certitude que les démons aux allures de fille étaient les plus dangereux. Celle qui venait de surgir ne remettait pas sa conviction en doute. Il n'avait encore jamais rencontré un démon si puissant.

– On vous a mal renseignée, et arrêtez de vous foutre de moi.

– Je ne me moque pas.

Elle appuya une main sur la barrière et retira la sandale, tendit sa jambe et la glissa entre deux lames de bois.

– S'il vous plaît.

Caleb jeta un bref coup d'œil à la cheville, avec l'os saillant semblable à une coquille d'œuf.

– Elle a rien, votre cheville.

– Tant mieux, me voilà rassurée.

Elle retira sa jambe et remit la sandale à son pied.

– À quoi vous jouez ? demanda-t-il.

Elle le regardait et, comme elle ne répondait rien, il haussa les épaules et s'en alla. Elle ne le quitta pas des yeux lorsqu'il remonta la combe et son ombre fauchait la lumière sans courber les herbes hautes, et à l'arrière, la lumière s'en trouvait baptisée. Le chien hésita un instant encore, puis rejoignit Caleb.

– Au fait, moi c'est Emma, cria-t-elle.

Caleb résista à l'envie de se retourner, pas le chien.

Harry

Harry est tout juste garé sur la place du village que son téléphone se met à sonner.

– Allô Harry, comment tu vas ?

– Salut, Thomas, ça va.

– Bien installé ?

– C'est spartiate, mais ça me convient.

– Tant mieux. Un journaliste aurait aimé t'interviewer, mais j'ai répondu que tu n'étais pas disponible.

– Tu as bien fait.

– Ce n'est pas la raison pour laquelle je t'appelle. Je voulais t'annoncer de vive voix qu'une maison d'édition américaine veut acheter les droits de *L'Aube noire*.

– Formidable, depuis le temps qu'on attend cette traduction.

– Il y a juste un détail dont on doit discuter.

– Je t'écoute.

À l'autre bout du fil, Thomas inspire longuement.

– Ils veulent qu'on retire la scène de zoophilie.

– Ils veulent.

– Oui, ils ont peur qu'elle choque une partie de leur public, comme elle a choqué certains lecteurs français.

– Ils n'étaient pas bien nombreux dans ce cas. Et qu'est-ce que tu leur as répondu, aux Américains ?

– Que je devais d'abord t'en parler.

– Pas besoin de te rappeler mon amour de la littérature américaine, le rêve que représente mon livre traduit là-bas.

– Je sais.

– Qu'est-ce que tu déciderais à ma place ?

– Ce n'est pas mon livre.

– J'imagine qu'il y a un peu d'argent en jeu.

– Un peu.

– Combien ?

– Deux cent mille dollars.

– Tu es sérieux ?

– À ce prix-là, très sérieux… Alors, je réponds que tu es OK.

– Tu sais ce que je pense de la censure.

– Je sais, mais il ne s'agit que de trois pages sur plus de quatre cents.

– Propose-leur de remplacer « génisse » par « vache », si c'est un problème de majorité sexuelle.

– Bon, réfléchis-y, on a encore un peu de temps avant de leur donner une réponse.

– Comme tu voudras.

– Je te laisse, j'ai un rendez-vous, je te rappelle dans quelques jours. Salut !

– Salut !

Une fois le téléphone raccroché Harry s'aperçoit que Thomas ne lui a pas demandé s'il parvenait à écrire. Il allume une cigarette à l'intérieur de la voiture aux vitres couvertes de buée, puis sort. Un panier en main, le médecin retraité traverse la place, coiffé de son éternel bob en tweed brun, vêtu d'un long manteau molletonné et cuirassé aux coudes. Entre les pans d'une écharpe bigarrée en laine, Harry distingue la chemise blanche et la cravate en laine noire arrimée par un double nœud réalisé dans les règles de l'art. Harry le salue et l'autre répond d'un mouvement de tête. Il a beau le croiser chaque fois qu'il vient au village, Édouard ne prend jamais les devants, se contente d'opiner pour masquer un évident dédain. Lui si affable avec Sofia tient probablement rigueur à l'étranger de perturber les moments d'intimité instaurés de longue date. Harry ne peut s'empêcher de fabuler, imaginant la vie solitaire du vieil homme. Il décide de ne rien lui voler ce matin, il attendra qu'il ressorte pour aller prendre un café.

Il frotte son mégot par terre et le fourre dans une poche de son manteau. Une grille entoure le monument aux morts, petite muraille aux redans dorés frappés de fleurs de lys. Des projecteurs affleurent à la surface de la pelouse déneigée, attendant le moment de prendre leur quart de nuit. « À nos enfants morts pour la France, la patrie reconnaissante », dit une plaque en marbre recouverte de glace. Même ici et maintenant, on enferme les martyrs derrière une frontière forgée, croyant ainsi honorer une nation de héros en dressant leurs noms après avoir enterré leurs cadavres. Harry n'a bien sûr vécu aucune guerre. Il ne saurait dire pourquoi les monuments aux morts suscitent en lui un tel sentiment de colère et de révolte.

Harry contourne la mairie par la gauche et marche jusqu'à l'église. Dans une niche, surplombant la porte fraîchement repeinte en rouge, se penche une vierge, paumes en avant, comme une qui voudrait rassembler ses ouailles, ou qui déplorerait d'avoir laissé tomber quelque chose au sol, peut-être la clé de la serrure, puisqu'il est écrit que l'église est fermée et qu'il faut se renseigner au diocèse pour connaître les dates et les lieux des offices. Harry lève les yeux sur le clocher à claire-voie. Entre les lames de zinc, il devine la cloche monumentale dont la sonnerie fait s'égailler la maigre nuée de choucas – braises noires virevoltant dans un courant d'air. Il fait le tour de l'église sans trouver de défaut à la sainte armure. Depuis le bas de la rue, un homme fait rouler des poubelles, une dans chaque main. Il s'arrête en apercevant Harry, son visage en partie masqué par une cagoule grise, puis range les containers le long du trottoir, avant de s'éloigner au plus vite dans la direction opposée.

Malgré la proximité de l'église, ici non plus Harry n'est pas en odeur de sainteté.

Il bifurque par une venelle qu'il imagine déboucher sur la place. Dans une vitrine, un panonceau en contreplaqué indique : « Pas-de-porte à vendre ou à louer », ainsi qu'un numéro de téléphone. Deux embauchoirs poussiéreux en bois clair reposent sur une tablette nappée de papier kraft en partie déchiré, semblables aux pinces refermées de quelque crabe monstrueux. Tout au fond, il distingue un établi et des outils accrochés au mur près de rayonnages vides. Puis la vitre s'assombrit, renvoyant l'image nette d'un type hirsute au visage émacié, accentuant les détails. Harry constate que sa peau se boise et se creuse. Ce doit être le prix à payer pour un coin de table en ce pays.

Une fois de retour sur la place, Harry aperçoit le toubib sortir de la boutique, tête baissée. Lorsque les deux hommes se croisent, Harry lui souhaite une bonne journée et l'autre marmonne deux mots sans même le regarder, puis, d'un pas lourd, poursuit son chemin et entre dans sa maison. Harry tente alors de deviner derrière quelle fenêtre se trouve la cuisine, imaginant le médecin trancher la gorge d'un légume en pensant probablement à lui.

Harry allume la dernière cigarette du paquet et toque à la porte pour signaler sa présence à Sofia. Elle le rejoint peu après avec un café et pose la tasse sur la table. Des notes d'agrumes parviennent à Harry, mélangées à d'autres fragrances qu'il tente vainement d'identifier, ce doux parfum dans l'air. Cette fois, elle n'a pas l'air pressée.

– Bonjour ! Merci pour le café.

– Bonjour.

– J'ai croisé Édouard. Toujours tiré à quatre épingles.

– Vous avez fait connaissance ?

– Je ne crois pas qu'il m'apprécie beaucoup.

– Il ne faut pas lui en vouloir, il a ses petites habitudes…

– Ma présence le perturbe, je comprends.

Le moineau se pose sur la table voisine et s'égosille un moment en sautillant sur place. Harry désigne du menton l'oiseau, qui s'envole bredouille.

– Si ça se trouve, il le paie pour me surveiller, dit-il en souriant.

– C'est possible, dit la jeune femme, sans la moindre ironie.

– Il se passe décidément des choses étranges dans le coin.

– Vous n'imaginez pas à quel point.

Un homme quitte la mairie. Sofia lui jette un coup d'œil, coupe court à la conversation et retourne en hâte dans sa boutique. L'homme traverse la place et se dirige vers l'épicerie d'un pas déterminé. Il porte une veste en toile huilée, un pantalon de velours côtelé, des bottes fourrées enfilées par-dessus et une casquette avec des rabats sur les oreilles. Il rejoint la terrasse, d'un air jovial tend sa grosse main par-dessus la table et Harry la saisit machinalement.

– Bonjour, Simon Artaud, je suis le maire du village.

– Harry Perdien.

Le maire tire la chaise libre, balaie la neige d'un revers de manche, s'assoit face à l'unique client.

– Je tenais à vous souhaiter la bienvenue en personne.

L'homme a dans les soixante ans, grand et costaud pour son âge. Il jette un nouveau coup d'œil à la vitrine et revient à son nouvel administré, arborant un évident sérieux, semblant préfigurer l'importance de la conversation qui va suivre.

– Gilles m'a dit que vous êtes passé consulter le plan cadastral. Si vous avez des questions, il faut pas hésiter à m'en parler, je suis là pour ça.

– Des questions, non je ne crois pas.

– C'est moi qui ai acheté les terres autour de chez vous.

– Je ne comptais pas devenir agriculteur.

– Je me doute.

– Comment ça ?

– On trouve tout sur Internet… Vous êtes venu chercher l'inspiration par chez nous ?

– Me reposer, surtout.

Le maire relève d'un cran la visière de sa casquette,

se demandant ce que signifie se reposer pour ce genre de type. Il rassemble ses mains sur la table, puis fait mouliner les pouces, comme s'il s'agissait d'une mécanique mise en route dans un but bien précis.

– Si vous avez besoin de renseignements sur la région pour votre bouquin, ou n'importe quoi d'autre, je suis votre homme.

– Très bien. Je suppose que vous connaissiez les propriétaires de la ferme que j'ai achetée.

– Les Privat, évidemment que je les connaissais… D'honnêtes citoyens. Le père est mort depuis belle lurette. C'est le fils qui a vendu au décès de sa mère. Il vit loin d'ici, comme beaucoup.

– Et la ferme, en face, elle appartient à qui ?

Le maire marque un temps d'arrêt.

– À personne, dit-il.

– Comment ça, personne !

– C'est tout comme, vu qu'ils ont toujours refusé de se mélanger avec nous autres. Une drôle de famille… Il paraît qu'ils savaient guérir, trouver l'eau, ce genre de pouvoirs.

– Savaient ?

– J'ai jamais rencontré quelqu'un pour l'affirmer. De son vivant, la mère venait de temps en temps faire des courses, sans décrocher un mot. Quand elle est partie, le fils a pris la suite, et puis, du jour au lendemain, on l'a plus revu au village.

– En tout cas, il est très discret. Je ne l'ai jamais

rencontré, mais j'entends parfois des bruits bizarres provenant de là-bas.

Le mouvement des pouces s'arrête brusquement.

– Quel genre de bruits ?

– Je ne saurais pas vraiment dire, toujours le même, un peu comme si on frappait sur quelque chose avec un bâton.

– Comme si on frappait avec un bâton, répète le maire, regard dans le vague. Vous les avez sûrement rêvés, ces bruits.

– Je les ai entendus à plusieurs reprises.

– Alors, vous avez peut-être fait plusieurs fois le même rêve. Si j'ai un conseil à vous donner, ne vous approchez pas, il paraît qu'il a installé toutes sortes de pièges autour de sa ferme. Je voudrais pas qu'il vous arrive malheur.

– Et ça ne vous inquiète pas, en tant que maire ?

– Je peux rien faire contre ceux qui veulent rester à la marge, et puis, il se raconte que les pouvoirs s'arrêtent pas à guérir et à trouver l'eau, qu'il est capable de jeter des sorts.

– Vous croyez à ces superstitions.

Le maire fixe longuement Harry. On dirait que des étincelles dans ses yeux vont d'un instant à l'autre incendier les broussailles de sourcils.

– Vous seriez surpris de tout ce qui existe encore par ici.

– Je vous écoute.

Le maire avance le buste au-dessus de la table, poings serrés l'un contre l'autre.

– La mère, personne ne lui a jamais connu d'homme. Elle est devenue grosse un beau jour, comme par enchantement. Le gamin était beau à se damner, en grandissant, il s'est mis à ressembler à Delon, dans *Plein Soleil*, vous voyez.

– Mince alors, un nouveau messie vivrait donc au Bélier.

– Ne rigolez pas, je vous assure qu'aucun homme n'aurait pu en vouloir de cette femme-là.

– Il y en a pourtant bien un qui l'a trouvée à son goût.

– Moi, je vois qu'un démon pour l'avoir engrossée.

– Un démon, rien que ça.

– Laissez tomber, monsieur l'écrivain, vous êtes pas outillé pour comprendre.

– Je ne demande que ça…

– Vous avez l'intention d'en parler dans votre livre ?

– Mon livre ?

– Ben, celui que vous êtes en train d'écrire, j'imagine.

– Je n'en sais rien.

– Vaudrait mieux pas.

– Pourquoi ?

Le maire se lève, appuie ses mains sur le plateau de la table.

– Vaudrait mieux pas, c'est tout. Moi, je veux que votre bien, vous savez.

– Merci, je n'en doute pas, dit Harry d'un air ironique.

Le maire le tance du regard une dernière fois, hausse les épaules et s'en va. Il longe l'épicerie, jette un coup d'œil à l'intérieur et crache sur le trottoir. Harry s'étonne que Sofia ne soit pas sortie proposer un café. Il a le sentiment que le maire n'a pas agi par bienveillance en venant à sa rencontre, qu'il a dit exactement ce qu'il souhaitait, dans le but probable de l'effrayer. « Un type capable de jeter des sorts » résonne dans sa tête et les images d'un vieux reportage sur les sorcières de Salem lui reviennent en mémoire.

La cloche de l'église tinte une première fois, sortant Harry de sa rêverie. Neuf autres coups suivent. Il entre acheter un paquet de cigarettes. Sofia n'en a plus et propose du tabac à rouler et des feuilles. Pourquoi pas. Harry n'a jamais essayé. Tout en le servant, elle fuit son regard. L'air gêné, elle tourne le visage vers la porte, hésite, puis finit par abdiquer, comme quand on ne peut pas s'empêcher de poser une question dont on espère une autre réponse que celle qu'on envisage :

– Le maire est venu vous voir.

– Il voulait se présenter.

Harry paie. Sofia pousse les articles sur le comptoir et demande :

– C'est tout ce qu'il voulait ?

– À peu près. Il m'a aussi parlé de vieilles superstitions, mais je n'y crois pas.

– Méfiez-vous quand même de lui. En général, il ne fait rien sans avoir une idée derrière la tête.

– Merci, je m'en souviendrai. Au fait, je voulais vous demander, cette odeur dans votre boutique…

– La farine, peut-être… Avant, c'était une boulangerie.

Une sonnerie retentit quelque part derrière les rayonnages. Sofia s'excuse et dit qu'elle doit répondre au téléphone. Harry la suit un instant des yeux, puis il entend une porte se refermer, et un murmure.

Une fois en voiture, il ressasse les paroles du maire et celles de Sofia. La méfiance semble de mise, à moins que ce ne soit une posture pour tenir à distance l'étranger, l'intrus. Peut-être est-ce un jeu auquel tout le monde joue à son insu. Harry pense un instant qu'ils se sont entendus pour se moquer de lui, l'avoir à l'usure. C'est idiot. Il ne manquerait plus qu'il devienne paranoïaque.

Dans un pré, sur la gauche de la route, s'alignent des piquets de clôture sans fils qui dépassent de la couche neigeuse, semblables à des canons de fusils appartenant à des soldats ensevelis pendant une retraite. Harry imagine les cadavres toujours vêtus de leur uniforme, parfaitement conservés, les orbites et les bouches béantes, les traits marqués par la stupeur, qui attendent la fonte et la révélation de leur stature héroïque gravée dans un marbre friable, en souvenir de leur sacrifice ; et il craint pour eux, comme pour l'espèce humaine tout entière, que la mémoire soit une boue figée sous la neige le temps d'une saison.

Caleb

Cela faisait deux jours que de grands vols de ramiers empoussiéraient le ciel. Caleb boucla sa cartouchière et attrapa le fusil suspendu à une poutre par la courroie de cuir tressé. Il sortit, traversa la cour et referma le portail pour que le chien ne le suive pas. Descendant par la combe, il aperçut Jeanne Privat qui étendait ses draps, semblable à une ombre chinoise sur un mur blanc. Elle n'avait jamais cessé de porter le deuil. Un couple de tourterelles roucoulait sur le toit de la grange, oiseaux moqueurs assistant à la triste pantomime orchestrée par la sombre femme qui plongeait ses mains dans la panière et en ressortait un linge, le corps empesé et les doigts lestes.

Le ciel ressemblait à un vaste étendoir où séchaient des nuages filandreux coulissant sur des cordelettes invisibles. Les tourterelles s'arrêtèrent de chanter. Caleb les vit s'envoler à la verticale, comme si elles voulaient s'échapper d'un labyrinthe.

Il ouvrit la barrière et longea la sente tracée par

les allées et venues des chevreuils, puis s'arrêta avant d'atteindre la chênaie. D'une main, il empoigna la crosse, fit basculer l'arme et la courroie glissa de son épaule. Du gras de la main, il appuya fermement sur les canons, qui se désolidarisèrent de la crosse, fourra une cartouche de six dans le canon du haut et une de quatre dans celui du bas. Il repartit, le fusil coincé dans le pli du coude.

Caleb n'avait toujours pas atteint le bois de chênes quand il la vit en train de cueillir des fleurs en lisière. Sept mois étaient passés depuis leur rencontre dans la combe. Il ne distinguait pas ce qu'elle ramassait. *Peut-être le vent.* Il essaya de se cacher avant qu'elle ne le repère, mais il était trop tard. Elle avança vers lui à la manière d'une équilibriste, armée de grâce et du bouquet en cours dans une seule main, comme pour faire balancier, et rien dans l'autre, ou peut-être bien juste ce qu'il fallait de vent. Jusqu'à cet instant, Caleb avait considéré les présences humaines dans la nature comme des blessures purulentes sur le satin d'une peau, et pour la première fois, cette fille lui apparaissait tel un baume capable de soigner les plaies de la terre. Dès lors, il sut que les pigeons voleraient haut dans le ciel. Bien trop haut pour qu'il songeât à en abattre un seul.

Elle approchait. Caleb ne savait pas vraiment ce qui avançait dans sa direction, qui elle était réellement, ce qu'elle était, ce qui faisait qu'à chaque pas supplémentaire elle s'accordait à ce qui l'entourait. Non, il ne savait pas, ne voulait pas savoir. Il n'avait jamais eu la prétention de chercher le pourquoi des choses, avant. Pourquoi cela changeait-il brusquement ? Il n'en connaissait pas la raison, la connaîtrait peut-être plus tard, quand il se souviendrait de l'évidence de la réponse. Il ne savait pas non plus ce qui venait en même temps qu'elle, dans son sillage. La beauté pénétrait les yeux de Caleb et se faufilait dans sa tête. Une fleur, un coucher de soleil, les acrobaties d'un oiseau dans le ciel étaient des manifestations du beau, que la nature pouvait reproduire à l'infini, alors que ce qui approchait, cette même nature ne pourrait jamais le copier. Les formes de beauté que connaissait Caleb n'étaient pas à la hauteur de ce qui ensemençait l'air et parfumait ici la rosée. Puis elle fut devant lui, immobile. Trois ou quatre mètres les séparaient. Elle portait un jean et un tee-shirt blanc sous un fin gilet bleu dont le bouton du haut fermé soulignait sa poitrine. Caleb fit machinalement glisser sa main le long de la crosse et, d'un doigt, retira le cran de sûreté, pendant qu'il détaillait le bouquet fait de carottes sauvages, de solidages séchés et de quelques euphorbes qui réveillent le matin.

– Bonjour ! dit-elle.

– C'est pas prudent de vous promener un jour de chasse.

– Vous pensez vraiment qu'on pourrait me confondre avec le gibier.

– Y a peut-être une battue en ce moment. Les balles portent loin et ils sont pas toujours adroits.

– Et vous, vous n'avez pas peur des balles perdues ?

– Moi, je risque rien.

– Ça fait longtemps que je ne vous ai pas vu au bourg.

– J'y vais plus.

– Pourquoi ?

– J'y vais plus, c'est tout.

Elle fit pivoter son poignet, évaluant le bouquet, et plia légèrement les genoux de côté en se baissant. Elle déposa le bouquet au sol, se redressa et sortit un paquet de cigarettes de son gilet, ouvrit le paquet avec l'ongle du pouce et attrapa un briquet et une cigarette à l'intérieur. Elle alluma la cigarette, inspira et souffla un filet de fumée par la bouche puis tendit le paquet à Caleb.

– Vous en voulez une ?

– Je fume pas ça.

Emma rangea le briquet dans le paquet et le paquet dans sa poche. Elle plaqua sa main libre sous l'aisselle opposée, tout en fumant de l'autre.

– Vous chassez quoi ?

Caleb leva les yeux au ciel.

– Les palombes, mais elles ne se poseront jamais, si vous restez dans le coin.

– Je leur ferai peur, c'est ça ?

– Évidemment.

Elle fit tomber la cendre.

– Vous êtes comme les palombes, on dirait que vous avez peur de moi.

– Moi, peur d'une gamine, dit-il en haussant les épaules.

– Je ne suis plus une gamine.

– Je me moque de ce que vous n'êtes plus, rentrez chez vous, maintenant, ça vaudra mieux.

Un pic martela le silence qui suivit. D'un geste vif, Emma jeta la cigarette à demi fumée et souffla vers le sol une dernière bouffée.

– Je vous laisse avec vos palombes, puisque c'est si important.

Elle ne le regardait plus, se retourna et partit. Elle fut bientôt loin. Caleb la vit disparaître sous le couvert d'un taillis. Un instant, il crut avoir rêvé, mais le bouquet et le mégot attestaient du contraire. Il posa le sabot de la crosse sur le sol, se baissa, ramassa l'un et l'autre et les emporta. Un vol de palombes rasa la cime des chênes. Caleb s'arrêta et bascula la tête en arrière. Les oiseaux se posèrent à l'endroit où il se tenait peu avant, battirent encore un moment des ailes, semblables à des bougies sur un gâteau d'anniversaire. Caleb n'essaya même pas de les approcher.

L'hiver se déploya. La neige tomba abondamment. Durant la blanche saison, tout était plus long, plus lent, pesant, une géographie simplifiée où brillaient les absents. Où avait fini par ne plus briller qu'une seule absence.

La fille rôdait dans la tête de Caleb. Des mois que ça durait, que ça ne passait pas. Emma, il avait retenu le prénom crié dans la combe. Caleb s'arrimait au travail pour moins penser à elle, mais même dans ces moments-là, elle rôdait à l'intérieur de son corps, et dès qu'il s'arrêtait, qu'il imaginait l'au-delà de ses vêtements, il se mettait à bander et s'en allait se libérer derrière la grange ou dans la bergerie, jamais dans la maison. Ça revenait dans son ventre, ça grossissait et finissait toujours par exploser en éclats qui s'incrustaient dans ses entrailles. En lui transmettant le don, sa mère ne lui avait pas appris comment se débarrasser de la douleur engendrée par les femmes. Elle lui avait simplement dit de les éviter, de les fuir. Une fois, il improvisa un exorcisme, brûla le bouquet et le mégot et enterra les cendres dans la fosse à fumier, ne parvenant pas à chasser le démon, ni même à l'éloigner de ses pensées. Le mal était profond, un mal fait du désir de la chair et de la possession du cœur. Caleb ne savait plus le bien et le mal, mais avec la distance, il espérait que l'un et l'autre reprendraient bientôt leur juste place.

Espéra.

Au printemps, les fleurs d'aubépine ennuageaient la combe et les inflorescences de pissenlit formaient des étoiles dans un ciel de verdure. Accoudé à la barrière, Caleb se roula une cigarette et contempla le paysage en fumant, ainsi qu'il le faisait chaque matin. La première bouffée viola momentanément les odeurs printanières, puis, la cigarette terminée, tout rentra dans l'ordre. Quelle que soit la saison, Caleb retenait l'harmonie des formes et des couleurs. En retirait une mélancolie qui n'aidait en rien le paysan, mais sûrement un peu l'homme. S'il n'y avait eu le calendrier de la Poste punaisé au revers de la porte d'entrée, il n'aurait su les jours. Les saisons, il pouvait toujours les appréhender à leurs immuables clôtures de vent, de froid et de chaleur. Il devait au service public le fait de baliser aussi précisément le temps en distribuant les calendriers en dehors des heures de service. Le facteur était bien un des seuls à monter de temps en temps au Bélier.

C'était un mardi matin, jour anniversaire de la mort de sa mère. Emma s'arrêta à la barrière, comme lors de leur première rencontre. Caleb désherbait le jardin situé en surplomb. Il se redressa, sentant des yeux posés sur lui. Cette fois-ci, elle ne fit même pas semblant d'être là par hasard. Caleb la rejoignit, comme un soldat marchant sur l'ennemi, répétant à chaque pas dans sa tête les paroles qui la banniraient. Face à elle, il demeura muet. Elle n'avait rien cueilli et aucun vent ne soufflait. Désormais à elle seule le paysage tout entier. Ses cheveux étaient plus longs qu'à l'automne. Des formes libres et pleines se baladaient sous son pull. Elle avait noirci le pourtour de ses yeux et peint ses ongles en bleu.

– Vous avez tué des palombes, finalement ? demanda-t-elle, comme s'ils s'étaient quittés la veille.

– Quelles palombes ?

– Vous attendiez qu'elles passent, la dernière fois.

– J'en ai pas tué ce jour-là.

– J'espère ne pas en être la cause.

– Pourquoi vous êtes revenue ?

– Je me promène, je fais des photos, ce n'est pas interdit, que je sache.

– Il y a d'autres endroits qu'ici pour se promener.

– Ne vous inquiétez pas, je n'ai rien l'intention de déranger.

Un silence s'installa. C'était pourtant vrai que la fille ne dérangeait rien au vivant et à l'inerte, une harmonie supplémentaire accordée au chant du monde. C'était précisément parce qu'elle ne dérangeait rien que Caleb en était aussi perturbé. Les saisons passées n'avaient pas atténué le trouble. Même à distance respectable, Emma tentait de l'ensorceler. Sa mère veillait. Caleb baissa les yeux. Des abeilles sautillaient de fleur en fleur, les pattes arrière boursouflées de pollen aggluti-né, semblable à des nodosités. La Privat observait le couple depuis son étendoir. Jamais eu besoin d'une paire de lunettes pour voir de loin.

– Je vous amuse, pas vrai ! C'est pour ça que vous êtes revenue ?

– Qu'est-ce qui vous fait penser que vous m'amusez ?

– Pour quelle autre raison vous seriez là ?

Elle tendit une main et la retourna, paume vers le ciel.

– Que voyez-vous dans ma main ?

– Je sais pas ce qu'on vous a raconté sur mon compte, mais je sais pas lire les lignes de la main.

– Pas la peine. Alors, que voyez-vous ?

– Rien, y a rien du tout dans votre main.

– Dommage.

– Qu'est-ce qui est dommage ?

– De ne pas voir ce que vous pourriez y mettre.

– J'ai rien à mettre dans cette main-là.

– Peut-être plus tard, alors.

Caleb ne la quittait pas des yeux.

– Ni maintenant ni plus tard, et c'est pas la peine de revenir, j'aurai jamais rien à y mettre. Partez, avant que je vous jette un sort.

Emma ramena sa main à elle, serra le poing et l'appuya un moment entre ses seins puis s'en alla, comme si elle s'engouffrait dans la même brèche de temps empruntée des mois auparavant. Lorsque le paysage eut enfin épousseté la silhouette, Caleb distinguait encore nettement la main tendue qu'il n'avait pas voulu prendre et dans laquelle il avait pourtant lu une folle espérance.

C'est bien, fils, mais baisse surtout pas la garde, elle va revenir, je le sens.

À part le facteur, personne ne frappait à la porte. Caleb aurait dû regarder par la fenêtre avant d'ouvrir. Maintenant qu'elle se tenait dans l'embrasure, il fallait faire avec, comme sous les chênes à l'automne, ou près de la barrière trois jours plus tôt. Cette fois, elle portait un chiot dans ses bras. L'animal couinait et tremblait en la regardant avec de grands yeux tristes et vitreux. Jamais ils n'avaient été aussi proches l'un de l'autre, à presque se toucher.

– Je crois qu'il est malade, dit-elle.

– Vous n'avez qu'à l'emmener voir un vétérinaire.

Elle avait l'air d'une enfant prise en faute. Elle fit mine de repartir, laissant traîner le geste.

– Attendez, donnez-le-moi que je regarde, maintenant que vous êtes là.

Elle tendit le chiot et la lumière rasante du matin révéla de fines soies sur ses avant-bras. Caleb attrapa l'animal avec précaution, et le chiot s'arrêta aussitôt de trembler et de couiner.

– Restez là ! dit-il, avant d'entrer dans la maison sans refermer la porte.

Elle attendait sur le seuil, n'osant faire un pas, ni

même se pencher. Elle n'entendait rien de ce qui se passait à l'intérieur. Elle ne tenta pas d'entrer, par peur de rompre un charme, imaginant les mains de Caleb enveloppant l'animal, le caressant. Elle ne savait pas comment procédait un guérisseur pour expulser le mal, se demandait surtout ce que de telles mains traceraient sur sa propre peau.

Caleb réapparut quelques minutes plus tard, offrant le chiot qui tenait tout entier dans ses mains en coupe. Elle eut un mouvement de panique en découvrant le corps mou de l'animal, ses yeux clos et sa tête basculée sur un côté. Caleb perçut son désarroi.

– Ne vous inquiétez pas, il dort juste.

– Il est guéri ?

– Il faudra attendre un peu pour savoir. Dans le cas contraire, allez voir le véto.

– Merci Caleb.

– Comment ?

– Caleb, c'est bien votre prénom ?

– Oui, ça fait longtemps que je ne l'ai pas entendu.

Emma attrapa le chiot. Le petit corps se mit à vibrer de nouveau. Il était paisible. Ce n'était pas lui qui tremblait, mais ses mains à elle. Caleb recula de deux pas. Il s'apprêtait à refermer la porte et elle ne trouva que des mots à jeter en travers pour l'en empêcher :

– Des fois, on n'y peut rien.

– Je pense pas que ce soit bien grave.

Elle baissa les yeux sur l'animal endormi et il regardait aussi le chiot.

– Je ne parlais pas de lui…

– Vous devriez partir, maintenant, dit-il, une main posée sur le montant.

Des insectes allaient et venaient autour d'un géranium planté dans un bac en pierre, semblables aux sujets d'une boîte à musique. Emma leva les yeux d'un air provocant, parce que ce regard était tout ce qu'elle avait à lui opposer désormais, en plus des mots.

– Pourquoi vous ne refermez pas la porte ?

– Je suis chez moi.

– Quelqu'un comme vous devrait être partout chez lui.

– Quelqu'un comme moi ?

– Capable de guérir, de faire du bien, je veux dire.

– Je peux pas tout guérir et votre chiot n'est pas encore tiré d'affaire.

– Je sais que si.

Le chien sortit de la maison. Son regard allait de la fille à Caleb.

– Non, vous ne savez pas.

– Vous n'avez rien à me dire de plus ?

Les lèvres de Caleb demeuraient scellées.

– Vous ne répondez pas ?

Caleb repoussa la porte et la claqua. Il attendit un moment puis s'approcha de la fenêtre. Emma était déjà parvenue au portail et il la regarda s'enfoncer dans l'ombre du cyprès, tout habillée de noir, comme une inconsolable veuve.

Qu'est-ce que je t'avais dit. Pourquoi t'as ouvert notre porte. Je vois bien que t'es pris dans le filet de ses beaux yeux, pauvre nigaud. Si tu flanches, je pourrai rien pour toi. Personne pourra plus te protéger.

Harry

Harry s'exerce au roulage de cigarette sous le regard moqueur du chien. Il gâche une bonne moitié du paquet de feuilles et quantité de salive pour un piètre résultat. Il ramasse ensuite les brins de tabac éparpillés sur la table et allume le fétu, qui se consume comme une mèche de pétard.

Il repense à ce que lui a dit le maire au sujet de la famille qui vit de l'autre côté de la combe, ou plus exactement au sujet du type dont il n'a même pas songé à demander le nom. Il aimerait savoir à quoi ressemble le paria, en apprendre davantage sur lui, si c'est un véritable sauvage, comme a l'air de prétendre le maire. Harry imagine la ferme entourée de pièges à loups et le type guettant à la fenêtre, un fusil à la main. Le maire n'a visiblement pas l'intention de poursuivre les présentations de ce drôle d'administré. Mis à part Sofia et lui, Harry ne connaît personne.

Le bruit revient en fin de journée. Cogne, cogne, cogne, cogne… Le chien dresse les oreilles. Harry attend que s'éteigne le bruit. Ne s'éteint pas. Cogne, cogne, cogne, cogne… Il sort et le chien se précipite à ses trousses. Harry longe le pignon. Cogne, cogne, cogne… Traverse la basse-cour. Cogne, cogne… Saute la clôture. Cogne… Remonte le chemin. Le bruit s'est tu. Le chien a pris quelques mètres d'avance et lui barre la route, poils dressés sur le dos, comme la dernière fois. Harry insiste. Le chien aboie et tout son corps frémit à chaque coup de gueule. Harry s'arrête, essaie de le calmer, lui parle d'une voix emplie de douceur, mais rien n'y fait. L'instinct semble parler. Peut-être l'animal a-t-il été maltraité par ce type ? Il paraît que les chiens ont une mémoire infaillible. Harry ne sait quelle serait sa réaction s'il persistait à poursuivre sa route. Il observe un long moment les bâtiments. Rien ne bouge et rien n'altère le silence, maintenant que le chien n'aboie plus. Harry rebrousse chemin, et ce n'est qu'une fois dans la basse-cour que le chien le rejoint.

De retour à la maison, Harry se surprend à questionner le chien, afin qu'il explique son comportement. L'animal l'observe de ses grands yeux tristes accordés à l'opus de Schubert. Au début, la musique l'avait perturbé. Il trottinait alors jusqu'à la porte, demandant à sortir. Désormais, elle fait partie de son décor, et en cet instant apaise son émotion.

Harry s'est attaché au chien. Il n'imagine plus vivre là sans lui. Lorsqu'il s'absente pendant quelques heures, Harry s'inquiète. Il espère qu'il ne partira pas. Se demande comment le considère l'animal, s'il est à la hauteur. Le sentiment que ce n'est pas lui qui l'a adopté, mais plutôt le contraire. On dirait que le chien s'est assigné la mission de veiller sur lui, de le protéger, de lui enseigner ce territoire et ses pièges. Sa façon de le remercier pour lui avoir ouvert sa porte. Il est de notoriété publique que les chiens sont fidèles. Harry n'en a jamais eu avant.

Dès qu'il bouge, le chien suit ses mouvements du regard, et même lorsqu'il est immobile, l'animal l'épie encore, prêt à faire face à toute nouvelle situation, au moindre changement. Harry a le sentiment qu'il attend quelque chose de lui, à l'affût de chaque geste, comme s'il craignait qu'il ne fasse pas les bons, et que, si tel était le cas, il trouverait un moyen de le remettre dans l'axe de sa volonté, tout comme sur le chemin.

Lorsque la pénombre s'installe, Harry réussit enfin à rouler une cigarette digne de ce nom, puis s'assoit sur la chaise près du fourneau, les *Mémoires d'un paysan* à portée de main. Selon l'endroit où il se trouve, l'activité à laquelle il s'adonne, le chien change d'attitude, redresse la tête, ses yeux brillent et sa queue brasse les fines particules de cendre en suspension dans l'air. Précisément ce que l'animal attendait de Harry : qu'il s'assoie sur cette chaise-là, pour être apaisé. Il s'allonge, s'étire, fourre sa tête entre ses pattes et ferme les yeux. Harry reprend sa lecture et le chien relève une paupière quand il froisse une page. Il se dit qu'un chien ne dort jamais complètement quand il a quelqu'un sur qui veiller. Demain, il l'emmènera en voiture au village, s'il lui plaît de le suivre.

Plus les jours passent, plus les objets prennent de l'épaisseur à l'intérieur de la maison. Des mains y ont abandonné leur ombre, des corps aussi, ceux des membres de la famille Privat. Harry n'a pas pensé à en demander plus au maire, obnubilé par le sorcier. C'est sûrement mieux ainsi. Il lui faut faire confiance aux ombres, les apprivoiser. Peut-être que c'est une ombre qui le visite lorsqu'il n'est pas là, qu'il a tout fantasmé. Écrire des histoires sur le papier, en raconter dans sa tête, n'est-ce pas aussi une forme de sorcellerie. Il reste à espérer que l'ombre du romancier rencontre l'ombre du sorcier, si cela est possible.

Durant la nuit, les bruits réveillent Harry, plus sourds qu'à l'habitude, comme s'ils venaient de plus loin. Dès qu'il pose un pied sur le plancher, le silence revient. Le cognement résonne sous son crâne, simplement sous son crâne. Il marche jusqu'à la cuisine. Le chien dort profondément. Harry a dû rêver. Il jette deux bûches dans le fourneau, retourne se coucher. Le sommeil ne viendra plus. Les bruits non plus.

Des panneaux vierges, prêts à recevoir les sourires des candidats aux élections régionales, viennent d'être installés devant la mairie. Il subsiste des traces d'anciennes affiches, un morceau de slogan, un fragment de visage, donnant à l'ensemble l'allure d'un polyptyque dont on aurait tenté d'effacer les traces en vue de l'avènement d'une nouvelle religion. Les moineaux ont investi ce nouveau perchoir, et déjà, des fientes gelées recouvrent par endroits les encadrements, semblables à de minuscules cairns.

Le chien ne s'est pas fait prier pour sauter sur le siège de la voiture au moment de partir. À peine descendu sur la place, il fait le tour du monument aux morts en reniflant la grille et s'arrête à un angle pour pisser. Personne ne constate le blasphème.

Harry se laisse une nouvelle fois happer par la grande tristesse qui enveloppe le village. La cause n'en est pas seulement le ciel gris et la neige. La tristesse est aussi dans chaque pierre, et plus ou moins dissimulée sur chaque figure et dans l'air qui circule et se déverse au plus profond de la campagne. Rien ne bouge, hormis l'air, et peut-être n'est-ce même pas vraiment de l'air, mais le souffle d'une bête malade luttant contre la mort. Parfois, des paillettes de givre s'envolent d'un toit et retombent un peu plus loin sur le même pan ou un autre, ou s'écrasent sur le trottoir ou la rue ou bien cinglent l'obélisque, comme d'infimes éclats de mortier tiré par l'ennemi voilà plus d'un siècle.

Harry marche jusqu'à l'épicerie, entre dire bonjour à Sofia, commande un café et ressort aussitôt s'asseoir en terrasse. La chaise et la table sont déneigées depuis peu. Il aperçoit le chien qui continue d'explorer la place, puis ses yeux s'égarent sur la vitrine de la boutique. Quels chemins de traverse Sofia a empruntés avant de décider de prendre ce commerce ? Il ne sait rien d'elle, et pense qu'elle vit seule. Il se demande souvent ce qu'imaginent les autres, rien qu'en les observant, tente d'interpréter un geste, une attitude. Les femmes, en particulier. Habiter le présent, il n'y arrive guère. « Nous ne sommes jamais chez nous, nous sommes toujours au-delà. » Montaigne avait raison en ce qui le concerne. Un désir de conquête ronge les hommes depuis la nuit des temps, alors que les femmes s'habillent du désir de l'instant, et leur désir revêt tant de formes que les hommes sont bien souvent nus face à lui, presque toujours à contretemps. Une femme est singulière dans l'amour et les hommes si prévisibles par la nature de leur sang. Sofia ne ressemble à aucune des femmes qu'il a rencontrées. Elle le trouble. Cette manière qu'elle a de rester à distance, tout ce qu'elle refuse encore de dévoiler et qu'il est incapable de soupçonner.

La clochette tinte, ramenant instantanément Harry à la réalité. Sofia le rejoint, emmitouflée dans son caban et coiffée de son bonnet. Le froid maquille ses joues et un oiseau posé sur un perchoir circulaire pend à chacun des lobes de ses oreilles. Elle porte deux cafés sur un plateau, qu'elle dépose sur la table, et s'assoit. Le chien accourt et elle se fige en le voyant.

– Je vous présente mon chien.

– Votre chien ! dit-elle d'une voix atone.

– Celui dont je vous ai parlé l'autre jour, il ne me quitte plus.

Le chien se frotte à elle pour réclamer des caresses.

– On dirait qu'il a un faible pour vous.

Sofia ne quitte pas l'animal des yeux. Le revers de sa main glisse machinalement sur le chanfrein et remonte sur la zone du crâne dénuée de poils. Le chien est aux anges. Elle ne dit toujours rien. Son regard flotte sans cap. Elle porte la tasse à ses lèvres, boit et repose la tasse sur la soucoupe. Le chien n'a pas bougé sous la main caressante.

– Quelque chose ne va pas ?

Elle sourit tristement.

– Un peu de fatigue, j'imagine.

Elle cesse de caresser le chien. L'animal demeure encore un instant immobile, puis rejoint Harry et se couche sur la neige gelée, la tête entre ses bottes. La jeune femme plaque une main sur sa joue, et l'oiseau sur la boucle se niche entre deux doigts. Harry croit n'avoir jamais rien vu d'aussi beau, d'aussi pur que ce geste, un geste capable d'effacer tous les autres.

– Je me demande si un homme insensible à la beauté vivrait plus sereinement, dit-il sans réfléchir.

– Un homme, répète-t-elle.

– Façon de parler…

– Serait-il alors véritablement un homme ?

Harry sourit, pensant qu'il n'y a pas de meilleure réponse à ce qui n'était pas une question, puis il jette un regard de l'autre côté de la place.

– Je n'ai pas vu Édouard ce matin.

– Il ne devrait plus tarder.

– Le maire non plus, je ne l'ai pas vu.

Sofia termine son café d'un trait et se lève.

– Il faut que je vous laisse, j'ai des commandes à passer.

Avant qu'elle ne s'éclipse, Harry demande à la jeune femme ce qu'elle fait dimanche.

– Pourquoi ? fait-elle, surprise.

– J'aimerais découvrir les alentours du village et je me disais que vous pourriez éventuellement me servir de guide.

Elle prend un temps avant de répondre :

– D'habitude, le dimanche, je me repose.

– Je comprends.

– Je vous dirai demain, si vous revenez.

– D'accord, mais ne vous sentez surtout pas obligée.

Elle n'ajoute rien. Avant d'entrer dans sa boutique, elle jette un dernier coup d'œil au chien.

Harry n'a même pas dépassé le panneau indiquant l'entrée du village que le téléphone se met à sonner. Il se range sur le bas-côté et décroche.

– Harry, c'est maman, ton père a fait une nouvelle attaque, dit-elle d'une voix calme.

– Quand ? C'est grave ?

– Il y a trois jours, il rentre chez nous aujourd'hui…

– Et tu me préviens seulement maintenant ?

– C'est lui qui ne voulait pas que je te le dise, tu le connais.

– C'est n'importe quoi, tu n'aurais jamais dû l'écouter… Je viens tout de suite.

– Non, surtout pas, il m'en voudrait à mort. Pas besoin de te rappeler l'importance qu'il accorde à ton travail.

– On s'en fout de mon travail, il s'agit de mon père, là.

– Justement, il ne faut pas le contrarier en ce moment, dit-elle sèchement.

– Tu m'appelles d'où ?

– De l'hôpital.

– Passe-moi papa, s'il te plaît !

– Il dort.

– Je vais attendre qu'il se réveille, alors.

– Rappelle plutôt demain, quand on sera rentrés. Et arrête de t'inquiéter, les médecins sont rassurants, il ne risque plus rien.

– Tu es sûre ?

– Oui, je suis sûre.

Elle prend une longue inspiration, puis reprend :

– Est-ce que tu es bien installé, au moins ?

– Oui oui.

– Et tu avances comme tu veux ?

– Maman !

– Quoi ?

– Je te sens fatiguée. Tu prends soin de toi ?

– C'est ce que je fais en prenant soin de lui.

– Tu ne veux vraiment pas que je vienne, je pourrais te soulager un peu ?

– On en a déjà parlé, allez, retourne nous écrire ce beau livre, je t'embrasse.

– Je t'embrasse aussi, maman.

Elle raccroche la première. Harry reprend la route.

Il n'est jamais parvenu à saisir la véritable nature de la relation entre son père et sa mère. Ils sont tellement différents, et pourtant, se sont trouvés et gardés. À les voir si liés dans la vieillesse, Harry les trouve touchants, mais ne les envie pas. Il se souvient de ce repas d'anniversaire durant lequel son père avait qualifié sa compagne de « femme de ma vie ». Harry n'avait pu s'empêcher de trouver l'expression désespérante, car elle traînait dans son sillage l'idée d'un destin commun, scellé par le possessif charriant son lot de compromis pour que se réalise ce destin. Une fois assouvie la dérisoire ambition du nid et de l'œuf, que reste-t-il des ambitions de chacun ? Harry l'avait rencontrée, cette femme qui l'avait détourné de l'ambition d'écrire. Cela avait duré quelques jours, avant qu'il ne se ressaisisse. Elle serait probablement devenue la « femme de sa vie », par paresse. Il avait dû paraître bien lâche en laissant se déliter la relation. « Ce dont les hommes ont besoin, c'est seulement d'une volonté indépendante, quel que soit le prix de cette indépendance, et quelles que soient ses conséquences. » Harry est incapable de se remémorer dans quel livre il a lu cette phrase. Celle-ci en revanche : « Mes yeux se sont usés à guetter ta promesse », il n'oubliera pas son auteure. La plus belle déclaration d'amour et de rupture qu'on lui fera certainement jamais. Cette femme demeure encore tout entière à l'intérieur de cette phrase. Les mots dessinent une silhouette, que les espaces mettent en mouvement dans sa mémoire. Il pensa un temps essayer de la reconquérir, mais n'aurait pu supporter qu'elle devienne « *sa* femme » et qu'il devienne « *son* homme », d'être inféodés l'un à l'autre. Il voulait se convaincre aujourd'hui que l'abandon avait été le seul moyen d'échapper à l'emprise. Imaginer son père et sa mère dans une chambre d'hôpital ne remet pas son choix en question.

Les seuls liens inaliénables, impossibles à briser, sont ceux tissés par ses parents. Deux êtres qui lui ont toujours voulu du bien, se référant à leur propre idée du bonheur ; deux êtres qui l'ont éduqué et le connaissent au final si peu, sinon au travers de réponses qu'ils pensent avoir découvertes dans son livre et qu'ils espèrent affiner dans le prochain. Leur fierté discrète est aussi le paravent aux questions qu'ils n'oseront jamais lui poser.

Une fois la voiture garée à l'intérieur de la grange,

Harry se roule une cigarette dehors, utilisant seulement deux feuilles. Sa technique est désormais au point. Il fume dans la basse-cour. Le soleil ressemble à une breloque dorée accrochée sur un plastron uniformément gris. De l'autre côté de la combe, la cheminée expire une haleine bleutée. Harry met du temps avant de réaliser qu'il s'agit de la fumée de sa cigarette.

Il demeure un long moment au milieu de ce grand calme aux reliefs fardés et aux ombres fugaces. Le monde observable n'est qu'affaire de comparaison : couleurs, tailles, formes, substances, odeurs. S'il n'y avait la neige, Harry verrait le tronc du noyer différemment, moins sombre, peut-être même qu'il ne le remarquerait pas ; tout comme resteraient invisibles les fils de clôture en l'absence de fines stalactites de glace, et aussi les grandes herbes qui attristent la neige et dont il ne sait pas encore le nom.

Caleb

Quelqu'un gueulait dehors. Le chien se réveilla aussitôt et redressa la tête, oreilles rabattues en arrière. Caleb approcha discrètement de la fenêtre et reconnut Sylvain Artaud, le fils du maire, campé au milieu de la cour. Le chien se leva, alla jusqu'à la porte et la renifla, puis s'allongea en travers du seuil. Caleb ne comprenait pas ce qu'Artaud lui voulait, c'était la première fois qu'il se rendait chez lui. Il attendit quelques minutes, et comme l'autre se mettait à gueuler de plus belle, il finit par sortir en enjambant le chien.

– J'ai déjà dit à ton père que j'irais pas chercher l'eau, dit-il.

Artaud serra les poings contre ses cuisses et avança vers Caleb, son ombre vite broyée par celle de la façade.

– C'est pas pour ça que je suis là.

– Qu'est-ce que tu veux, alors ?

– Je suis venu pour Emma.

Caleb tendit machinalement le bras en arrière et sa main trouva la langue râpeuse du chien.

– Je connais pas d'Emma.

– Me prends pas pour un con, je sais que tu lui tournes autour.

– Je tourne autour de personne…

– Des gens l'ont vue chez toi. Tu dois pas ignorer qu'on sort ensemble.

– J'en savais rien et je m'en fous…

– Tu l'as attirée avec ta magie, c'est ça, hein ?

– Je suis pas magicien.

– Comment tu as fait alors, pour lui retourner le cerveau à ce point ?

– Elle voulait que je soigne son chien, c'est tout ce que j'ai fait.

– Son chien ! Quel chien ? Elle en a pas, à ce que je sache.

– On dirait que t'as pas l'air bien au courant de ce qu'elle a.

Artaud leva un poing à hauteur de visage.

– Tu vas arrêter de la voir, c'est le premier et le dernier avertissement que je te donne.

Caleb observait avec une certaine curiosité le jeune homme moulé dans l'arrogance du père, se demandant jusqu'où il serait capable d'aller. Il ne lui faisait pas peur. Tant qu'il l'avait sous la main, il allait lui en donner pour son argent.

– J'ai jamais cherché à la voir, cette fille. Tu devrais

l'enfermer dans une de tes *stabus*, ça la rendrait sûrement plus amoureuse.

– Me provoque plus, nom de Dieu…

– Je sais pas trop comment tu l'as attrapée, mais on dirait que la corde a du mou.

L'autre avança encore en levant le poing plus haut.

– Je le répéterai pas.

– J'espère bien. Dégage maintenant de chez moi. Tes histoires ne me regardent pas, mais on dirait que t'es pas à la hauteur de tes promesses.

Artaud se projeta en avant, et le poing atteignit sans véritable force Caleb au plexus. Caleb riposta aussitôt d'un coup au visage. Il n'avait jamais frappé quiconque de sa vie. Une rage insoupçonnée s'empara de lui, allant bien au-delà des provocations du fils Artaud. Il enchaîna les coups, et l'autre essaya de parer les assauts, incapable de contre-attaquer. Une arcade explosa, l'os du nez craqua. Artaud vacilla et tomba à genoux en pleurant, les mains sur le visage. Caleb arrêta de frapper, dominant le corps vaincu, prêt à donner le coup de grâce. La rage abandonnait peu à peu ses muscles et il la laissa se retirer, comme des eaux regagnent le lit d'une rivière après la crue.

– Plus jamais tu viens me menacer, dit-il.

L'autre retira les mains de son visage et elles étaient couvertes de sang. Des gouttes tombaient en cadence sur le sol depuis l'arcade fendue et une narine. Il pleurait encore, affirmant que Caleb l'avait défiguré.

– Estime-toi plutôt heureux que je t'achève pas.

Caleb abandonna sa victime et entra dans la maison avec le chien. Il passa son poing sous l'eau pour nettoyer le sang et constata que ses phalanges étaient entamées et que le sang était le sien. Il attrapa un torchon propre dans le buffet et le déplia sur la table de cuisine, ouvrit un tiroir de la table et sortit tous les couteaux qui se trouvaient à l'intérieur, ainsi qu'une pierre à aiguiser. Il se mit à affûter le fil des lames, d'un côté et de l'autre, et de fines particules de grès noircies décrochées de la pierre tombaient en pluie sur le torchon. Le son produit par le glissement de la lame lacérait le silence. Il aiguisa aussi le couteau qui ne quittait jamais sa poche, et lécha sa jambe de pantalon avec la lame, des deux côtés, replia le couteau et le remit dans sa poche. Une fois qu'il en eut terminé, il essuya chaque lame avec un pan du torchon et rangea les couteaux dans le tiroir. Aucun geignement ne parvint à ses oreilles lorsqu'il secoua le torchon par la fenêtre qui donnait sur la combe. Des passereaux se précipitèrent, espérant des miettes, sautillant comme de petites mécaniques remontées au maximum et libérées d'un coup. Ils s'envolèrent déçus. Caleb alluma une cigarette et souffla la fumée par un coin de la bouche. Les cendres tombaient sur la plaque en fonte de la cuisinière. La cigarette terminée, il jeta le mégot dans le fourneau et fit glisser les cendres dedans à l'aide d'une aile de canard. Le sang avait déjà croûté sur ses phalanges.

Il jeta un coup d'œil dans la cour. Artaud n'était plus là. Caleb sortit et fixa longuement les traces noirâtres sur le sol en serrant les poings, regarda la bergerie et ouvrit les mains qui allaient nourrir ses bêtes.

Caleb longeait le talus sous un ciel de zinc. Un mois qu'il n'avait pas plu. La sécheresse avait déchiré la terre, révélant toute la profondeur des ornières semblables à des canyons déserts parsemés d'empreintes d'oiseaux et de rats. Au loin miroitaient les panneaux solaires de la stabulation Artaud, on aurait cru un étang suspendu au-dessus du sol. Une vigne courait à main droite sur un grillage et le feuillage opinait sous l'effet de la brise, découvrant par endroits les baies d'un vert très clair. Sur son passage, Caleb délogea un lézard aux écailles brillantes comme de la faïence et le reptile se faufila entre ses pieds, poursuivi par le chien, avant de disparaître dans les hautes herbes où grésillaient des sauterelles. Il passa bientôt sous la rangée de cerisiers. Les noyaux mis au jour après la pourriture des chairs ressemblaient à des balles rejetées après un impact, et la tache noire à du sang desséché autour d'une blessure.

Caleb sauta ensuite par-dessus la clôture, traversa le pré et remonta la lisière bordant une sapinière de Douglas. Les grands arbres aux ramures serrées constituaient un rideau poreux au vol des oiseaux et à la course d'une harde de chevreuils aux allures d'antilopes fuyant le prédateur. Arrivé à l'angle de la sapinière,

Caleb découvrit un coin de prairie entièrement retourné par les sangliers en quête de vers de terre, larves de hanneton ou de taupin. Il quitta la lisière et pénétra dans un bois naturel. D'énormes grappes de fleurs d'acacia pendaient comme des colifichets, embaumant l'air d'un entêtant parfum. Une fois le bois traversé, Caleb parvint à la voie ferrée, qu'il suivit sur environ un kilomètre, avant de se poster à couvert. Emma habitait avec ses parents dans la maison de l'ancien garde-barrière, située à cinq cents mètres de la boulangerie.

Pendant qu'il patientait derrière les charmilles, une voix se mit à résonner dans sa tête : *T'as pas autre chose à faire ?* Sa mère avait raison, quelle perte de temps d'attendre que la fille sorte de chez elle. Peut-être qu'elle n'était même pas à l'intérieur. Les bêtes devaient être nourries. Les cultures et l'entretien des clôtures nécessitaient aussi du travail. La voix se tut instantanément lorsque Emma apparut. Par chance, elle ne prit pas la direction du village. Caleb se doutait de l'endroit où elle se rendait. Il se mit à courir jusqu'à la voie ferrée et fit un arc de cercle pour couper la route à la jeune fille. Elle sursauta en le voyant émerger des broussailles, le front ruisselant de sueur.

– Qu'est-ce que vous faites là ?

Caleb reprenait son souffle en la regardant avec insistance. Ses bras pendaient le long de son corps et ses doigts se promenaient dans le vide, telles des araignées au bout d'un fil.

– Je suis venu prendre des nouvelles de votre chien, dit-il d'un air provocateur.

– Il va bien, merci, répondit la fille sans se démonter.

– C'est bizarre, on m'a dit que vous n'aviez pas de chien.

– On ?

– Oui « on », c'est bien chez lui que vous allez, pas vrai ?

Elle le regardait d'un air crâne, c'était maintenant elle qui le défiait.

– Il est venu chez moi pour me faire la leçon, il pense que je vous cours après.

Deux fossettes se creusèrent sur les joues d'Emma.

– On dirait bien que c'est vrai, tout de suite, ajouta-t-elle en voyant Caleb en nage.

– Y a rien de drôle.

– C'est pas bien grave, je vais lui parler.

– Pour dire quoi ?

– Qu'il se fait des idées… C'est bien ce que je dois lui dire ?

Caleb baissa la tête et ses doigts cramponnaient la toile du pantalon.

– C'est ce que vous avez de mieux à faire.

– D'accord… alors j'y vais, si vous n'avez rien d'autre à me dire.

– Si, y a autre chose. On s'est battus.

Emma remarqua les croûtes de sang sur le poing droit de Caleb.

– Il semblerait que vous ayez eu le dessus.

– C'est pas le problème.

– Quel est le problème, alors ?

Caleb releva la tête, et ce qu'il vit, ce n'était pas une fille promise à un autre. Des secondes s'empilèrent entre eux et comme il ne répondait rien, elle dit :

– Quand est-ce que vous allez arrêter ?

– Arrêter quoi ?

– De vous mentir.

– Je mens à personne.

– Bien sûr que si, dès que vous ouvrez la bouche, vous mentez.

– Qu'est-ce qui vous fait penser ça ?

– Je me trompe ou vous ne me regardez pas comme quelqu'un qui n'a plus envie de me voir.

Caleb tourna la tête de côté, désignant la route.

– C'est bien lui que vous allez retrouver.

– À qui la faute.

Caleb voulut bouger, mais ses pieds demeurèrent cloués. Il faisait toujours face à cette fille.

– Vous ne partez pas ? demanda-t-elle.

– Arrêtez de me regarder comme ça !

– Non, j'arrêterai pas et je m'en irai pas la première.

Harry

Le secrétaire de mairie prend son service, l'épicerie est éclairée. Harry se gare sur la place et compose aussitôt le numéro de ses parents. Il les sait réveillés depuis longtemps. Son père est insomniaque et sa mère prépare le café à six heures.

– Bonjour, papa.

– Bonjour, fils, comment tu vas ?

– C'est plutôt à toi qu'il faut le demander.

– Un simple accroc. Les médecins m'ont vite remis sur pied…

Le père s'interrompt, essoufflé. Il inspire longuement. Harry reconnaît le bruit caractéristique produit par un masque à oxygène.

– Alors, raconte, tu te sens bien là-bas ? demande son père au bout d'un moment.

– Moi qui voulais du calme et de la solitude, je suis servi.

– Très bien, c'est tout ce qu'il faut pour écrire.

– Je ne sais pas si ça suffira.

– Prends le temps et peut-être qu'un loup te rendra visite bientôt.

– Un qui viendrait des steppes, par exemple ?

Harry devine son père en train de sourire à l'autre bout du fil.

– Tu te rappelles : le loup en tant qu'instance spirituelle, le moi en tant qu'instance multiple ?

– Évidemment, tout le thème du livre de Hesse.

Nouvelle inspiration. Cette fois-ci, Harry imagine le sourire flouté par le plastique translucide. Il attend que son père récupère.

– Tu as bien fait de t'en aller, fils.

– Je crois aussi.

– Tu as emporté assez de livres, au moins ?

– Tu me connais, j'ai été à bonne école.

– Il se passe forcément quelque chose avec les livres. Ils m'ont toujours été d'un grand secours dans la vie, surtout depuis que je n'enseigne plus…

Le père de Harry s'interrompt à nouveau, reprend de l'oxygène.

– Avec ta mère et toi, bien sûr.

– Maman va bien ? Je l'ai trouvée un peu fatiguée, à sa voix.

– Le contrecoup, sûrement. Ta mère est forte, c'est une sainte, et sa mission, celle qu'elle s'est assignée, est de m'aider à ne pas mourir. Un fils qui m'aide à vivre, une femme qui m'aide à ne pas mourir et la littérature, que rêver de mieux.

– Elle t'aide à quoi, au juste, la littérature ?

Silence.

– À défier la mort. Il n'existe nulle part d'œuvre profonde sans l'ombre de la mort. Le reste n'est que vulgarité.

Harry ne renchérit pas sur ce qui sonne comme une sentence.

– Maman ne veut pas que je vienne.

Longue inspiration.

– Elle a raison. Concentre-toi sur ton livre.

– Tu es quand même plus important qu'un bouquin.

– Ne t'inquiète pas, je ne compte pas encore tirer ma révérence.

Silence.

– Papa ?

– Quoi ?

– Je ne voudrais jamais te décevoir.

– Ça n'arrivera pas.

– Je ne sais pas si je suis capable d'écrire un autre livre.

– Et tu crois vraiment que ça me décevrait ?

– Je n'en sais rien.

– Tu l'écriras ou tu ne l'écriras pas, ce livre, peu importe. Écris seulement si tu en ressens un profond désir, tu te le dois à toi, à personne d'autre, et surtout pas à moi. Le fils que tu es ne décevra jamais le père que je suis.

Harry laisse les mots de son père trouver leur juste place. Puis il dit :

– Merci, papa.

– C'est plutôt à moi de te remercier… Bon, il faut que je te laisse, l'infirmière va arriver. On se reparle bientôt. Je t'embrasse.

– Je t'embrasse aussi.

Harry frotte la buée du pare-brise avec un mouchoir en papier et observe un long moment le ciel gris empalé sur le monument aux morts. Il se demande jusqu'à quel point il se fait l'instrument des frustrations de son père, jusqu'à quel point il se charge d'un poids qu'il n'a pas à porter, à quel moment la bénédiction se transforme en malédiction, si ce moment a déjà eu lieu. Les valeurs inculquées par ses parents, leur conception du bien et du mal, ont fait de Harry un fils dont ils sont fiers, un fils devenu leur unique fierté, pour des raisons différentes. Leur disparition le terrifie depuis toujours, mais après avoir raccroché avec son père, il envisage la mort différemment, comme s'il avait voulu lui faire comprendre que le néant n'est rien d'autre qu'une place à occuper.

Il a le sentiment de mieux percevoir les choses, d'être plus disponible pour les appréhender. Sûrement un effet de la solitude. Ses yeux se portent vers la mairie. Simon Artaud en sort, accompagné d'un homme plus jeune. La ressemblance est évidente. En apercevant

Harry, le maire s'adresse à l'autre. Ils accélèrent le pas et disparaissent.

Une fois de retour au Bélier, Harry rentre des bûches et s'installe près du feu. À peine a-t-il ouvert son livre qu'il entend un bruit de moteur. D'habitude, le chien l'aurait prévenu, mais il est parti tôt le matin en vadrouille. Harry s'avance à la fenêtre et voit une imposante voiture passer le portail. Le chauffeur rétrograde et le véhicule contourne la cour par la droite. Il manœuvre habilement, de sorte à être prêt à repartir, puis fait taire le moteur. Le maire descend en ajustant sa casquette et claque la portière. Il balaie les dépendances du regard, frottant ses mains l'une contre l'autre. Il marche ensuite vers la maison et cogne sur la porte avec le gras de la paume. Dès que s'ouvre le battant, il tend d'un air affable la main à Harry.

– J'étais dans le coin, alors je me suis dit que je pouvais bien faire un détour pour voir comment vous êtes installé, dit-il.

Harry n'a rien le temps de dire, le maire entre sans y être invité, ni se soucier de ses bottes aux crampons gorgés de neige souillée. Il déambule dans la cuisine, abandonnant derrière lui de petits tas glaireux, faisant l'état des lieux, pareil à un général en campagne.

– Vous n'avez pas changé grand-chose, on dirait.

Le maire s'arrête devant la cuisinière, penche la

tête pour ne pas se cogner à la poutre et réchauffe ses mains au-dessus du fourneau.

– C'est bien de pas trop chambouler le passé.

Ces paroles font une nouvelle fois l'effet d'une mise en garde à Harry.

– Je boirais bien un café, ajoute le maire en remarquant la cafetière allumée et la verseuse à demi pleine.

Harry attrape une tasse dans le buffet et la remplit. Pendant ce temps, le maire jette un coup d'œil par la porte ouverte donnant sur le bureau.

– Alors, c'est là, dit-il.

– Pardon ?

Le maire tapote sa tempe avec l'index.

– C'est là que vous écrivez, je veux dire.

Harry hoche la tête et dépose la tasse sur la table. Le maire enjambe le banc et s'assoit pesamment, retire sa casquette et la pose à côté de lui. La tasse disparaît entre ses paluches. Il boit une gorgée et repose la tasse.

– Des fois, je me dis que je devrais raconter l'histoire de ma famille. Y aurait de quoi écrire un sacré bouquin, croyez-moi.

– Je n'en doute pas.

Il secoue la tête.

– Moi, j'aurais jamais la patience. Peut-être que vous…

– Je suis romancier, pas biographe.

– Je savais pas qu'il y avait une si grande différence.

Harry reste debout, face au maire. Une goutte glisse

le long de la verseuse et grésille lorsqu'elle entre en contact avec la résistance.

– Alors, comment ça se passe ? demande le maire.

– Comment se passe quoi ?

– Votre… acclimatation.

– Plutôt bien, je crois.

Le maire fait tourner la tasse dans ses mains et la cogne deux fois sur la table.

– Et ces fameux bruits, vous les entendez toujours ?

– Non.

– Ils étaient peut-être dans votre tête, alors.

– Sûrement.

Le maire se tourne vers le pignon sud.

– Et là-bas, vous y êtes allé voir ?

– J'ai suivi votre conseil.

– Je vous ai donné un conseil, moi ?

– De me méfier.

– Ah oui, de vous méfier.

Le maire décolle sa main droite de la tasse et appuie l'index sur la table, comme s'il désignait un point sur une carte.

– Quand on vient de la ville, il faut être conscient que le danger est un peu partout, surtout en hiver. Vous êtes tout seul ici, je voudrais pas qu'il vous arrive malheur.

– J'ai un compagnon.

– Un compagnon ?

– Un chien.

– Un chien de la ville ne vous aidera pas beaucoup, dit le maire d'un ton ironique.

– Ce n'est pas le mien. Un chien errant que j'ai accueilli.

– Je le vois pas, il ressemble à quoi ?

– Il se balade dehors. Il est presque entièrement noir, avec une tache blanche dans le cou.

Le visage du maire se ferme. Il porte la tasse à ses lèvres, elle est vide.

– Il paraît qu'il y a des cas de rage, vous devriez…

– Me méfier, oui, je sais.

Le maire désigne la cafetière.

– Il est bon votre café, il vous en reste une goutte ?

Harry sert de nouveau son hôte, qui boit une gorgée et fait claquer sa langue.

– Peut-être pas tout à fait aussi bon que celui de la petite épicière.

Il prend un temps, fixe le café, et ajoute :

– Elle vous intéresse ?

– Il faut peut-être que je me méfie d'elle aussi ?

– Si elle a pas beaucoup de clients, c'est pas juste parce qu'elle vend plus cher qu'ailleurs.

– Les ragots ne m'intéressent pas.

Le maire ne se démonte pas, il a bien l'intention d'aller au bout de son idée :

– Elle est pas regardante sur ses fréquentations et elle se moque pas mal des dégâts qu'elle peut faire. Je dis ça pour vous rendre service, j'ai rien à gagner, moi. Méfiez-vous de l'eau qui dort, une fois qu'on est entraîné dans le courant, il est trop tard.

– C'est tout ?

– Y aurait bien une autre chose à savoir sur elle...

– Je n'ai pas envie de savoir. Si vous voulez bien me laisser maintenant, j'ai du travail.

– Du travail, oui, bien sûr.

Le maire coiffe sa casquette et termine d'un trait sa tasse.

– Moi aussi, j'ai du travail, merci encore pour le café.

Le maire quitte la maison à grandes enjambées. Avant de monter dans sa voiture, il frappe la pointe de ses bottes contre un pneu. Il démarre en trombe et les roues patinent un instant en creusant la neige. Harry demeure un moment sur le seuil, écoutant décliner le bruit du moteur. Le chien reparaît, craché par la brume, et rejoint Harry. Les oreilles dressées, il observe le haut de la cour et le vent du nord rebrousse les poils sur son échine.

Caleb

Par la fenêtre ouverte de la cuisine, on entendait aboyer un chien, qui n'était pas le chien. Des grillons chantaient dans la prairie et des oiseaux dans les arbres.

Elle marchait lentement dans la pièce, passant la pulpe d'un doigt sur des objets en bois, en grès, en faïence ou en métal, et à ce contact, les objets devenaient un peu plus que des choses, comme si elle déposait un vernis à leur surface, capable de figer la nostalgie qui s'en dégageait, promesse d'une histoire à raconter.

Caleb aurait dû la chasser, tant qu'il était encore temps. Il ne la chassa pas. Il aurait dû tout tenter pour ne pas voir ce qu'il ne pouvait s'empêcher de regarder. Trop de questions à poser, qui ne seraient jamais posées. Il ne bougea pas, le dos toujours calé contre la porte qu'il avait refermée. Chacun des mouvements de la fille le clouait un peu plus à cette porte qu'il n'aurait pas dû ouvrir et encore moins refermer.

Elle ne disait rien, se contentait de sourire aux

choses qu'elle effleurait en évitant les yeux de Caleb qui allaient et venaient et la contournaient, puis la récitaient.

Il ne sut quel sentier elle emprunta pour venir à lui. Il ne sut comment ils parvinrent dans la chambre et sur le lit aux draps tendus et brodés d'initiales qui n'étaient pas les siennes, ni celles de sa mère. Il ne sut qui avait peint ce nu qu'il caressait de sa peau nue. Il ne savait plus rien. Il apprit et elle apprit aussi.

Il penserait un court instant que ce n'était qu'un rêve, mais ne douterait plus de la réalité lorsqu'il observerait le drap sanctifié par l'empreinte des corps. Se souviendrait du long silence qui avait suivi leur baptême, un silence chargé de la révélation et de la douleur de l'avoir connue. Car, lorsque les chairs se répondent au-delà de la chair, on ne peut faire comme si le ciel était vide. Caleb se souviendrait de tout et aussi de mots qu'il n'avait pas prononcés, et de la porte refermée qu'il n'avait pas refermée.

C'est pas comme si je t'avais pas prévenu, pauvre nigaud. Maintenant, c'est trop tard, te voilà en dette avec toi-même et à voir ta mine, t'es pas près d'effacer l'ardoise. Et puis, tu vas me faire le plaisir de laver ces draps, ça t'aidera peut-être à rallonger un peu cette chaîne qu'elle t'a passée autour du cou.

Harry

Les rares personnes que Harry croise au village l'observent en bête curieuse. Désormais, tout le monde connaît son métier, si l'on considère qu'écrire est un métier, ce dont Harry a toujours douté. Il ne peut s'empêcher d'imaginer ce que les autres pensent de lui. L'image que renvoie ce type qui prend son café d'un air absent dans le froid, comme si de rien n'était, comme si c'était normal d'être là sans y être vraiment. Le maire, c'est différent, Harry ne parvient pas à le cerner, à évaluer ses véritables intentions, si ce n'est l'éloigner de Sofia, le mettre en garde contre son mystérieux voisin, contre ce pays en général. Simon Artaud a l'habitude d'avoir la main, de diriger, c'est sûrement pour ça qu'on l'a élu. Il cherche peut-être aussi le bénéfice à tirer de la présence d'un tel administré. *Mon pauvre Harry, arrête de penser que quelqu'un se soucie de ton statut, tu n'es plus le centre du monde ici, laisse définitivement ta vanité de côté.*

Harry demeure à distance respectable de la plupart

des gens. Il continue de s'imprégner de l'environnement, de s'en nourrir. L'envie d'écrire est là, mais pas encore l'émotion brutale nécessaire au passage à l'acte. Ce pays le fascine. Ne surtout pas essayer de l'accorder à sa propre réalité, c'est à lui de s'accorder à ce monde qu'il découvre chaque jour un peu plus, de le laisser s'incarner en images, signes et symboles à traduire, de l'interpréter à sa manière, par son regard extérieur, afin que ce monde devienne un monde global, total. *Écrire demande une grande écoute de soi.* Son père souffle ces mots à son oreille. Ajoute que les certitudes ne servent qu'à consolider les garde-corps de l'esprit, qu'il n'y a bien que l'art et l'amour, poussés à leur point d'incandescence, pour les faire voler en éclats.

La lecture des *Mémoires d'un paysan* aide Harry à façonner une vision toujours plus précise de ce monde. Il compare chaque famille à un totem dont le sculpteur aurait amorcé la réalisation par le bas, figeant au fur et à mesure de nouveaux visages dans la masse de l'ancêtre originel, garant du nom et veillant à sa transmission. Des générations ainsi perpétuées dans le bois brut de troncs enracinés dans une terre millénaire. De sorte que le village et ses alentours ressemblent à une forêt totémique faite d'arbres plus ou moins éloignés, plus ou moins hauts, fichés dans un substrat nourricier gorgé de secrets. De sorte aussi que ça pousse à peu près de la même manière, à peu près dans la même direction, vers un ciel empesé de nuages ; de sorte encore que ça ne monte jamais plus haut que ça doit, que quand ça meurt, ça ne tombe pas vraiment, ça se couche sur la litière vivante empressée de simplifier les agencements. Qu'ils se couchent, oui, les uns après les autres.

Un jour, la forêt aura disparu. Il ne subsistera qu'un seul arbre noué de toutes les figures du passé. Et l'arbre mourra à son tour, entraînant dans la mort sa mémoire sculptée, implorant le pardon de n'avoir pas la force d'être celui qui fait taire le glas et sonner le tocsin.

Plus tard, d'autres essences endémiques sortiront de terre, en lieu et place, et les hommes qui la fouleront s'interrogeront sur la présence de l'arbre couleur d'os aux multiples scarifications. Ils en déduiront que la nature reprend ses droits, sans même réaliser que le droit est une invention humaine, et que le drame de ce mot est de n'avoir pas de véritable contraire dans leur esprit, si ce n'est, parfois, dans l'effondrement éphémère de leur pensée.

En ce dimanche, il semble que le jour ait l'intention de faire la grasse matinée. Sofia a accepté de jouer au guide précisant qu'elle disposerait de deux heures. Elle a prévenu Harry de l'attendre sur la place. Elle loge au-dessus de l'épicerie. Il laisse tourner le moteur et observe l'appartement éclairé. Sofia sort bientôt par la boutique. Elle rejoint la voiture, tenant en main un bouquet, qu'elle dépose sur la banquette arrière, jette un coup d'œil à l'étage, avant de s'installer à bord. Harry fait remarquer la lumière encore allumée en haut. Elle répond que ce n'est pas grave, d'un ton vif qui surprend Harry.

Ils se mettent en route, Sofia tire son téléphone mobile d'une poche. Harry suit les indications de la jeune femme, conduisant prudemment, veillant à emprunter les traces d'autres véhicules. Le chauffage réglé au maximum peine à dégivrer le pare-brise. De part et d'autre de la chaussée s'élèvent des andains de neige tachée de boue qui montent à hauteur de portière. Sofia n'a pas voulu révéler où ils se rendent. Une surprise. Elle a demandé de ne pas emmener le chien. À l'intérieur de l'habitacle, son parfum exhale de nouvelles tonalités, une dominante de cuir mélangée aux odeurs des branches de houx et de saule. Harry a l'air préoccupé. Elle doit mettre cela sur le compte de la concentration.

– Vous n'êtes pas bavard, ce matin.

Les roues arrière chassent légèrement dans un virage. Harry remet le véhicule dans l'axe de la route.

– C'est mon père, il a fait un infarctus.

– Je suis désolée, comment va-t-il ?

– Mieux.

– Nous aurions pu reporter la balade, il suffisait de me prévenir.

– Je lui ai parlé ce matin. Ce n'est pas la première fois que ça lui arrive.

Sofia tend le bras et pointe le pare-brise du côté de Harry.

– Prenez la prochaine à gauche.

Harry ralentit. Une voie étroite et déneigée apparaît.

– Ils entretiennent aussi les chemins, dit-il.

– C'est pas n'importe quel chemin. Arrêtez-vous à l'entrée du pré, on finira à pied.

Harry gare la voiture en marche arrière et coupe le moteur.

– Qu'est-ce qu'il a de spécial ce chemin ?

– Un peu de patience.

Sofia descend la première, jette un coup d'œil au téléphone et le fourre dans sa poche, attrape le bouquet et se met aussitôt en marche sur la neige damée, sans se soucier de Harry. Il lui emboîte le pas. Entre les poteaux en bois capuchonnés, un fil électrique se balance dans la brume sous l'effet du vent. Ils bifurquent sur un chemin abrupt, encore plus étroit, et gravissent la pente sur deux cents mètres environ. Sofia prend un peu d'avance, silhouette impressionniste révélée par le brouillard. Une fois en haut, la jeune femme attend Harry. Il découvre la façade d'une chapelle surmontée d'une croix en pierre augmentée par la neige.

– La chapelle de la Madeleine, dit-elle solennellement, avant de se tourner de côté. Par temps clair, c'est sublime, on domine la vallée entière.

– J'imagine...

– Madeleine était une sainte du quatorzième siècle, sa tombe est à l'intérieur. On raconte qu'elle avait un grand pouvoir de guérison.

– À voir cette chapelle, je suppose qu'elle a fait ses preuves.

Sofia laisse passer un temps, elle fixe le bouquet.

– Vous seriez prêt à guérir n'importe qui, si vous aviez ce pouvoir ? demande-t-elle.

– Je n'en sais rien.

– Moi, sûrement pas.

– Vous venez souvent ?

– Souvent, oui. C'est un bel endroit pour prier ce à quoi on a envie de croire. Vous êtes croyant ?

– Seulement par temps clair.

– Entrons, dit Sofia d'un air absent.

La jeune femme fait pivoter l'anneau rouillé qui sert de poignée et entre. Une fois à l'intérieur, Harry referme derrière lui. La chapelle est baignée d'une pâle lumière provenant des quatre vitraux situés au centre de chaque pan de mur. Deux rangées de bancs encadrent l'allée centrale qui mène à l'autel où trône un vase transparent empli de branches au feuillage séché, aussi haut qu'une amphore, dont l'ombre évanescente drape le tombeau de la sainte marqué par une simple croix. Sofia remplace le bouquet, s'assoit au deuxième rang et pose l'ancien près d'elle sur le banc. Elle plaque les mains sur le porte-missel et baisse la tête, en proie à une évidente émotion. Les craquements du bois gravent le silence, comme si quelqu'un faisait des encoches dans de la glace à coups de piolet. Harry fixe la sépulture de la sainte, tentant en vain de déchiffrer la date en partie effacée.

Au bout d'un moment, Sofia se lève, attrape le vieux bouquet et va à pas chassés jusqu'à l'allée périphérique. Sans attendre, elle se dirige vers la sortie, longe les pierres de granit et remonte la série d'estampes numérotées pendues au mur évoquant le chemin de croix d'un christ émacié et souffrant. Elle semble porter un poids invisible et les branches mortes n'y sont pour rien. Harry la laisse s'éloigner, puis emprunte l'allée principale et la rejoint dehors. Dans le bois sculpté de la porte, Madeleine baigne les pieds d'un lépreux sous le regard de Dieu.

– Quel endroit apaisant, dit-il.

Sofia range son téléphone. Elle a éparpillé les branches sur la neige.

– Si vous avez un coup de fil à passer, ne vous gênez pas pour moi, je peux vous laisser seule un moment.

– Non, non, ce n'est rien.

Elle se tourne vers le paysage en contrebas englouti par la brume.

– Vous croyez que l'on dispose de plusieurs vies ? dit-elle.

– À quoi ça servirait, si on ne se souvient pas des autres ?

– Et les réminiscences, la sensation de déjà-vécu ?

– De simples rêves dont on n'a pas le souvenir et qui surgissent lorsqu'ils se cognent au réel, voilà tout.

– Un événement dont on se souvient sans l'avoir vécu ne serait que le révélateur d'un rêve enfoui, selon vous ?

– Les images que nous attrapons dans la réalité nous permettent d'en fabriquer d'autres en rêve, qui parfois rencontrent une nouvelle réalité. Je pense que c'est plus ou moins comme ça que ça fonctionne.

– Moi, je crois que plusieurs vies sont nécessaires pour accomplir une mission qui nous dépasse.

– Quel genre de mission ?

Sofia prend un moment avant de répondre :

– Guérir, par exemple.

– C'est une belle idée, en tout cas, de penser que l'on aurait tous une mission à accomplir.

– Une belle idée, répète-t-elle d'un air absent.

– Et vous, quelle serait votre mission ?

– C'est pour le découvrir que je porte ces bouquets.

Harry s'attend à ce qu'elle lui demande en quoi consisterait sa propre mission, mais comme elle n'en fait rien, il pose une nouvelle question :

– Pourquoi m'avoir amené ici ?

Il y a une infinie tendresse dans le regard qu'elle pose sur Harry. Elle se révèle à lui dans toute sa beauté, avec un supplément de grâce qu'il n'a jamais encore rencontré.

– Vous ressemblez à quelqu'un que j'ai connu il y a longtemps, quelqu'un qui lui aussi savait guérir, dit-elle.

– Et ce quelqu'un a disparu.

Le regard de Sofia se durcit et rompt le charme. Elle semble vaciller un instant, mais ce n'est qu'un lambeau de brume qui s'effiloche autour d'elle.

– Il est temps de partir, dit-elle en amorçant déjà la descente.

Arrivée au bas du chemin avec un peu d'avance, elle regarde à nouveau discrètement son téléphone, puis sort un paquet de cigarettes et le tend à Harry.

– Vous en voulez une ?

– Je n'ai plus l'habitude de fumer ça.

Sofia allume une cigarette et un buisson de fumée vagabonde devant sa bouche, avant de s'évanouir.

– Tout à l'heure, je ne voulais pas être indiscret, dit-il.

– Je sais.

– C'est étrange cette sensation de vivre ici depuis longtemps, alors que ça ne fait que quelques jours que je suis arrivé.

– Peut-être que vous y avez déjà habité en rêve, s'amuse-t-elle.

Harry sourit, ravi de voir la jeune femme revenue à plus de légèreté. Ils rejoignent la voiture. De rares flocons errent dans la brume, comme des confettis dans une rue déserte après la parade. Pendant le trajet du retour, Harry se retient de poser de nouvelles questions, persuadé qu'elle n'en dira pas plus concernant le « quelqu'un » évoqué. Il la dépose sur la place et la remercie d'avoir pris le temps de la promenade.

– De rien, ça m'a fait plaisir.

Sofia n'ouvre pas immédiatement la portière.

– Et vous, votre mission, ce serait laquelle ? demande-t-elle.

– Peut-être qu'il faudrait que je trouve moi aussi une chapelle pour le découvrir.

Elle descend de voiture. Harry se penche, la regarde s'éloigner, entrer dans la boutique, et quand il lève les yeux sur la façade, il ne distingue aucune lumière allumée dans l'appartement.

Caleb

Jeanne Privat vit la fille entrer chez Caleb. Le chien errait autour des bâtiments, seul. Plus d'une heure défila, avant que la fille ne sorte et que le chien ne soit autorisé à revenir à l'intérieur. Jeanne resta dehors, histoire de ne rien manquer de ce que le temps écoulé lui permettait d'imaginer.

La rumeur enflamma le mois d'août finissant, attisée par le souffle de Jeanne. Elle raconta ce qu'elle avait vu, et plus encore, infatigable vigie de la morale, sentinelle de Dieu, espérant sans doute qu'Il lui ferait une place douillette à ses côtés. Il y avait bien eu quelques écarts au long de son existence, comme de penser à un garçon du village, alors qu'elle allait se marier avec Privat. D'autres fautes encore, dont elle n'avait pas souvenir, mais qu'elle comptait pourtant bien dissoudre en racontant ce dont elle avait été témoin. Du pain bénit. Elle n'était pas une mauvaise personne, elle avait eu son lot de malheurs dans la vie, désormais veuve et encore affublée de ce nom qu'elle n'avait jamais aimé, ce nom qui préfigurait déjà au jour de ses noces une vie de privations et de soumission, mais à l'époque de la dentelle blanche, elle n'était pas attentive aux signes. Et même plus tard, quand le décès de son homme avait coupé sa vie en deux, elle n'avait su que faire de cette liberté nouvellement acquise, soumise trop longtemps pour en accepter les bienfaits. Et puis, il y avait ce fils mutique, Paul, qui ne rêvait que de partir, à qui elle avait raconté ce qu'elle avait vu de l'autre côté de la combe, pour se donner un peu d'importance à ses yeux, tenter de se rapprocher de lui.

Durant une semaine entière, Jeanne prit son bâton de pèlerin, trouvant invariablement sur sa route quelqu'un pour l'écouter, rapportant à mots couverts ce qu'elle avait vu, comme s'il s'agissait d'un grand secret à confier, avec quelques arrangements de version en version, de salaces fioritures nécessaires au jugement du désigné coupable.

Emma devint une traînée marquée par Caleb. On la considérait comme la victime consentante du sorcier du Bélier, puisqu'elle était allée chez lui dans le seul but d'être possédée, abusée et souillée. Qui voudrait d'une telle fille, maintenant ? Apprenant la nouvelle, Sylvain Artaud entra dans une folle rage. Le pire à supporter serait d'être la risée du village. D'habitude, lors de ses fréquents excès de colère, il frappait ce qui se présentait à lui. N'importe quoi faisait l'affaire.

Ce jour-là, ce fut une truie qui ne voulait pas entrer dans son enclos. Il la battit à mort à grands coups de piquet et la regarda agoniser.

Le soir même, Simon Artaud demanda à son fils de rester après le repas et ordonna à sa femme de quitter la pièce. Il sortit deux verres et la bouteille d'eau-de-vie du placard et s'assit face à Sylvain. Il emplit les verres et engloutit le sien cul sec, puis chercha à attraper le regard qui le fuyait.

– Bois ! dit-il.

Le fils but une gorgée et reposa son verre.

– Tout.

Sylvain termina le verre et son père le remplit de nouveau.

– Encore.

Ils burent cette fois en même temps. Simon laissa l'alcool commencer de faire effet, puis il demanda :

– Tu comptes faire quoi ?

– Je sais pas.

– Tu sais pas, répéta le père d'une voix calme.

– Je réfléchis.

– Et à quoi tu réfléchis ?

– À ce que je vais faire.

Simon noua ses deux mains et ses pouces se mirent à mouliner.

– Je vais te dire, moi, ce que tu vas faire. Tu vas laver l'honneur de la famille.

Les pouces ralentirent leur mouvement et s'arrêtèrent. Le père versa deux rasades de gnôle et attendit que son fils boive pour parler.

– T'as bien su faire avec la truie.

Les yeux du fils ne quittaient plus ceux du père et ils brillaient comme deux étoiles mourantes.

– Et la fille ?

– La fille, tu t'en occupes plus.

– Je pourrais peut-être essayer…

– Tu t'en occupes plus, nom de Dieu.

– D'accord.

Ils terminèrent la bouteille au beau milieu des flammes de l'enfer, celles qu'ils promettaient au démon du Bélier. Le père se leva. L'alcool ne semblait avoir eu aucun effet sur lui. Il agrippa l'épaule de son fils et serra.

– Une dernière chose. Je veux une preuve que tu l'as fait.

– D'accord, répondit le fils en grimaçant.

Sylvain demeura un moment seul dans la pièce mouvante. Il ne chercha pas à regagner son lit et réussit à se traîner dehors. Il passa la nuit assis contre le mur de la grange, vomissant puis s'assoupissant. Il n'avait toujours pas bougé, lorsqu'au matin il fut réveillé par des volailles picorant ses glaires desséchées. Il les observa en se demandant si la honte pouvait aussi disparaître.

La fraîcheur de la nuit commençait à s'estomper. Caleb marchait dans le pré, en bordure des chênes américains, un bâton dans une main, et dans l'autre un panier d'osier tapissé de frondes de fougère et rempli de cèpes à tête noire. Le chien allait et venait entre le sous-bois et la lisière, virant à angle droit lorsque lui parvenait une odeur de gibier, comme sous l'effet d'un violent courant d'air. Il relevait souvent la tête à la recherche de Caleb, et une fois rassuré, reprenait sa quête.

Caleb se baissa et posa le panier sur un tapis de mousse pour cueillir un champignon, qu'il cala entre les autres. Il attrapa ensuite l'anse et souleva le panier, continuant d'explorer la lisière féconde. Parvenant à une vingtaine de mètres d'une barrière clôturant le pré, il aperçut le fils Artaud qui n'en perdait pas une miette.

– Qu'est-ce que tu veux encore ? demanda Caleb.

L'autre ne répondit rien, ouvrit la barrière, et Caleb approcha encore.

– Une dérouillée t'a pas suffi ?

Trois jeunes hommes sortirent du bois, rejoignant Artaud. Caleb reconnut Paul Privat, Antoine Barral et Pierre Fauvel, réputés pour suivre le fils du maire comme des chiens et obéir à ses caprices. Ils tenaient tous à bout de bras un morceau d'épaisse corde de chanvre nouée à une extrémité et Artaud faisait cogner la sienne contre une jambe.

– Tu croyais quand même pas t'en tirer aussi facilement, dit Artaud.

– Et toi, on dirait que t'es pas capable de t'en tirer tout seul.

Caleb hésita un moment à traverser le pré en courant. Mais pourquoi devrait-il fuir, puisqu'il était sur ses propres terres. Il se dirigea vers la barrière ouverte et les quatre se mirent en travers. Il tenta de forcer le passage, mais on le repoussa. Il n'insista pas, recula vers la clôture et fit passer le panier par-dessus pour le déposer dans le bois, pensant leur échapper plus facilement à couvert. Il escaladait les fils quand Artaud se précipita et le tira en arrière. Caleb chuta sur le dos, roula et s'agenouilla. Il récupéra son bâton et frappa aussitôt, atteignant Artaud à la jointure du genou. Le fils du maire s'affaissa, telle une herbe sous le tranchant de la faux.

– Qu'est-ce que vous attendez ? gueula Artaud, serrant entre ses mains le genou douloureux.

Barral et Fauvel se précipitèrent les premiers. Caleb se releva, les gardant à bonne distance grâce au bâton tendu à bout de bras. Privat rejoignit le groupe. Les trois cernaient Caleb. Artaud se redressa en boitant, ivre de rage. Attiré par les éclats de voix, le chien se porta au secours de Caleb en aboyant. Il sauta au bras de Privat qui lui assena le nœud de corde sur un œil. L'animal lâcha prise en couinant et Artaud l'assomma de plusieurs coups en pleine tête. Du sang colorait déjà la manche de chemise de Privat et le chien gisait dans l'herbe.

– Tuez-le ! criait Artaud en faisant des moulinets avec sa corde.

Inquiet pour le chien, Caleb baissa la garde et se précipita sur son compagnon. Il sentit un premier coup à l'arrière de son crâne, un deuxième à la tempe, et il s'écroula à quatre pattes, agitant désespérément son bâton bientôt immobilisé par le pied d'un assaillant. Il ressentit une violente décharge électrique paralysant son bras. Il se roula en boule. Les coups pleuvaient sur sa tête, ses flancs, son dos, ses jambes et ses bras. Au bout d'un moment, il ne sentit plus la douleur, ne ressentit plus rien. Il n'était plus qu'une ecchymose remplie de haine et d'impuissance, une masse inerte ensevelie dans le regain, allongée près du chien. Les coups cessèrent enfin. On le retourna sur le dos. Des voix lui parvenaient, comme sorties d'un long tunnel. Il tenta de chercher le chien du regard, mais ses yeux étaient dirigés vers un ciel clair et sans abri, traversé d'obscures et fines sinusoïdes. Caleb ferma les yeux.

Artaud faisait tourner la corde au-dessus du visage de Caleb, comme s'il actionnait un pendule, puis il s'agenouilla, ramassa un objet qui brillait dans l'herbe et il l'examina entre deux doigts pincés, petit morceau d'émail ensanglanté qu'il jeta au loin.

– Je crois qu'il a son compte, dit-il.

– Il bouge plus, dit Paul Privat.

– Et alors ?

– On peut quand même pas le laisser ici dans cet état.

– Tais-toi !

Artaud se souvint de la promesse faite à son père, de ramener une preuve. Il retira les chaussures de Caleb, sa veste, son pantalon et sa chemise, et tendit un vêtement à chacun.

– C'est comme des trophées, pour pas oublier qu'on est liés, qu'on doit parler à personne de ce qui s'est passé.

Les autres le regardaient, interdits, et ils saisirent ce qu'Artaud leur donnait.

– On est tous bien d'accord ?

Fauvel et Barral acquiescèrent. Privat baissa la tête, les yeux rivés sur la veste tachée de sang, son propre sang.

– Et toi, tu prends rien ? demanda Fauvel.

T'as bien su faire avec la truie. Artaud fit glisser les chaussettes de Caleb, les plia et les fourra dans la bouche de sa victime. Il se plaça ensuite à califourchon au-dessus du malheureux, sortit son couteau, empoigna une touffe de cheveux et taillada le cuir chevelu sur quelques centimètres. Caleb se mit à crier et perdit connaissance sous l'effet de la douleur.

– Le voilà, mon trophée. Il va moins faire le joli cœur maintenant, ce connard, dit Artaud en présentant le scalp au trio.

– Tu es devenu complètement fou, dit Privat.

– Ta gueule, pauvre lopette. Il a eu que ce qu'il méritait.

Les deux autres n'osèrent rien dire, encore sous le choc.

– Vous rentrez tous chez vous, maintenant. Il s'est rien passé, compris.

Les agresseurs filèrent, sans demander leur reste.

Caleb finit par reprendre connaissance. Un incendie ravageait son crâne. Sa tête bascula sur le côté. Il distinguait le panier et la peau luisante des cèpes et le vert des fougères qui en dépassaient, mais pas le chien. Bientôt il ne distingua plus rien et sombra de nouveau, inconscient.

Lorsqu'il se réveilla, le mal était partout en lui, culminant au moment où il posa la main sur sa tête et que ses doigts demeurèrent collés par le sang et la lymphe qui suintaient de la plaie. Il revécut la scène, de bout en bout, avec la même impuissance, puis rejoignit de nouveau les ténèbres. Lorsqu'il reprit connaissance, il prononça les formules magiques et trouva l'énergie suffisante pour tracer les signes du revers du pouce, mais la douleur grandit encore.

Le soir venu, une dame blanche vint se poser sur un piquet et l'observa de ses grands yeux noirs, semblables à un binocle sur sa face ronde, fantomatique. Elle le veilla une partie de la nuit et il s'endormit. Il chercha l'oiseau à son réveil, mais l'oiseau n'était plus là. Au cours de la matinée suivante, il fut visité par des mulots, une martre et aussi la renarde, qu'il reconnut à la marque laissée par le fil d'acier sur sa patte. Elle ne le quitta pas de toute la journée, elle haletait en le fixant de son regard aiguisé et sauvage, elle se mit à tourner lentement autour de lui et s'approcha, ainsi qu'il l'avait fait pour l'attraper et la soigner. Elle demeura à distance, et le soir venu, s'éloigna, s'enfonçant au cœur de l'obscurité. Caleb l'entendit glapir dans la nuit. Le matin suivant, elle était de retour, assise près de lui. À un moment, elle se redressa, bondit dans le bois et disparut. Caleb se renversa sur le dos, les yeux fermés. Après une poignée de secondes, il entendit de nouveau haleter la renarde, songeant qu'il l'avait fait revenir dans son rêve, et il sentit une langue râpeuse sur sa joue. Lorsqu'il ouvrit les yeux, ses larmes se mirent à couler à la vue du chien.

Caleb demeura ainsi sans bouger, les bras le long du corps. Le chien était allongé contre lui, accordant sa respiration à la sienne, et il levait un regard inquiet dès qu'il percevait une rupture de rythme, attendant une réaction qui aurait raison de ses peurs.

Après avoir recouvré quelques forces, et avant que la nuit ne tombe, Caleb rampa jusqu'au bâton et appuya la pointe sur le sol. Il concentra ses forces dans ses bras et fit remonter ses mains le long du bâton, il s'agenouilla et demeura ainsi un interminable moment, comme un moine à la déplorable tonsure enserrant la corde sous le clocher, dans l'attente de l'heure exacte. Il remarqua l'œil droit du chien, enflé et gorgé de sang. Il entendit le train qui s'apprêtait à entrer dans le tunnel de la Jargue, puis les sons de la nature revinrent. Il jura de ne jamais rentrer chez lui autrement que sur ses deux jambes.

Du temps passa encore, avant qu'il se lève. Il fit ensuite glisser sur l'herbe ses pieds nus, dont les orteils s'enfonçaient parfois dans une taupinière, ou butaient contre une pierre dissimulée par les herbes. Le chien marchait quand il marchait, s'arrêtait quand il s'arrêtait, attentif à chaque geste de l'homme, prêt à atténuer ses ratés, autant que possible. Lorsque Caleb parvint au portail de la maison, il souleva la clenche et se laissa emporter par le battant libéré. Une écharde s'incrusta dans la paume de sa main, mais il ne ressentit aucune douleur. Il se reposa un long moment, tel un naufragé accroché à une épave. Une fois qu'il eut suffisamment récupéré, il relâcha le portail et le chien l'accompagna à la porte, puis jusqu'au lit, et même dans son sommeil, il l'accompagnait encore. Caleb entendait de petits jappements et sentait la truffe humide sur son bras qui pendait dans le vide contre le sommier tel un heurtoir.

Le lendemain matin, Caleb bascula lentement sur le côté et s'assit sur le rebord du lit. Il vit l'oreiller parsemé de taches de sang. Il porta de nouveau la main à son crâne, mais il n'avait pas vraiment mal et la plaie avait séché. Chancelant, il attendit que s'éparpillent les minuscules météores qui traversaient son champ de vision. Une douleur aiguë battait sa mâchoire supérieure. Il inspecta ses dents de la pulpe d'un doigt, constatant le trou à la place d'une incisive. Il tendit ensuite le bras vers la chaise sur laquelle il posait ses vêtements le soir avant de se coucher, la tira vers lui, agrippa le dossier à deux mains et se leva en prenant appui dessus. Il avança, ainsi qu'il l'aurait fait avec un déambulateur, et les pieds de la chaise crissaient sur le parquet. Chaque pas résonnait dans tout son corps et la souffrance se répercutait aussi dans sa tête. Il s'arrêta maintes fois. Le chien l'observait de son regard tendre. Parvenu à l'évier, Caleb ouvrit le robinet d'eau froide, pencha la tête et présenta ses lèvres entrouvertes sous le bec. Une douleur intense traversa la gencive éventrée. Il cracha pour se rincer. Il but ce qui parvenait à s'infiltrer entre ses lèvres et le reste ruisselait sur son menton, entraînant des particules de mousse, d'herbe, de terre et du sang noir dans le siphon. Caleb laissa couler l'eau sur son visage, dans ses cheveux, puis retourna se coucher.

Notre sang est corrompu, je t'avais prévenu.

Les mots de sa mère revenaient sans cesse, pendant qu'il demeurait alité, pendant qu'il souffrait le martyre de ses os brisés. Elle lui avait dit de se tenir à distance, mais avait omis de prédire ce qu'il en coûterait s'il n'obéissait pas ; peut-être et probablement parce qu'elle ne savait alors rien du prix. Face à tant de souffrance, Caleb se dit qu'il aurait dû mourir, ne pas se relever, laisser l'herbe pousser autour de lui, pénétrer ses fosses nasales et sa bouche, l'étouffer, l'effacer, mais l'envie de vivre avait été plus forte ou, plus sûrement, le désir de se venger de ces hommes qui l'avaient battu à mort. Il ne savait pas comment il s'y prendrait.

Dans les jours qui suivirent, Caleb parvint à s'habiller. Des os se ressoudèrent partiellement et mal. Les traces de coups s'étendaient, semblables à des eaux tumultueuses rongeant peu à peu les rivages incertains de sa peau. Le chien et lui se nourrissaient des restes que contenait le frigo et d'un jambon pendu derrière la porte menant à la cave. Incapable de mâcher, Caleb laissait fondre le gras dans sa bouche et le chien mangeait la chair fumée.

Il n'avait aucune idée du temps qui avait passé depuis l'agression, lorsqu'il se sentit prêt à quitter la maison. Il marchait désormais sans le secours de la chaise, mais en s'aidant du bâton. Une fois la porte ouverte, une lumière intense le refoula à l'intérieur. Il attendit, calé au chambranle, laissant la porte ouverte, le bâton et l'ombre du bâton formant un compas à la pointe fichée dans son ventre. Une fois que ses yeux se furent habitués à la luminosité, il sortit. Au fil de son ascension, le soleil décolorait le ciel, transformant le bleu en jaune paille.

Caleb progressait en se tenant au mur d'un côté et au bâton de l'autre, le chien amarré à sa carcasse fourbue. Arrivé à l'angle du pignon donnant sur la combe, il observa les moutons en train de paître et il les compta, apaisé de constater qu'il n'en manquait aucun. Il délaissa le mur, marchant à découvert, pour rejoindre les clapiers. Une lapine avait dévoré ses petits, une autre était morte. Caleb ouvrit les grilles et jeta aux survivants du foin entreposé sous les clapiers, puis abandonna le cadavre aux mouches cuirassées et brillantes. Il s'en occuperait plus tard.

Il marcha jusqu'au bassin, se déshabilla et se lava tout le corps et la tête. La fraîcheur de l'eau sur le cuir chevelu à vif lui arracha une plainte. L'eau se teinta d'une couleur rouille et retrouva peu à peu sa transparence. Caleb s'appuya ensuite au rebord du bassin, la peau flouée et soudoyée par le soleil zénithal. Une fois séché, il se rhabilla et traversa la cour. De retour dans la maison, il s'assit sur la chaise où se tenait sa mère. Le chien lécha ses pieds recouverts de poussière. Pour une raison inconnue, il regretta qu'elle n'ait jamais versé la moindre larme en sa présence.

Plus d'une semaine que les champignons pourrissaient dans le panier. Caleb n'aurait jamais dû faire entrer la fille. Les autres avaient bien failli le tuer. Il aurait pu mourir dans le pré. Les sangliers se seraient occupés de lui. Il n'aurait plus forme humaine, ne subsisterait que la valeur d'un tombereau de larves. Personne ne se serait inquiété de sa disparition. Les éléments du petit monde qui l'entourait auraient simplement été redistribués autour de son absence, autant dire que rien de fondamental n'aurait changé. Seul le chien l'aurait pleuré, à sa manière, du moins l'aurait regretté. Caleb pensait sans cesse à la fille responsable de ses souffrances et de sa honte, pensait aussi que tout n'avait pas été accompli avec elle, mais qu'il devait en rester là.

Tu pourras pas dire que je t'avais pas prévenu.

Caleb avait tiré le verrou. Le chien dormait sous un banc. Dès qu'il entendit les coups frappés à la porte, il releva la tête et grogna. Caleb s'approcha de l'animal et le musela en refermant ses doigts autour de la gueule. De nouveaux coups retentirent.

– C'est moi, Emma, il faut que je te parle.

Caleb sentit son corps transpercé d'aiguilles. Il guida le chien jusqu'à la cave et l'y enferma, puis il retourna dans la cuisine.

– S'il te plaît, ouvre-moi !

Ouvre surtout pas, fils, t'as quand même pas oublié le malheur qu'on lui doit.

Caleb n'ouvrit pas. Emma insista, cognant la porte, actionnant la poignée et parlant de plus en plus fort, le sommant de la laisser entrer. Les mots traversaient le bois de chêne et la vitre opaque et armée protégée par une grille festonnée.

– Pourquoi tu ne veux pas m'ouvrir, qu'est-ce que je t'ai fait ?

Caleb se demanda si elle était au courant de ce qu'on lui avait fait subir. Probablement que non. Elle répétait qu'elle voulait reprendre là où ils en étaient restés. Ne pensait qu'à lui, Caleb, à leurs baisers, leurs peaux mélangées. Ce qui leur arrivait était bien trop rare pour être gâché, ajoutant qu'elle ne comprenait pas son silence. Elle se moquait pas mal du fils Artaud. Elle avait rompu.

– Ouvre-moi !

Ouvre pas !

Les palpitations bousculaient la poitrine de Caleb. Ne pas se laisser aller à la voix blessée qui brisait une à une ses articulations, différemment de ses bourreaux. Il aurait mieux fait de rejoindre le chien. Il se leva, se dirigea sans bruit vers la porte d'entrée en longeant le mur et se cala dans l'angle pour ne pas être vu, devinant la silhouette derrière la vitre.

– Ouvre-moi !

Ouvre pas !

Les mots continuaient de sortir de la bouche qui avait pris sa bouche et plus que sa bouche. Toujours les mêmes mots pataugeant au milieu des sanglots :

– Ouvre-moi !

Ouvre pas !

Emma cessa de frapper à la porte. Caleb vit l'ombre glisser et flotter un court instant, avant de disparaître.

Elle se remit à cogner, avec les mains, avec le front. Le verrou tintait contre l'œillet en ferraille. Caleb crut qu'il allait exploser. Il mordait son poing pour se retenir de parler, sachant au fond qu'il ne tiendrait plus bien longtemps. Qu'elle ne partirait pas avant de l'avoir entendu.

– Laisse-moi !

– Ouvre-moi !

Ouvre pas !

– J'ai failli mourir à cause de toi.

– Qu'est-ce que tu racontes ?

– Ils ont voulu me tuer.

– Ouvre-moi et tu m'expliqueras tout.

Ouvre pas !

– Laisse-moi, je te dis !

– Ouvre-moi !

Ouvre pas !

– J'ouvrirai pas.

– Rappelle-toi !

– Je veux pas me rappeler.

– Ouvre-moi !

Ouvre pas !

– Va-t'en !

– Ouvre-moi !

Ouvre pas !

Caleb se tut. Se laissa glisser contre la porte, s'assit et plaqua les mains sur ses oreilles. Ne plus entendre. Mais il restait pourtant là, percevant tout à travers sa peau, sa chair, ses muscles, ses nerfs, ses os et son sang. Il pensa un instant laisser aller ses doigts sur le verrou. Ses doigts…

– Ouvre-moi !

Ouvre pas !

… qui l'auraient ramené aux jambes…

– Ouvre-moi !

Ouvre pas !

… aux hanches…

– Ouvre-moi !

Ouvre pas !

… aux seins…

– Ouvre-moi !

Ouvre pas !

… aux lèvres…

– Ouvre-moi !

Ouvre pas !

… au plaisir qu'elle lui avait offert et avait promis à un autre…

– Ouvre-moi !

Ouvre pas !

… à la souffrance qu'elle avait provoquée.

– Ouvre-moi !

Ouvre pas !

Les cognements ralentirent, cessèrent. Emma pesa encore quelques secondes sur la porte. Elle ne parlait plus. Caleb entendit un frottement et le silence se fit. Il attendit, rampa jusque sous la fenêtre et releva la tête. Il aperçut la fille dans la cour, qui disparaissait déjà dans la lumière crépusculaire, et il n'y eut bientôt plus que la lumière et rien à l'intérieur. Puis vint l'obscurité.

Je suis fière que t'aies pas ouvert !

Personne n'avait appris à Caleb ce qui se jouait entre un homme et une femme, personne ne lui avait rien dit des forces à l'œuvre, souvent contradictoires. Sa mère avait instillé l'idée d'un déséquilibre, sans ajouter la moindre explication. Caleb en était venu à penser que ce que donne une femme est bien supérieur à ce qu'elle reçoit, qu'un homme est toujours en dette avec elle, qu'il ne parvient même jamais à rembourser une telle dette. Caleb avait franchi la frontière entre la fille désirée et la femme possédée et la malédiction pesait maintenant sur lui. Ses pouvoirs ne le protégeaient de rien, il ne croyait plus en eux. Le don transmis par sa mère était le subterfuge qu'elle avait trouvé pour le garder auprès d'elle, le couper des autres. Et pourtant, durant une heure, quand la fille avait guidé sa main dans la chambre, Caleb avait oublié la voix et tranché le lien. En cet instant, après l'avoir regardée partir, il fut persuadé qu'elle était déjà femme au jour de sa naissance et qu'il en était ainsi probablement de toutes les femmes qui ne baissent pas les yeux ; que le prix à payer pour leur affront ne les leur fait pas baisser pour autant. Et lui, Caleb, comprenait que le véritable pouvoir de cette femme ne résidait pas dans la chair offerte, mais dans le premier regard qui avait déclenché la grande faim. Il n'avait alors eu d'autre choix que de laisser l'avalanche dévaler la pente sans bouger d'un pouce. Parce que *les femmes*, en vérité, ça ne veut rien dire pour un homme. Avant qu'il ne rencontre celle qui supprime le pluriel.

Caleb l'avait rencontrée, cette femme. La sensation qu'elle avait suspendu sa carcasse à un croc de boucher. La certitude que s'il avait ouvert la porte, il serait demeuré à jamais suspendu dans la froide embrasure, se balançant entre la nuit et le jour, ne sachant même plus faire la différence.

Durant huit jours, Emma se rendit chez Caleb, continuant de frapper à cette porte qu'il ne lui ouvrait pas. Il ne disait plus rien, mais elle le sentait juste derrière. Elle l'implorait d'au moins entrouvrir une seule fois cette satanée porte pour qu'elle le voie, lui promettant de ne pas vouloir plus que l'apercevoir, qu'il la regarde, qu'elle ne tenterait rien. Qu'il la regarde. Ça suffirait.

L'écoute pas, elle tentera tout, crois-moi.

Parfois, Emma s'éloignait et se cachait à l'angle d'un bâtiment, dans l'espoir de voir sortir Caleb, puis rentrait, souvent à la tombée de la nuit, allégée de ses larmes et encore alourdie de chagrin. Elle marchait. Marchait simplement. Ne savait plus danser. S'en allait dans la combe, par où elle était venue la toute première fois. S'en allait à petits pas dans l'herbe desséchée et piétinée par le troupeau curieux. S'en allait, cabotant le long de la clôture et s'arrêtant par instants pour s'appuyer contre un piquet, non à cause de la fatigue, mais pour observer la maison silencieuse dans laquelle ils s'étaient embrassés et caressés et accouplés.

Caleb prit l'habitude de soigner ses bêtes la nuit et de s'enfermer le jour.

Il n'ouvrit jamais et l'obscurité devint sa seule alliée.

Je suis fière de toi. C'est un démon, cette fille, je croyais pas que tu tiendrais le coup.

Caleb n'avait rien pris, rien volé à cette fille, qui le condamnait pourtant à une maladie qu'il ne savait pas soigner. Dans le chaos qui suivit, il tenta de convaincre son esprit qu'il restait encore des choses à vivre, à accomplir, que mourir pour cette fille, ç'aurait été accorder trop d'importance à l'herbe qu'elle avait foulée et à l'air qu'elle avait respiré et pas assez à lui-même.

Tu l'oublieras, crois-moi, tu l'oublieras forcément.

Harry

Harry est plongé dans la bible paysanne, un chapitre consacré à la chasse aux oiseaux de passage, transcendé en éloge de la lenteur. Le talent du chasseur réside dans son immobilité, sa capacité à se fondre dans l'environnement, pour que grives ou pigeons se posent au-dessus de sa tête sur les branches d'un arbre. L'auteur s'attarde sur l'affût, l'attente de voir apparaître un vol en approche. L'essentiel, pour lui, se résume à la patience du chasseur, et non à l'acte de tuer, qu'il ne décrit d'ailleurs pas. Harry est convaincu que, grâce à ses mots, l'auteur espère repousser plus haut les oiseaux dans le ciel, en les rendant inatteignables.

Un mouvement attire son attention. Il lève les yeux de la page. La souris longe une plinthe, s'arrête à l'angle du mur. Elle se dresse sur ses pattes arrière, frotte son museau, se laisse retomber et se faufile sous la bibliothèque. Harry attend de la voir ressortir à l'autre bout. Jamais elle ne reparaît. Il se met à quatre pattes, à distance respectable du rayonnage inférieur décollé du sol par l'épaisseur d'une brique. Regarde dessous et découvre un espace entre le plancher et la plinthe abîmée. Un passage entre la cave et le bureau. Depuis la cuisine, le chien l'observe d'un air curieux. Harry suppose que son flair n'opère pas sur ce type de proie. L'idée d'adopter un chat lui traverse l'esprit. En attendant, il faudra trouver un moyen plus rapide de contrer l'invasion des rongeurs. Peut-être que Sofia vend des pièges à souris, sinon il devra faire quelques kilomètres supplémentaires pour s'en procurer. Il s'en occupera demain, la cohabitation peut bien encore durer quelque temps. Il remet la déclaration de guerre à plus tard. Après tout, les bestioles étaient là avant lui.

Harry termine le livre, guettant le retour de la souris. Il passe l'après-midi à réfléchir et jette des notes sur une feuille volante, issues de sa lecture. Il a la sensation de s'être calé sur le rythme de l'écrivain-paysan, ses gestes, sa vie simple, ses mots, ses silences. Il ouvre et referme le carnet un nombre incalculable de fois. Se méfie de la tentation. Encore patienter. Laisser le désir prendre toute la place, laisser monter la vague, suffisamment haut pour que sa puissance ne se démente jamais, qu'elle ne retombe pas trop vite, qu'elle parvienne à toucher un rivage, à effacer le sable pour mieux le recréer. Harry a le sentiment d'avoir préparé ses bagages, que ses valises sont pleines et qu'il ne reste qu'à les boucler, avant d'entreprendre un long voyage qui le mènera peut-être en des territoires inconnus et fertiles.

Il s'abandonne à la rêverie du voyageur immobile. Pendant qu'il somnole, Jacques le mélancolique joue des coudes dans sa tête : « Le monde entier est un théâtre, et tous, hommes et femmes, y sont acteurs. » Ce morceau de monde où s'est échoué Harry vaut tout autant qu'un autre, la scène est vaste et les acteurs attendent dans la coulisse. Il ne les distingue pas encore nettement, il les devine à travers le rideau, répétant leurs répliques. Il n'est pas là pour les guider, juste les écouter, ne pas inverser les rôles, ne pas mettre ses propres mots dans leur bouche. Les mots seuls ne fabriquent pas d'émotion sincère, c'est l'émotion qui doit précéder l'apparition des mots. Ne pas guetter ce prodige. Dans son bref sommeil, il a vu s'envoler et s'éteindre de petites étincelles, faute de poudre à enflammer. Un début. Enfin. Un début.

Les brumes du sommeil évanouies, Harry roule une cigarette. Il aime ce rituel désormais adopté, l'odeur et le goût du tabac, le froissement de la feuille, les brins crachés dans le cendrier, ou par terre. Il n'envisage pour l'instant pas d'acheter un aspirateur. Le ménage dans cette maison n'est pas une priorité. Les miettes et les poussières sédimentent l'espace, racontent aussi l'histoire. Harry feuillette à nouveau le livre en fumant, s'arrête sur les pages cornées, relit les passages soulignés, fasciné par la précision des gestes décrits, la sensation de les avoir déjà accomplis. Il reprend ses notes, les étoffe. Il a terminé le livre, mais le livre n'en a pas fini avec lui, tout comme ce territoire.

Le jour décline et la nuit commence à effacer les mots. Harry rejoint la pièce principale où le chien dort encore. Il tisonne les cendres, ravive des braises et les recouvre de fagots. Une épaisse fumée enveloppe le bois sec. Des flammes surgissent, comme si elles préexistaient dans le bois, elles s'équilibrent et crépitent et dansent sur un fil d'écorce. Harry alimente le fourneau de la cuisinière, quand un bruit sourd se fait entendre, celui que ferait un objet tombé au sol. Le chien redresse la tête et fixe la porte ouverte du bureau. Harry pense à un livre, un objet qui aurait chuté sur le plancher, peut-être à cause des souris. Il retourne dans le bureau, jette un coup d'œil. Tout semble en place. Deuxième bruit, identique au premier, cette fois au-dessus de sa tête. Le chien est de plus en plus nerveux. Nouveau bruit, dehors cette fois, d'autres suivent à intervalles réguliers, s'éloignent en direction de la combe, et semblent se stabiliser au loin. Harry est pétrifié. L'adrénaline dilue sa frousse, accule sa raison. Les bruits entendus lui apparaissent alors comme un appel. Le moment est venu de se laisser guider.

Il enfile sa veste, chausse ses bottes, emporte le fusil, des cartouches et une torche, laissant le chien désemparé à l'intérieur de la maison. La nuit est claire.

Nul besoin d'allumer la lampe. Le ciel est un champ de braises qui crépitent en silence. Harry écoute. Les sons proviennent sans aucun doute de la ferme voisine, pareils à ceux qu'il a entendus en revenant du ruisseau. Il remonte le chemin, retenant au mieux son poids sur la neige pour atténuer le craquement de ses pas. Les bruits s'estompent. Lorsque Harry atteint l'endroit où le chien lui a barré la route, ils ont disparu. L'adrénaline reflue pendant que grandissent le silence et la peur.

Il ne peut plus reculer, charge le fusil, continue, fébrile. La maison paraissait plus proche en plein jour. Harry a l'impression d'être Alice passée de l'autre côté du miroir, à la recherche d'une maison qui s'éloigne ou le refoule. Il ne saurait dire. Il a probablement trop d'imagination. Se dit que la nuit abolit les notions de temps et de distance, rien de plus. Pour preuve, il arrive bientôt en haut du chemin et aperçoit enfin la façade. Il s'arrête. Pas la moindre lumière derrière les fenêtres aux volets ouverts. Un silence total habille le lieu, semblable à une robe de deuil voilant une nuit imparfaite. Le sentiment de profaner un lieu saint, de ne pas être le bienvenu. La curiosité pactise avec la crainte. Harry ne veut pas risquer d'être repéré en continuant à découvert. Il se souvient des paroles du maire. Il ne manquerait plus qu'il tombe dans un piège, qu'il soit pris pour cible. La curiosité est trop forte. Il dépose le fusil contre un piquet de clôture, escalade les barbelés et atterrit dans un pré, s'enfonçant jusqu'aux genoux dans la neige.

Harry récupère l'arme et se dirige vers l'angle du pignon qui donne sur une cour. Le poste d'observation est idéal pour guetter les allées et venues en toute discrétion. Il reprend son souffle, se penche en avant, distingue les trois marches permettant d'accéder à la porte d'entrée, un bac en pierre chapeauté d'une couche de neige et, un peu plus loin, un large trou entouré d'un grillage. Il espère qu'un chien ne traîne pas dans le coin et ne finisse pas par renifler son odeur. Il tente de se rassurer en pensant que l'humidité est sa meilleure alliée.

Le temps passe et rien ne bouge. Harry sursaute quand un glaçon se détache d'une stalactite pendue à la gouttière et se plante dans la neige à un mètre de lui. Celui qui vit là est sûrement bien au chaud dans la maison, pendant que lui se gèle dehors à jouer l'espion. Peut-être est-il déjà endormi, bien qu'il soit encore tôt. Pourtant, toujours pas la moindre lueur à l'intérieur. Harry se plaque au mur pour reposer son dos, face à la combe. Un arbre l'empêche de voir sa propre maison. Le froid traverse maintenant ses bottes et ses deux paires de chaussettes, et le bas de son pantalon est trempé. Il soulève un pied puis l'autre, afin de les désengourdir. Il ne se passera rien. Harry s'apprête à rentrer.

Le bruit, de nouveau. Tout proche. Harry se

retourne et se penche vers la cour. Une silhouette se dresse lentement, comme si elle sortait de terre. Elle est plus imposante qu'un homme. Harry est pétrifié par la vision du corps surmonté d'une énorme masse osseuse en guise de tête, en train de flageller ses flancs à l'aide d'une chaîne ou d'un morceau de corde épaisse. Harry tente de ramener la vision à quelque chose de rationnel, qui pourrait être archivé dans sa mémoire. N'y parvient pas. Un filament de brume déchire un bref instant l'espace et floute sa vue, puis la lune éclaire de nouveau la forme, comme un lointain projecteur dirigé sur l'acteur à la fin du spectacle. La créature arrête de se frapper et se rapproche maintenant des marches. Harry charge discrètement le fusil et le relève, prêt à mettre en joue. Il la voit plus distinctement, ainsi que la corde qui pend le long de son corps. La créature est recouverte de laine.

Harry ne voit ni cheveux ni peau sur la tête hideuse, qu'il est incapable d'identifier. Il doit rêver l'apparition. Ses muscles ne répondent plus. Il ne ressent plus le froid, la peur a pris le pouvoir et il ne peut rien contre. Il abaisse son arme, se retourne, se plaque de nouveau au mur. Reprendre ses esprits, maîtriser sa respiration.

Il entend une porte s'ouvrir et se refermer. Pensant la créature disparue, il jette un œil. Elle est toujours là, plus proche encore. Harry ne peut décrocher le regard du crâne, des cornes monumentales semblables à des serpents prêts à mordre, des orbites creuses, du trou béant en forme de papillon à la place du nez, des petites dents régulières et usées qui mordent la nuit et se rient de sa peur. Depuis le début elle sait qu'il est caché derrière le pignon et joue avec ses nerfs. Harry envisage un moment de lui balancer le faisceau de la torche dans les yeux. Mais quels yeux ? La peur se mue en panique et ses jambes lui obéissent enfin. Il recule lentement. Efface de sa vue la créature. Elle réapparaît aussitôt, comme si elle avait traversé le mur. Il perd l'équilibre et tombe à la renverse. Le coup part tout seul. Harry lâche le fusil. La bête s'esquive et il brandit la torche en guise d'arme. Plus rien ne surgit. Un rayon de lune ruisselle le long d'une dalle et s'étale dans la neige. Harry se redresse et court droit vers la combe, le chemin le plus direct pour rentrer chez lui. Il sent le tissu de sa veste se déchirer lorsqu'il saute la clôture. Chute encore. Entend à nouveau le bruit. Frappe, frappe, frappe. La créature diabolique l'a pris en chasse. Harry se remet à courir, ralenti par l'épaisseur de neige et aussi la fatigue. Il a perdu la torche en tombant. Il jurerait sentir sur son cou le souffle de la bête et entendre son rire accompagnant sa fuite. À tout moment il s'attend à ce qu'elle le rattrape, le plaque au sol, le batte à mort et le dévore. Quand il parvient en vue de la ferme, il se sent un peu plus en sécurité. Le bruit n'est qu'un lointain écho. Harry se retourne une dernière fois. Au loin, une petite lueur se balade sur le versant opposé de la combe, puis s'éteint lentement, comme la flamme d'une allumette dévorant l'oxygène sous une cloche de verre. Et après plus rien.

Harry ouvre la porte. Il voudrait que le chien l'accueille en lui faisant la fête. Il ne le trouve pas à l'endroit habituel, près de la cuisinière. Il s'apprête à explorer le bureau quand il surgit de sous la table. Les flammes encore vivaces éclairent son pelage brillant, comme s'il était humide. Harry s'approche pour le caresser, mais le chien s'esquive, apeuré. Il s'accroupit, progresse lentement à quatre pattes en direction de l'animal acculé au fourneau, pose la main sur sa tête et lorsqu'il la retire, elle est mouillée. Quel sortilège… ? Le chien l'observe, ses yeux vont et viennent telles des entités autonomes cherchant une issue. Harry se relève et s'assoit sur une chaise, sans même retirer ses vêtements trempés. Laisse pendre les bras le long des accoudoirs. Ferme les yeux. Attend que les bruits reviennent, que la bête fasse exploser la porte. Au bout de quelques minutes, il sent la langue du chien parcourir la paume de sa main gauche. La créature n'entrera pas ce soir.

Au matin, une armée de souris exécute une sarabande sur le parquet du bureau et réveille Harry, affalé sur la chaise et grelottant de froid. Le bois s'est consumé dans la cheminée, ainsi que dans le fourneau. Il se demande comment il n'est pas tombé. La vision a parcouru ses rêves en tous sens. Il tente de se convaincre que ce n'était qu'un rêve, qu'une telle monstruosité ne peut exister dans la réalité. Il retire sa veste encore humide et l'observe sous toutes les coutures, découvre l'accroc dans le dos, passe un doigt à l'intérieur, pour se persuader de sa matérialité. Le chien s'étire au pied de la cuisinière et se redresse. Sa queue cogne en cadence la tôle protégeant le fourneau. Cogne, cogne, cogne, comme…

Harry se lève afin de refouler autant que possible ses pensées. Il branche le radiateur à bain d'huile, rallume le feu dans la cheminée et la cuisinière, puis prépare du café. Pendant que coule le café, il file à la salle de bains. Détaille un long moment son visage dans la glace. Ses joues se sont encore creusées et sa barbe ne parvient pas à masquer leur maigreur. Une fois débarbouillé, il enfile des vêtements propres et chauds. Il boit ensuite une tasse de café et prépare deux tartines beurrées. La première bouchée ne passe pas. Il coupe des morceaux, les glisse sous la table. Le chien se précipite et s'empresse de les engloutir.

Harry a oublié de fermer les volets la veille. Les vitres sont recouvertes de givre, semblable à ces mycéliums qui fleurissent la terre au printemps. Il fixe la fenêtre face à lui, cherche à ramener la structure complexe à une forme connue, comme on le fait en regardant les nuages. Des images traversent le vide et s'évanouissent pour laisser place à une seule, celle d'une grande créature démoniaque enfantée par le givre. Harry dégrafe son regard de la silhouette imprimée. Lui qui ne se souvient d'habitude jamais de ses rêves, pourquoi se souviendrait-il de celui-là ? Où est le vrai, où est le faux ? Ou plutôt la part de réel et la part d'imagination. En avoir le cœur net. Trouver une explication. L'origine de la créature. Qui est-elle, que représente-t-elle, que cherche-t-elle ? Harry veut savoir qui vit là-bas, dans une nuit quasi permanente. Si la créature a un maître, s'ils veulent le pousser à partir ou simplement communiquer avec lui. Harry se dit qu'il n'a d'autre choix que de provoquer une nouvelle rencontre, cette fois en plein jour.

La buée s'est infiltrée sous le cadran de la montre. Harry peine à lire neuf heures. Le ciel est devenu uniformément gris et le soleil ne perce plus nulle part. Le chien l'accompagne dehors, traverse la cour et disparaît. Harry le cherche un moment, l'appelle. Il aimerait l'emmener au village. Le chien ne réapparaît pas. Harry insiste, fait le tour des bâtiments et finit par s'en aller seul.

Sur le bord de la route, dans un virage, on a entreposé des sacs de sel. Un homme remplit une trémie attelée derrière un tracteur. Harry ralentit. Des cristaux rosés sont éparpillés tout autour de l'attelage, semblables à de minuscules saphirs échappés d'un collier brisé. L'homme suspend son geste, prêt à éventrer un nouveau sac avec son couteau. Il ne quitte pas des yeux la voiture, et même une fois passé, Harry l'aperçoit dans le rétroviseur, qui le fixe encore.

En arrivant sur la place, Harry est attiré par une lumière qui clignote sur le toit d'une ambulance garée en face de l'épicerie. Le logo dessiné sur le flanc du véhicule lui apparaît comme la structure d'un flocon bleu. Les portes arrière sont grandes ouvertes. Un attroupement d'une dizaine de personnes se tient devant la mairie, la mine compassée. Harry ne s'attarde pas.

Lorsqu'il pénètre dans la boutique, Sofia est derrière le comptoir. Elle le regarde approcher d'un air hagard.

– Qu'est-ce qui se passe dehors ?

La jeune femme fixe maintenant une enveloppe décachetée posée près de la caisse. Elle hésite un instant et relève les yeux.

– C'est Édouard, il est mort, dit-elle.

– Comment ça, mort !

Sofia attrape l'enveloppe et la tend à Harry.

– Lisez, c'est mieux.

– Vous êtes sûre, cette lettre vous est adressée.

– Elle vous concerne un peu aussi.

Il ouvre l'enveloppe et déplie la feuille qu'elle

contient. Une écriture fluide et régulière s'étale sur le papier :

Chère Sofia,

Durant ces dernières années, vous aurez été mon seul rayon de soleil.
Chaque matin, je m'habillais avec soin pour honorer notre rendez-vous quotidien, non qu'un vieux bonhomme tel que moi tentât de vous séduire, mais parce que votre compagnie me donnait l'envie de rester digne. J'espère de tout cœur l'avoir été jusqu'au bout.
Nous ne nous connaissions pas vraiment. Nos pudeurs respectives nous ont tenus à distance des épanchements. Épanchements, voilà que le médecin reprend du service. Des gens ont voulu me parler de vous. Je n'ai rien voulu savoir et je n'ai jamais osé m'immiscer. Il vient un temps où l'on ne peut plus parler des grands drames de nos vies, quand la souffrance devient le gage de notre existence. Je sais de quoi je parle.
Si je vous racontais ma propre histoire dans cette lettre, vous comprendriez probablement pourquoi j'en suis venu à une telle extrémité, commettre sciemment l'irréparable, mais à quoi bon vous encombrer de ce poids. Mieux vaut que j'emporte avec moi ma douleur et l'obscur mystère de son origine. Sachez simplement que le moment était arrivé, ce moment

où l'être humain que je suis se trouvait tellement détaché du monde qu'il ne parvenait même plus à oublier sa souffrance durant quelques secondes, qu'il s'était retiré si loin en lui-même que l'unique but à atteindre s'était mué en un vide sans fond. Il n'y avait dès lors plus à hésiter sur l'issue, ni sur le moyen de la dépasser. Il ne s'agit ni de courage ni de lâcheté, juste d'une délivrance. Et pour tout dire, je prends à peine les devants, à mon âge. Si j'ai autant attendu, c'est surtout grâce à vous.

Je n'étais pas doué pour devenir moi, et la seule personne qui aurait pu m'y aider s'est perdue dans la nuit voilà déjà de nombreuses années. Ma femme, que je n'ai pu soigner, juste soulager et accompagner dans ses derniers instants. Par la suite, prendre soin des autres n'aura été qu'un pis-aller me permettant au moins de tenir jusqu'à notre rituel matinal. Il n'y a pas de hasard, simplement des circonstances qui nous font dériver un peu plus longtemps que prévu. Merci pour votre délicieux sourire et votre voix si apaisante.

Je vous souhaite le meilleur.

Édouard

PS : Dites à l'écrivain que j'ai vraiment apprécié son livre, que si je n'ai jamais été loquace en sa présence, c'est que je ne voulais pas l'importuner. Lui aussi m'a en quelque sorte aidé à me fondre dans l'aube noire, avec ses mots. Il a raison, parfois il n'y a plus aucune raison de ne pas devancer l'appel. J'espère qu'à l'heure qu'il est, Hélène m'attend.

Harry replie la feuille et la glisse dans l'enveloppe qu'il dépose sur le comptoir. Il récite mentalement la première phrase de *L'Aube noire* : « J'avais voulu mourir à cinq ans, pensant que ce serait toujours ça de fait. »

– Sa femme de ménage l'a trouvé pendu ce matin, la nouvelle a déjà fait le tour du village.

Sofia s'interrompt et jette un coup d'œil dehors, perdue dans ses pensées.

– Il vous appréciait beaucoup, dit Harry.

– Je ne peux m'empêcher de penser que j'aurais pu faire quelque chose, si on avait parlé, vraiment parlé, au lieu de formules de politesse et de considérations culinaires.

– Vous ne pouviez pas deviner ce qu'il projetait. C'était son choix, une décision mûrement réfléchie, dit Harry en prenant à témoin la lettre posée sur le comptoir.

– C'est terrible de croiser des gens sans soupçonner leur détresse.

– De se tromper sur eux, aussi. Je croyais qu'il me détestait.

– Votre présence le perturbait dans son rituel, c'est tout.

– À un moment, j'ai cru que celui qui savait guérir, celui dont vous parliez à la chapelle, c'était lui.

Sofia se raidit, fuyant les yeux de Harry. De l'autre côté de la place, Édouard sort de chez lui, allongé sur un brancard. On devine le corps massif sous la housse opaque. Deux types vêtus de blanc le transportent dans l'ambulance et referment les portes. Édouard contourne ensuite le monument aux morts. Lorsque le véhicule passe devant la vitrine de l'épicerie, le gyrophare teinte le verre d'une lumière bleue intermittente. Édouard s'en va. Édouard s'est éteint.

Sofia range la lettre dans un tiroir, la regarde une dernière fois avant de refermer.

– Comment va votre père ?

– Plutôt bien, merci.

– Tant mieux.

Même s'il s'en veut de profiter de ce moment d'émotion, Harry se dit que l'occasion est peut-être venue d'en apprendre davantage sur la jeune femme, ses origines, ce que signifie être « plus ou moins d'ici ».

– Vous avez de la famille dans la région ?

– Ma famille était du coin… Je n'en ai plus. Je suis fille unique et mes parents sont morts dans un accident de voiture, dit-elle froidement.

– Je suis désolé.

– C'est comme ça. Vous avez besoin de quelque chose ?

– J'ai repéré des souris chez moi.

– Il doit me rester des tapettes quelque part. Je vais les chercher.

Sofia se dirige droit vers un rayonnage, fouille une étagère et revient déposer cinq pièges à ressort sur le comptoir.

– C'est tout ce que j'ai.

– Parfait, je les prends.

– Autre chose ?

– Non.

La jeune femme fourre les pièges dans un sac. Harry règle la note et s'apprête à repartir.

– Pas de café ce matin ? demande-t-elle.

Harry jette un coup d'œil dehors, apercevant la voiture de gendarmerie que masquait l'ambulance. De nouveaux badauds bravent le froid.

– Je n'ai pas très envie de jouer les voyeurs, il y en a suffisamment dehors, dit-il.

– J'ai un petit bureau où je fais ma paperasse, si le cœur vous en dit.

– Pourquoi pas.

– Suivez-moi, tant que je n'ai pas de client.

Sofia conduit Harry au fond de la boutique. Ils entrent dans une pièce minuscule où l'on peine à se faufiler entre le bureau recouvert de papiers en désordre, le fauteuil, la chaise, le lavabo et le classeur métallique sur lequel reposent un appareil photo, une cafetière, une boîte de filtres, une autre de café et plusieurs tasses. Une vingtaine de photos de paysage encadrées sont fixées aux murs.

– Excusez le désordre… Personne n'entre ici, à part moi.

– C'est pas grave.

– Asseyez-vous pendant que je prépare du café.

Harry prend la chaise.

– Vous savez utiliser ce genre de piège ? demande Sofia une fois la cafetière en route.

– Ça ne doit pas être bien sorcier.

Elle fixe le café en train de couler. Sa main remonte au niveau de son oreille, redescend aussitôt, comme si elle venait de réaliser l'absence de l'anneau qu'elle porte d'habitude.

– Placez-les le long des plinthes, avec du fromage ou de la mie de pain roulée en boule, et faites attention à ne pas vous coincer un doigt. Ce serait idiot que ça vous empêche d'écrire, dit-elle.

– Je ferai attention.

La jeune femme repousse des papiers sur le bureau, remplit deux tasses et les pose dans l'espace libre. Harry lève sa tasse, comme pour trinquer, puis arrête le geste, prenant conscience de son ridicule. Elle s'assoit dans le fauteuil et la faible luminosité grise ses yeux. Harry boit une gorgée en observant les paysages aux murs. Il reconnaît la chapelle de la Madeleine au printemps.

– C'est vous qui avez pris toutes ces photos ?

– Oui.

– Elles sont très belles.

– J'ai un bon appareil.

Tant de choses se bousculent dans la tête de Harry : la mort d'Édouard bien sûr, mais aussi sa rencontre avec la créature du Bélier. Il hésite à en parler à Sofia. Se ravise, craignant qu'elle le prenne pour un fou. Profiter encore de l'intimité qui commence à s'instaurer entre eux. Le moment de se confier viendra peut-être plus tard.

Les cloches se mettent à sonner. Harry imagine le suicidé pendu à la corde, descendre et remonter, remonter et descendre. Il s'en veut de cette vision grotesque. Lorsque retentit le dernier coup, il dit :

– Nous pourrions rendre un dernier hommage à Édouard.

– Un dernier hommage, répète-t-elle, surprise.

– Autour d'un verre, ce soir… chez moi, par exemple.

– Je ne peux pas.

La clochette de la porte d'entrée tinte. Sofia termine sa tasse d'un trait.

– Vous sortirez par la porte de derrière quand vous aurez bu votre café, ça me gênerait que quelqu'un vous voie ici, dit-elle tout bas.

– D'accord, je ne voudrais surtout pas vous compromettre, répond Harry en esquissant un sourire.

Avant de quitter la pièce, la jeune femme marque un temps d'arrêt.

– Ce verre, c'est peut-être une bonne idée, finalement, mais je préfère que vous veniez le prendre chez moi.

– Comme vous voulez, répond Harry, étonné de la proposition.

– Ce soir, vingt heures, ça ira ?

– Parfait.

– Alors, à ce soir.

– À ce soir.

Harry termine le café. Son regard dérive d'une photo à l'autre. Ses pensées se nourrissent des paysages. L'idée que pour l'étranger, ce pays ne se vit sûrement pas, qu'il se rêve d'abord. Que pour avoir accès à la réalité, il lui faut traverser la brume, un miroir vaporeux débouchant sur une dimension sans repères connus, suivre le fil jusqu'au Minotaure ou la Reine de cœur.

Le plancher craque au-dessus de sa tête. Plusieurs fois. Harry demeure encore un moment assis à épier les sons. Depuis l'épicerie, lui parviennent maintenant la voix de la jeune femme et celle d'un homme. Harry ne saisit rien de leur conversation. Il se lève, rince la tasse dans l'évier, ainsi que celle de Sofia. Il s'apprête à partir. Remarque alors la photo à l'envers sur le bureau, au milieu du fatras. Un « Z » est inscrit au verso. Harry la retourne. Il est saisi par l'image.

Il reconnaît immédiatement l'endroit où elle a été prise, de l'autre côté de la combe. Un passereau est posé sur l'appui d'une fenêtre. Derrière la vitre, une silhouette floutée semble l'observer. Harry distingue qu'il s'agit d'un homme, mais ne pourrait l'identifier. Il fixe la photo, et bientôt, des ombres se déploient à la surface imparfaite du verre, dessinant des excroissances osseuses.

Des éclats de voix en provenance de la boutique sortent Harry de sa stupeur. Il lâche la photo. La porte claque violemment, étouffant le bruit de la clochette. Harry sort aussitôt et contourne la boutique pour apercevoir le visiteur. Il reconnaît Simon Artaud qui se dirige en hâte vers la mairie.

Caleb

La douleur réveilla Caleb dans la nuit. Au début, il crut que la cicatrisation du cuir chevelu en était la cause, mais il ne s'agissait pas d'une sensation de brûlure, c'était plutôt comme si un corps étranger avait élu domicile dans sa tête et se promenait à l'intérieur. Il traça les signes. Le mal se dilua peu à peu et disparut. Il se rendormit.

Caleb se risqua dehors à l'aube. Emma ne viendrait plus. Elle avait enfin compris qu'il ne lui ouvrirait pas sa porte. Il se méfiait quand même et libéra le chien en éclaireur. L'animal ne flaira rien de suspect. Caleb rejoignit la bergerie et commença de nourrir les bêtes.

La douleur l'électrisa pendant qu'il jetait du foin dans un râtelier. Il prit appui sur le manche de la fourche. Les dents se courbèrent sous son poids et il vacilla comme sous l'effet d'un alcool trop puissant. Quelque chose cognait sous son crâne, plus violemment que la nuit. La sensation le ramena aux coups reçus à la lisière des chênes américains. Il lui sembla que le corps étranger grossissait de seconde en seconde, qu'il prenait toute la place. Caleb comprima ses tempes avec ses poings pour tenter de s'en défaire, traça encore les symboles magiques, maladroitement. Ça ne passait pas. Il fouilla les poches de son pantalon et sortit un mouchoir. S'aidant de la fourche, il se déplaça avec peine jusqu'à une auge à brebis, déplia le mouchoir, le trempa dans l'eau croupie et l'appliqua sur son front. Il s'assit ensuite sur la rambarde de l'enclos, tête penchée en arrière, jambes tendues. Les semelles de ses chaussures s'enfoncèrent dans la litière souillée. La fourche tomba au sol. Caleb ne chercha pas à la rattraper, demeurant immobile, afin que le mouchoir humide tienne en place. Il baissa lentement les yeux. Les bêtes croquaient le foin et flottaient dans son regard. La souffrance endurée par Caleb déformait les faces des bêtes et les sons produits par leurs mâchoires s'ajoutaient aux coups de pilon sous son crâne. Caleb rapatria les quelques forces qu'il lui restait. En se décollant de la couche meuble, les chaussures produisirent un bruit de succion insupportable. Il agrippa la rambarde et se dirigea vers le fenil, accaparé par l'équilibre à maintenir, comme un explorateur traversant un pont suspendu qui se balancerait au-dessus d'un fleuve capricieux. Au passage, il saisit un bloc de sel sur le frigo. Chaque pas transmettait une onde de choc qui remontait jusqu'à son cerveau en scandant la douleur. Il réussit à passer le portillon. Le chien l'attendait de l'autre côté, une oreille dressée et l'autre cassée. Son regard exprimait l'étonnement. Caleb colla son dos à une pile de bottes de foin et se laissa couler jusqu'au sol. Le mouchoir était tombé à quelques mètres de lui. Le chien le renifla d'abord et le prit dans sa gueule. La souffrance abrasait la scène dans les yeux de Caleb. Il vit l'animal approcher, s'allonger à ses pieds, déposer le mouchoir entre ses jambes et le pousser avec son museau. Les yeux du chien allaient et venaient à la recherche d'un mouvement, d'une réaction. Il redressa la tête et sa truffe balisait les odeurs, pendant que les moutons piétinaient le silence et qu'une harde de moineaux picorait les graines de foin. Les maux de tête s'atténuèrent peu à peu, les cognements s'estompèrent et la respiration s'apaisa.

Faut te reposer, fils, tu l'as bien mérité.

Venant de sa mère, le compliment surprit Caleb. Il obéit, ferma les yeux, tendit machinalement le bras, attrapa le mouchoir humide et l'appliqua de nouveau sur son front. Des brindilles vert d'eau éclairaient ses cheveux noirs et parsemaient la tonsure croûtée de sang. Il porta le bloc de sel à ses lèvres et le suça pour se fouetter le sang. Après quelques secondes, il n'eut même plus la force de tenir le bloc qui tomba entre ses cuisses. Sa tête s'inclina sous l'effet de la fatigue. Cela faisait longtemps qu'il ne s'était pas senti aussi bien. Le chien rampa un peu plus haut entre ses jambes. Caleb s'endormit. Sur ses lèvres flottait un demi-sourire, laissant croire qu'il narguait le chien. L'animal s'approcha encore et glissa son museau sous une cuisse, puis sous l'autre. Caleb ne réagit pas. Il dormait maintenant profondément. Alors, le chien ne bougea plus, accaparé par l'odeur d'urine provenant de la tache sombre qui maculait la toile du pantalon. L'animal savait qu'il ne pouvait plus rien contre le sommeil de Caleb. Il s'endormit à son tour, le front collé au morceau de sel, et il ne sentit même pas la brûlure.

C'est bien, fils.

C'est bien.

T'as le temps de te reposer, maintenant que les bêtes sont soignées.

T'as tout le temps.

Je sens que tu vas avoir de la visite.

Mais maintenant, ça n'a plus d'importance.

Caleb rêvait d'Emma. Il avait tant souhaité qu'elle ne revienne pas. Ne le souhaitait plus. Peut-être le guettait-elle depuis l'aube, peut-être attendait-elle le moment d'apparaître. Pour le sauver. Lorsqu'elle entrerait dans la grange, elle le trouverait allongé. Le chien ne relèverait même pas la tête. Elle s'agenouillerait et un souffle d'air emporterait son parfum et le déposerait tout autour de Caleb, semblable à la corolle d'une belle-de-jour. Puis elle se coucherait près de lui, et Sarah n'aurait rien à redire à ça. Il entendrait la respiration régulière, sentirait la main sur la sienne, dans cette grange qui renfermerait alors le temps, un temps parfait, coloré d'éternité. Il ne lutterait plus contre l'avènement d'une beauté qu'on lui avait toujours appris à chercher ailleurs. Le crochet dans sa chair ne serait plus douloureux, il l'accueillerait encore plus profondément, se laisserait soulever, emporter. Il n'aurait pas besoin d'ouvrir les yeux pour voir Emma apaisée par la conquête d'un espace interdit, qui sombrerait elle aussi dans le sommeil, la tête sur son épaule. Il n'aurait pas besoin d'ouvrir les yeux pour voir l'anneau d'or à son oreille sur lequel veillait un oiseau de paradis. Il n'aurait plus jamais besoin d'ouvrir les yeux pour savoir qu'elle était là.

Je t'en veux pas, fils.

À elle non plus, je lui en veux pas.

Je lui en veux plus.

Caleb n'avait plus mal, ne sentait plus rien. Il aurait aimé pouvoir toucher Emma, au moins lui parler, lui dire que ce qu'il gardait d'elle était infiniment précieux, qu'il n'y avait rien de plus précieux, qu'il ne regrettait rien de ce moment, que deux cœurs ne peuvent contenir tout entier un amour véritable, tellement il lui faut d'espace pour s'exprimer et que seules les âmes disposent d'un tel espace.

Repose-toi, mon fils.

Y a plus lieu de souffrir.

Une intense lumière inondait la bergerie. Par la porte entrouverte, Caleb apercevait une branche de lierre dans l'espace libre, qui dégoulinait du toit et tatouait le ciel clair. Il ne souffrait plus du tout. Une grande douceur frôlait les surfaces nues de son corps. Les animaux se reposaient. Emma dansait dans la combe, un pas enseigné par la brise. Le chien était parti la chercher.

Elle le trouva enfin, guidée par le chien au front brûlé par le sel. L'animal s'arrêta à la porte, rebroussa chemin aussitôt, et la frêle silhouette explosa dans la lumière. Emma se précipita sur Caleb. Elle se mit à crier et s'effondra contre lui, prenant son visage dans ses mains, n'osant effleurer la plaie au sommet de son crâne, semblable à de la lave séchée.

Caleb l'entendait pleurer, mais ne pouvait rien dire, ni même bouger. Le futur n'existait pas. Le présent était une main déposant un mouchoir sur une blessure inguérissable. Le présent était absence de réaction, de souffle. Le présent, c'était l'immobilité du sang dans ses veines. Sa mère avait raison. Il avait désobéi en s'approchant trop près d'Emma et il en était mort. Il ne regrettait pourtant toujours rien. Tout s'arrêterait avec lui, la malédiction prendrait fin.

Emma se mit à genoux, dégrafa la chemise et découvrit la peau couverte d'ecchymoses. Elle connaissait le responsable d'une telle abomination. Sylvain Artaud lui avait dit qu'il se vengerait de l'affront qu'elle lui avait fait en le quittant. Il n'y avait pas eu de témoin aux menaces, elle ne pourrait rien prouver. De toute façon, personne n'aurait osé témoigner contre les Artaud. Colère et impuissance tordaient les traits de son visage et ses mains palpaient la chair glacée. Respirer n'était plus un réflexe, pleurer, oui. La vue du cadavre devint insoutenable. Elle voulut courir dehors, refermer la porte, tout effacer et revenir, mais elle en était incapable. Alors, elle éparpilla des brins d'herbe sur le visage de Caleb, puis en recouvrit sa tête et son corps, jusqu'à ce qu'il disparaisse. Se mit ensuite à prier. Ce serait la dernière fois qu'elle le ferait ici.

Plus tard, Emma chercherait un endroit propice à leurs retrouvailles, un endroit où commémorer le souvenir de Caleb et nourrir son ressentiment sans bien savoir où tout cela pourrait mener. Sûrement pas dans un cimetière, devant une vulgaire tombe. La chapelle de la Madeleine deviendrait le lieu idéal, aussi pour honorer leur amour. Une évidence. La sainte et Caleb savaient tous deux guérir. Emma cueillerait et porterait chaque semaine un bouquet aux couleurs des saisons. Honorer la mémoire de cet homme qu'elle n'avait pu aimer qu'un instant trop fugace deviendrait sa mission.

Elle s'en alla, abandonnant Caleb dans son sarcophage de foin, et referma les portes de la bergerie muée en mausolée. Dehors, le chien aboyait, comme si on lui avait dérobé son ombre, puis se mit à hurler, hurler, à la manière d'un loup.

Ça fait longtemps qu'y a plus de loups, fils.

Bien longtemps.

Ils les ont chassés, tout comme nous.

Mais ils reviendront, eux.

Pour nous, c'est fini.

C'est mieux comme ça.

Et t'inquiète pas pour la fille, elle s'en sortira.

Tu m'as menti, à l'hôpital, quand tu m'as fait la promesse de me ramener à temps à la maison, mais je t'en veux pas de ça non plus.

Pour le bélier aussi, tu m'as menti en le sortant du puits.

Il est trop tard pour regretter ce qui est fait.

Heureusement que c'est qu'un crâne de bélier que t'as remonté à la surface ce jour-là.

J'ai eu peur que t'aies trouvé autre chose.

C'était pas encore le moment.

C'est maintenant, le moment d'avoir une réponse à ta question.

Y en aura pas de meilleur.

Mais c'est pas à moi de te répondre.

C'est pas à moi.

Ce mouchoir que t'as sur la figure…

Caleb n'entendait plus sa mère. Emma était loin et le chien s'était tu. Caleb demeurait seul, la face contre un suaire de coton blanc, imprégné de la sueur d'un autre et de son propre sang, que Sarah disait corrompu. Le temps était enfin venu de la révélation.

Le vagabond

Les derniers nuages de foin perdirent de l'altitude au contact de l'air plus frais montant de la vallée et certains s'accrochèrent à la cime des arbres surplombant la rivière, semblables à des nids abandonnés.

Le vagabond attendit que le tracteur s'éloigne. Il sortit un mouchoir de sa poche, le déplia, s'épongea le front et projeta un épais crachat qui s'écrasa sur une pierre brûlante dans la cour, puis il rangea le mouchoir et remit le chapeau sur sa tête.

– Fichue poussière, elle vous dessèche plus sûrement la gorge que la chaleur, dit-il.

– Qu'est-ce que tu veux ?

– De l'eau, pardi.

– Me prends pas pour une idiote, t'avais moyen de passer ailleurs pour en trouver.

Le vagabond se retourna vers le portail.

– Il a l'air d'un bon garçon.

– Dis-moi ce que tu veux et va-t'en…

– Remarque, ça peut pas être autrement, dit le vagabond d'un air pensif.

– Tais-toi !

Le vagabond marcha jusqu'au puits, tapota la rangée supérieure de pierres avec la pointe du bâton et se tourna vers Sarah.

– J'imagine qu'il est toujours au fond.

– C'est une question ?

– Non, c'en est pas une.

Les yeux du vagabond étaient emplis de contentement. Il appuya le bâton contre le puits et avança en direction de la maison. Une fois devant les marches, il posa un pied sur la première et plaqua une main sur sa cuisse et l'autre par-dessus. Le visage bascula en arrière et le chapeau avec, la paille dorée étincelait sous le soleil.

– Tu devais bien te douter que je reviendrais un jour.

– J'espérais que t'aies assez de dignité pour pas le faire.

– T'espérais...

Le vagabond s'interrompit et balança la tête de côté en désignant la bergerie qu'il ne regardait pas.

– J'ai assez vu de pays pour savoir qu'on peut pas être de plusieurs à la fois.

– Ça veut dire quoi ?

– J'ai dans l'idée de rester un peu.

Un rictus déchira le visage de Sarah.

– Tu sais bien que c'est pas possible, dit-elle d'une voix fébrile.

– T'as peur de quoi ?

– Pas de toi, en tout cas.

– De quoi alors, du mensonge que tu devrais continuer de lui servir en ma présence, ou que je lui raconte tout ?

– Fous le camp maintenant !

– Tout le monde doit se douter. Y a bien que Caleb pour…

– Je veux jamais qu'il sache.

– Il a dû souvent te poser la question, j'imagine.

– Fous le camp ! répéta Sarah en giflant le vide devant elle.

– Après toutes ces années, t'es toujours aussi en colère contre moi ?

– Tu me dégoûtes.

– Fallait que ça continue, et t'as jamais voulu d'homme.

– Que ça continue…

– Le sang, y a que ça qui compte chez nous autres.

– Le sang dont tu parles, il vaut plus rien. Il s'arrêtera à Caleb, j'y veillerai.

– Ma pauvre Sarah, ce gamin, il te demandera pas ton avis quand il sera coincé entre les cuisses d'une fille.

– Pour la dernière fois, va-t'en !

Le vagabond se redressa, défiant Sarah de ses yeux réduits à deux fentes.

– Sinon quoi, tu vas me jeter un sort ? dit-il en déployant un large sourire jauni par le tabac.

Sarah jeta désespérément un regard au loin. On entendait à peine le bruit de moteur du tracteur. Ce fils était ce qu'elle avait de plus cher en ce monde. Être jugée par lui serait le pire des châtiments. Quel sens aurait sa vie si le secret de sa conception lui était révélé ? Elle était prête à tout pour échapper au jugement et à la honte.

– Je remplis ta gourde et tu disparais.

Le vagabond ne répondit rien. Il retira son chapeau et passa la courroie de la gourde en peau de chèvre par-dessus sa tête, et la gourde pendait au bout d'une main, le chapeau dans l'autre, comme un camelot faisant l'article.

– Laisse, je m'en occupe.

– Et après, tu t'en iras ?

– Après, dit-il d'une voix atone.

Sarah entra et le vagabond la suivit. Une fois à l'intérieur, il marqua une hésitation, puis déposa le chapeau à l'envers sur la table, ainsi qu'il avait eu l'habitude de le faire. Il s'épongea de nouveau le front et abandonna le mouchoir déplié sur le banc.

– C'est comme si j'étais parti hier, dit-il au chapeau.

– Fais ce que t'as à faire et va-t'en.

Le vagabond secoua la tête et dit :

– Je crois pas que tu puisses décider de ça aujourd'hui.

Il dévissa le bouchon en métal et alla remplir la gourde au robinet. L'eau débordait du goulot et il ne revissait pas le bouchon. La gourde cogna la faïence de l'évier et se renversa. Les mains essayèrent d'agripper le rebord, mais ripèrent aussitôt. Le corps mou du vagabond s'écrasa sur le plancher. Après un premier coup porté sur la nuque avec le tisonnier, Sarah continua de frapper à la tempe. La tête tressautait à chaque impact mais ne saignait pas. Quand elle s'arrêta de cogner, elle vit l'hématome se déployer comme un nuage d'orage toujours plus menaçant. Serrant le tisonnier dans son poing, elle balança plusieurs coups de pied dans le flanc, sans provoquer la moindre réaction.

Sarah replaça le tisonnier sur le support près de la cheminée. Par la porte ouverte, elle entendait au loin le moteur du tracteur tourner à plein régime. Les Privat n'avaient pas vue sur la cour, mais elle sortit vérifier que personne ne rôdait dans le coin. Une fois de retour à l'intérieur, elle s'empressa de retirer les vêtements du vagabond, et le traîna par les pieds à reculons jusqu'au puits. L'extrême maigreur du corps lui facilita la tâche. Elle l'assit contre les pierres, sortit une clé de sa poche, déverrouilla le cadenas et retira la grille de protection. Elle se positionna ensuite dos au cadavre, se baissa, passa les bras flasques par-dessus ses épaules, les utilisant comme point d'appui, et le souleva à la manière d'un sac de grain. La barbe lui faisait l'effet d'une toile d'émeri contre sa joue. Une fois campée sur ses jambes, elle se renversa en arrière et fit basculer le corps dans le puits, se retenant au muret pour ne pas être entraînée avec lui. Elle l'entendit s'écraser dans le fond, reprit son souffle et se retourna. Elle ne distinguait rien qu'une bouche obscure qui avait déjà gobé un bélier.

– Fallait m'écouter et passer ton chemin, espèce d'ordure, bredouilla Sarah.

Elle remit la grille en place et revint dans la maison. Elle alluma le fourneau de la cuisinière et jeta dedans les vêtements, la gourde et la besace qui contenait quelques effets, ainsi que les papiers attestant de l'identité de son père. Puis elle s'assit, écoutant le feu crépiter, demeurant ainsi de longues minutes prostrée sur la chaise, attendant le retour du fils, sans même remarquer le mouchoir abandonné sur le banc.

Harry

Depuis que Harry est installé au Bélier, le ciel n'a jamais été aussi dégagé. Cette clarté pourrait lui apparaître comme une invitation à monter faire la connaissance de l'homme entrevu sur la photo. Peut-être que le mystérieux guérisseur évoqué par le maire et la créature ne font qu'un. Harry ne croit pas aux pouvoirs magiques, mais il se souvient de sa dernière visite là-haut, de sa terreur à la vue du crâne. Il ne se sent pas encore armé pour retenter l'expérience aujourd'hui, et il a perdu son fusil. Ne pas brusquer les choses au risque de se jeter dans la gueule du loup.

Le chien n'est pas rentré. Harry ravive le feu en attendant son retour. Il passe son temps à observer la maison d'en face en fumant contre la vitre. Il aperçoit la fenêtre de la photo, mais aucun reflet ne la trouble. Pas la moindre silhouette, pas le moindre mouvement. De toute façon, il est trop loin pour distinguer quoi que ce soit. Aucun bruit ne traverse la combe. Tout est paisible, mais Harry ressent ce grand calme, un long silence oppressant annonciateur d'événements tragiques.

Il revoit les photos prises par Sofia, accrochées aux murs du réduit. Uniquement des paysages comme sujet, pas un seul être humain, hormis sur celle posée à l'envers, avec un « Z » inscrit au verso. Il se demande si la jeune femme en est aussi l'auteure, si elle souhaitait qu'il la découvre, si tout était prémédité. Il doit se faire des idées. Non seulement ce pays se rêve, mais il pousse l'étranger à la paranoïa, s'il se laisse aller. Harry en parlera ce soir à Sofia et l'explication qu'elle lui donnera sera simple et limpide. Il espère beaucoup de leur rendez-vous. Il questionnera la jeune femme sur l'homme derrière la vitre et parlera aussi de la créature et des bruits. Il espère trouver les mots pour la mettre en confiance.

La plainte du violoncelle étire la fin du jour. Harry ouvre son cahier sur une double page vierge. Il n'a pas l'intention d'écrire, juste de confronter la blancheur du papier avec la lumière qui s'éteint. Il les laisse s'accorder, regarde la montre de son grand-père, ne voit même pas la position des aiguilles. Il pense à Austerlitz, le personnage du livre de W. G. Sebald, qui affirmait ne jamais avoir possédé d'heure, qui trouvait cela « ridicule et fondamentalement mensonger. Que signifie que nous représentions les heures diurnes et les heures nocturnes sur un même cercle ? ». Harry aurait envie de lui répondre que c'est absurde en effet, qu'étant nous-mêmes différents la nuit et le jour, nous ne pouvons appréhender le temps de la même manière. Et encore moins les choses et les êtres que nous y rencontrons. La nuit abolit les obstacles de notre entendement, et cette nuit qui s'avance, dévorant en chemin la combe et le pignon de la maison, s'étale maintenant sur la page ouverte du cahier.

Il est temps de partir.

Le chien manque toujours à l'appel.

Harry se gare en avance sur la place et laisse tourner le moteur pour maintenir le chauffage. Tout autour, des segments lumineux se découpent sur des volets à claire-voie. Ce soir, Édouard ne refermera pas les siens. Le néon d'une issue de secours dispense un halo derrière la porte de la mairie, à moins que le maire ne travaille tard.

Harry téléphone à ses parents pour prendre des nouvelles. Son père récupère lentement. On sent la fatigue dans sa voix. Cette fois, il ne parle pas du loup. Il est l'heure de passer à table.

– Tu connais ta mère, comme elle est pointilleuse sur l'horaire des repas. Je t'embrasse, fils. On se rappelle demain, nous discuterons plus longuement.

Harry raccroche et lance le téléphone sur le siège passager.

Les huit coups de la cloche n'ont pas encore retenti. Harry observe le monument aux morts éclairé de quatre spots. Il lit méthodiquement la succession de noms et de prénoms, comme il le faisait des plaques minéralogiques des voitures, lorsque enfant il partait en vacances avec ses parents, en route pour un été baigné d'ennui et de mélancolie.

Il coupe le moteur.

Le téléphone sonne au moment où il décline la liste des trois Morel gravés sur le monument. Son regard bascule vers le cadran et un prénom s'ajoute à la liste funèbre. Épiphanie. La femme qui guetta vainement sa promesse. Cela fait bien longtemps qu'ils ne se sont plus parlé. Harry ne s'en souvient même plus. Il ne veut pas engager une conversation maintenant. Il attend que la sonnerie se taise, que le nom s'efface sur le monolithe de verre. L'écran s'assombrit, puis s'éclaire de nouveau. Le bip signale un message vocal. Harry revient au monument, au calvaire vécu par tous ces gamins tombés dans la boue, aux identités dressées sur la pierre. Il imagine leur dernier message envoyé à un proche. Le dernier message, celui qui se grave sans qu'on le veuille.

« Mes yeux se sont usés à guetter ta promesse. »

Quand Harry écoutait Épiphanie, il avait la sensation que sa voix n'appartenait pas au corps qu'il voyait, que les intonations révélaient quelque chose de très ancien, à la fois doux et barbare, un mélange de chants, de cris et de rires étouffés caressés par sa langue ; quelque chose qui ne lui appartenait pas vraiment, mais qu'elle assumait pleinement ; quelque chose provenant de son ventre et qui transitait par sa gorge et sa bouche ; rien à voir avec le simple frottement de l'air sur les replis du larynx, une substance flottant alentour comme des vapeurs d'essence qu'il pensait être seul en mesure d'enflammer. Harry n'a jamais su nommer cette chose effrayante. La peur de se consumer en même temps qu'elle, le jour où il parviendrait à la nommer.

Harry avait essayé de comprendre pourquoi cette femme le touchait plus que les autres, au-delà de sa beauté et du désir physique qu'elle suscitait en lui. Il l'avait d'abord contournée, puis s'était approché de sa peau. Sa voix lui en apprenait plus sur elle que tous les mots prononcés, des mots ne contenant pas du sens, mais un son en chacun et de la musique en tous. La musique amplifiait son image, comme s'il la regardait à travers l'objectif d'un microscope. Cette femme était alors devenue trop grande, trop présente, et il avait fait peser sur elle seule une faute qu'il ne savait pas plus identifier que la chose. Il s'était bouché les oreilles et avait reculé son œil de l'objectif. Elle n'avait pas compris. N'en pouvant plus de son silence, elle avait fini par laisser ce mot sur la table du salon, avant de partir définitivement : « Mes yeux se sont usés à guetter ta promesse. »

Cette femme revient parfois dans les rêves de Harry, elle aussi perdue dans un no man's land, tout comme les soldats du monument. Cette femme qu'il observe encore froidement derrière les rangs de barbelés qu'il a lui-même dressés, dans ces nuits bombardées d'obus luminescents ne parvenant même pas à égratigner le ciel de ses peurs. La voix enregistrée dans le boîtier d'un téléphone. Une parole qui attend qu'on la libère.

Harry hésite encore un instant à déclencher la messagerie, ses yeux escaladent une nouvelle fois la pierre tombale collective, jusqu'à Léonce Prades, puis dévalent sans rappel l'obélisque.

– Bonjour, Harry ! J'espère que tu vas bien. Mon appel doit te surprendre, depuis le temps… Je voulais te l'apprendre de vive voix, tant pis… J'ai rencontré un homme, il y a plusieurs mois. Je ne voulais pas que tu l'apprennes par quelqu'un d'autre… J'attends un enfant de lui. Voilà. Je te souhaite le bonheur et la paix, si cela est possible. Je t'embrasse, sincèrement.

Harry réécoute le message, le supprime et éteint le téléphone. Son regard se cogne de nouveau au monument aux morts. Il poursuit la lecture des noms, sans parvenir à effacer le seul à ne pas être gravé, un nom qui glisse sur la pierre crayeuse jusqu'à la grille contre laquelle le chien a pissé. Harry se dit que la réalité n'a rien à envier aux souvenirs fabriqués, que les derniers reviennent même nous visiter plus souvent, impitoyablement, sans artifice. Ils n'enrichissent personne, pas plus l'objet du souvenir que celui qui se souvient. Nul ne peut empêcher que ce moment fragile, heureux ou malheureux, devienne un souvenir figé.

L'air glacial a désormais pénétré l'habitacle. Harry grelotte. La première sonnerie de cloche retentit. Il attend le huitième coup et descend de voiture, escorté par l'écho. Le froid intense bouscule sa torpeur. Il efface l'espace verglacé qui le sépare de la porte de Sofia. Elle lui ouvre avant même qu'il ne frappe.

– Je vous guettais, dit-elle.

– Vous me guettiez.

– Pour ne pas vous faire attendre dans le froid.

Elle le précède dans l'escalier menant au-dessus de l'épicerie et le conduit à un salon douillet où brûlent des bougies. Pas une seule ampoule n'est allumée. Avant de retirer sa veste, Harry sort un livre d'une poche et le garde en main. Sofia s'empare du vêtement et l'emporte. Elle disparaît dans la pièce voisine et son ombre persiste encore un moment sur le parquet, accompagnée du bruit de ses pas. Harry entend le son étouffé de sa voix. Lorsqu'elle revient, elle l'invite à s'asseoir dans le canapé et elle prend le fauteuil.

– Vous me parliez ? demande-t-il.

– Non, pourquoi ?

– Il m'a semblé.

Sur la table basse se trouvent une assiette garnie de toasts, deux verres à pied et une bouteille de vin rouge débouchée. Il a toujours vu Sofia habillée d'un jean et d'un pull trop large. Ce soir, elle porte une robe en laine noire que la lueur des bougies ajuste à son corps. Ses cheveux sont lâchés et couvrent ses épaules.

Deux reflets métalliques à ses oreilles éclaboussent les mèches brunes. Elle a aussi mis du rouge sur ses lèvres et un peu plus de bleu autour des yeux que ce matin. Harry ne l'a jamais observée avec autant d'insistance. Elle prend conscience du regard appuyé, pince machinalement le lobe d'une oreille entre deux doigts, et sa parole se libère quand elle trouve l'anneau :

– J'ai remarqué que vous n'achetez que du vin rouge, dit-elle en attrapant la bouteille.

Elle remplit à moitié les verres et en tend un à Harry. Ils trinquent à Édouard, puis goûtent le vin.

– Excellent, dit Harry.

La jeune femme ne semble pas avoir un avis aussi tranché. Elle fait danser le liquide et boit une nouvelle gorgée. La trace de rouge à lèvres sur la paroi extérieure ressemble à une chenille endormie.

– Pas mal, dit-elle au bout d'un moment.

Harry attend qu'elle pose le verre.

– Je n'ai pas trouvé de fleuriste, dit-il en donnant le livre à Sofia.

– Merci !

– Ne vous sentez surtout pas obligée de le lire.

Elle fixe la couverture blanche. Harry tend le bras et arrête son geste au moment où elle s'apprête à ouvrir le livre.

– J'ai écrit une dédicace, je préfère que vous la lisiez plus tard, quand je serai parti.

– D'accord.

Elle pose *L'Aube noire* sur l'accoudoir, puis verse à nouveau du vin dans les verres.

– C'est la première fois que je lirai un livre en connaissant son auteur.

– J'espère que vous m'oublierez en le lisant.

Elle esquisse un sourire. De sa main libre, elle ramène une mèche derrière son oreille.

– De quoi parle ce livre ?

Harry boit une gorgée de vin. Voilà bien une question qui le met toujours dans l'embarras. Il a depuis longtemps abandonné le résumé classique et sans intérêt pour parvenir à l'essentiel :

– D'un homme seul qui ne sait pas communiquer avec les autres.

Sofia attend qu'il poursuive. Voyant que rien ne vient, elle dit :

– C'est tout.

– C'est beaucoup.

– Et le prochain ?

– Je n'écris pas en ce moment.

Elle hésite un instant, effleure du regard le livre.

– Vous êtes venu ici pour fuir celui-là.

Elle a mis juste ce qu'il faut d'intonation pour donner l'illusion d'une question. Harry fixe la bougie sur la table basse. L'extrémité de la flamme s'entortille comme un vilebrequin perforant la pénombre.

– On finit tous par fuir quelque chose, vous ne croyez pas, répond-il après un temps.

Sofia sourit tristement au reflet dans son verre.

– Ce qu'on fuit revient toujours se mettre un jour ou l'autre en travers de notre route, dit-elle.

Ce n'est pas Harry qui la démentirait. Il pense que le moment est venu, qu'il n'y en aura pas de meilleur.

– La photo sur votre bureau, j'ai reconnu l'endroit.

– Je me doute, dit Sofia en regardant Harry.

– Vous vouliez que je la voie, n'est-ce pas ?

– Peut-être.

Harry perçoit l'émotion chez la jeune femme. Elle se lève et quitte la pièce. Quelques secondes plus tard, elle revient en tenant la photo et se rassoit. De l'index, elle effleure la silhouette floue derrière la vitre. Ses yeux ne lâchent plus ceux de Harry.

– Je parie que le maire ne vous a pas parlé de lui.

– Il m'a parlé d'un guérisseur qui vivrait en face de chez moi, et qu'on n'aurait plus revu au village après la mort de sa mère.

– Rien d'autre ?

– Non.

– Quel salopard, s'emporte Sofia.

– À part la silhouette sur la photo, je ne sais même pas à quoi il ressemble vraiment.

– Ressemblait, dit-elle froidement.

– Comment ça, ressemblait ?

– Zachary est mort il y a près de six ans. C'est moi qui ai découvert son corps sans vie dans sa bergerie.

– Mort, répète Harry, incrédule, comme pour éprouver une seconde fois la puissance du mot.

Il saisit la photo des mains de Sofia et fixe l'image, répétant que ce n'est pas possible. Sofia l'observe calmement, comme s'il était censé répondre ça.

– Quelqu'un est entré chez moi en mon absence, je croyais que c'était lui.

La jeune femme se crispe.

– Vous devez vous tromper.

Elle pense qu'il fabule, que son imagination lui joue des tours, qu'il n'était pas préparé à l'isolement et à la solitude, se dit Harry. Tant pis, cette fois, il ira jusqu'au bout.

– J'entends des bruits qui viennent de la ferme. L'autre soir, je me suis même approché… j'ai vu quelque chose.

– Qu'est-ce que vous avez vu ?

– Je ne sais pas vraiment, c'était la nuit.

– Sûrement son chien qui traînait dans le coin.

– Son chien ?

– Celui que vous avez amené l'autre jour, c'était le chien de Zachary. Il doit faire un tour chez lui, de temps en temps.

– Non, l'endroit le terrorise, et puis la… créature était plus grande qu'un homme.

Sofia observe Harry comme s'il s'agissait d'un animal blessé dont elle évaluerait les plaies.

– Une créature, vous avez dû rêver.

– Non, je n'ai pas rêvé.

Harry n'en dit pas plus sur la chose au crâne monstrueux, peut-être que Sofia a raison. Il regarde encore la photo.

– Cet homme, il était quoi pour vous ?

Sofia fixe l'image dans la main de Harry.

– Je l'aimais, dit-elle.

Son émotion pèse sur le mot, qui se noie dans sa gorge. Elle inspire longuement et reprend :

– Je l'aimais et on me l'a enlevé.

– Qui vous l'a enlevé ?

– Je vais tout vous raconter, mais avant, il faut que je vous présente quelqu'un.

La jeune femme s'éclipse. Harry entend de nouveau une voix étouffée. Elle revient en guidant un enfant d'environ cinq ans par l'épaule, qui tient un ourson dans ses bras. Elle l'a tiré du sommeil. Il se frotte les yeux, regarde à peine Harry, visiblement pressé de regagner son lit.

– Voici Caleb.

Harry reste sans réaction. Le gamin est d'une grande beauté. Si un peintre voulait représenter un ange, il n'aurait qu'à le prendre pour modèle. L'enfant hoche timidement la tête.

– C'est qui, maman ?

– Harry, un ami que je voulais te présenter.

– Bonsoir, Caleb.

– Bonsoir, monsieur.

Le gamin regarde sa mère.

– Je peux retourner dans ma chambre, j'ai encore mal au ventre.

– Bien sûr, mon chéri. Si ça ne va pas mieux demain, on fera comme aujourd'hui, j'appellerai l'école pour les prévenir.

Sofia raccompagne son fils. Harry se la remémore consultant régulièrement son téléphone à la chapelle, évidemment pour vérifier que tout se passait bien en son absence. La lumière allumée puis éteinte au-dessus de la boutique, ce même dimanche matin, trouvait aussi une explication. Lorsque la jeune femme reparaît, il ne lui laisse pas le temps de s'asseoir.

– Vous vous êtes bien moquée de moi avec votre histoire de livraisons à la cantine de l'école, dit-il sans aucune agressivité.

– Je suis désolée, je m'en veux de vous avoir menti.

– Mais pourquoi ?

– Il était trop tôt pour tout vous révéler.

– Et maintenant, c'est le moment, parce que vous vous doutiez que je finirais par le croiser ?

– Pas seulement… Je ne pouvais plus attendre.

– Qu'est-ce que je dois penser ?

Sofia ne répond rien, elle s'installe près de Harry sur le canapé et lui prend la photo.

– C'est son portrait craché, n'est-ce pas.

Harry conduit lentement. Le brouillard s'est évanoui. Les étoiles ressemblent à des flocons en suspension et les paroles de Sofia tourbillonnent désormais autour de l'axe de sa confusion. La lumière des phares repousse l'obscurité, éclairant parfois le squelette provisoire d'un arbre débordant des congères. Harry a la sensation d'être un fragment vaporeux d'étoile détaché d'un coin de l'univers, mélangé aux flocons, qui percute le pare-brise. Il se prépare à un long voyage dont il ne connaît pas l'issue. L'image inaugurale, celle qu'il appelait de ses vœux. Une simple photo vient de lui révéler la raison profonde de sa présence ici. D'autres images suivront bientôt. Elles meubleront des vies qu'il n'a pas vécues, mais dont il lui reste pourtant la trace dans tous les rêves qu'il n'a pas encore faits. Toutes ces visions avec lesquelles Harry va devoir composer, puisqu'il n'a plus le choix, maintenant que Sofia lui a confié ce qu'elle a sur le cœur, et qu'il l'a écoutée. Là où elle voulait en venir, depuis le début. Une boucle d'éternité piégée dans un instant.

Harry porte désormais le destin de Zachary et la tragédie conduisant à sa mort. Des souvenirs enfiévrés tracent les premiers contours de l'histoire, faisant fondre la neige, pour que soient mis à nu la terre et le corps qu'elle porte. Harry sait que Sofia lui a parlé afin de partager son impuissance, ce poids si lourd pour elle seule, qu'un enfant ne saurait alléger qu'en partie. Il n'en veut pas à la jeune femme, qui le considère sûrement comme son dernier espoir. Elle pense que lui seul est en mesure de rendre une justice dont on a privé l'homme qu'elle aimait, qu'il trouvera des mots tranchants pour assouvir sa vengeance, qu'il ne la trahira pas. Harry le lui a laissé croire, mais il y a ces ombres qui prolongent l'histoire, tout ce qu'il reste à apprendre des yeux d'une mésange posée sur le rebord d'une fenêtre.

De l'autre côté du pare-brise, des particules indéterminées flottent maintenant dans son regard comme autant de points à relier pour mettre en forme le récit. Harry se souvient de ce journaliste qui, lors d'une interview, avait demandé pourquoi il écrivait. Sans même réfléchir, il avait répondu : « Pour être un oiseau. » Il aurait tout aussi bien pu dire un chat, un grain de sable, une libellule, une renoncule, un caillou, une femme… ou un flocon, mais il avait dit un oiseau.

Harry progresse sur la route immaculée. Il roule vers une suite de mots incandescents qui s'enflamment mutuellement. Roule au-devant d'une vie éteinte rallumée par ces mots. Ne reste qu'à changer quelques noms pour mieux apprivoiser les ombres. Le premier qui lui vient pour rendre hommage à Zachary, conjurer la malédiction, est celui de son propre fils. Caleb.

Il roule.

Là-bas, derrière sa fenêtre, un fantôme observe l'arrivée d'un étranger. Harry s'apprête à raviver le feu dans le fourneau. Le chien ne l'attend pas encore dans la cour. La veste en peau de mouton repose dans le grenier sur un cintre. La créature s'est déjà réveillée et remonte du puits. Une mère redoute l'arrivée d'un vagabond. Une jeune femme jette un sortilège dans un lit de fétuques qu'elle traverse en dansant. Un gamin dort paisiblement, ne sachant rien de son sang que sa grand-mère disait corrompu. Des hommes et des femmes prennent place sur la scène, et beaucoup sont coupables. La mésange sautille en piétinant les ombres. La neige blanche endeuille l'aube noire.

Pour la première fois, Harry a le sentiment d'appartenir à ce pays, maintenant qu'il a accepté de croire aux fantômes qui le peuplent.

Il a enfin retrouvé le doute sublime qui l'efface et l'invente.

Par les mots et la grâce des mots, par ce qu'il voit, par ce qu'il sent, et qui devient.

Qui devient…

Le gras du ciel libère d'épais flocons qui nappent peu à peu la nature endormie. Perchée sur le rebord de la fenêtre, une mésange bleue, que l'on dirait ornée d'un loup de carnaval, observe son reflet. À moins qu'elle ne regarde l'être aux plumes ternes de l'autre côté de la vitre, menant à sa bouche sans bec une étrange brindille au bout incandescent d'où sort une pâle fumée. Une paire de pattes le fait tenir debout, et une autre lui sert à saisir des choses que l'oiseau ne sait pas nommer ;

et d'une de ces choses, la plus terrifiante de toutes, il a même vu jaillir un éclair dans un bruit de tonnerre et aussitôt dégringoler un pigeon du haut d'un chêne. En revanche, la mésange n'a jamais vu de telles pattes soulever l'homme de terre pour l'emmener ailleurs.

Caleb observe la mésange qu'ébouriffe la brise…

Paul

Le carton est posé sur le siège passager. La corne évidée en dépasse et les crayons s'entrechoquent quand la voiture démarre. Arrivé au portail, Paul hésite un instant sur la direction à prendre, puis tourne à droite, à l'opposé du village et de l'autoroute qui mène chez lui, à cinq cents kilomètres d'ici. Il avance au ralenti et passe devant le portail ouvert, coincé entre les deux cyprès éventrés sous le poids de la neige, donnant sur la cour et la maison de Zachary. Rien n'a changé.

Paul continue, longe la bergerie et le bassin accolé au bâtiment, semblable au bénitier d'une église vouée au seul recueillement des bêtes. Un fil d'eau dépasse du tuyau en cuivre, scintille, comme éclairé de l'intérieur par une lumière issue des profondeurs de la terre. Constructions insignifiantes perdues dans le vaste alentour pâle de l'hiver, jusqu'au ciel qui se refuse à donner du relief aux choses terrestres, jusqu'au ciel qui gangrène tout, jusqu'au ciel qui refoule la neige. Jusqu'au ciel, immense et vide.

Paul était simplement venu mettre les choses en ordre dans la maison, signer quelques papiers et repartir au plus vite sans rencontrer l'acheteur. Une force le pousse à faire demi-tour en direction de la ferme de Zachary et une autre lui enjoint de poursuivre sa route. La première s'avère la plus puissante, celle qui rebrousse la mémoire, l'abreuvant de remords, celle qui fait maintenant taire les crayons dans la corne évidée.

Le vent caresse la voiture. Paul aperçoit la lisière de chênes américains. Son regard fabrique le feuillage et le teinte d'un rouge profond. Tout ce qu'il avait cru oublier en s'éloignant et en fondant sa propre famille vole en éclats, pulvérisé par ces arbres gigantesques aux branches prosternées sur un corps immobile porté par le regain. Un corps dont l'oubli et la terre ne veulent pas. Ce corps que Paul n'abandonnera pas une seconde fois, au risque de laisser sa folie ramener un cadavre à la vie. Sa femme et sa fille attendront qu'il aide Zachary à se relever, à traverser le pré, le temps de dénouer les cordes tressées en armes, afin de pendre une douleur qui ne lui appartient pas. Il sait bien qu'un mort ne peut rien pardonner, mais il espère qu'un fantôme y parviendra. Ce fantôme. Il l'aidera même à traverser la cour, le soignera et ne repartira qu'une fois le fantôme guéri. Personne ne doit savoir qu'il reste encore un peu au Bélier, surtout pas les autres. Il fera en sorte de décourager les éventuels curieux, s'il venait à s'en aventurer en ce lieu que tout le monde croit maudit.

Les crayons s'entrechoquent de nouveau dans la corne quand Paul enclenche la marche arrière, recule sur quelques dizaines de mètres et entre dans la cour. Il cache la voiture dans une grange. Pendant qu'il efface les traces de roues, une étrange musique semble l'appeler. Il en cherche la source et se fige dès qu'il la trouve. Son sang se glace. Le vent n'est plus seulement une caresse, il s'épanche dans les orbites, la fosse nasale et la gueule entrouverte d'un crâne de bélier fiché sur un piquet. Passé un moment de frayeur, Paul se dit qu'il vient de faire connaissance avec un premier allié, puis rejoint la maison. La porte n'est pas verrouillée. Paul pénètre à l'intérieur. Dehors, le vent s'est tu et, par-delà la combe enneigée, un chien hurle à la mort. Les volets sont ouverts et une douce lumière entre par les fenêtres. Une forme se tient assise sur une chaise près de la cuisinière, dos à l'entrée. Paul n'a pas peur, et quand la voix monte, il ne saurait lui donner d'âge, mais il la reconnaît :

Qu'est-ce que tu fiches ici ? Si tu as des regrets, c'est trop tard et ça sert plus à rien. Dire que je peux même pas t'empêcher d'entrer. Je suis étonné que tu ne partes pas en courant. T'étais pas le plus courageux de la bande, sûrement le moins con, mais ça non plus ça sert pas à grand-chose, bien au contraire.

Alors comme ça, tu veux t'inviter un moment chez

moi. Dans ce cas, il va falloir me rendre un service. Tu me dois bien ça. Débrouille-toi pour retourner récupérer ma veste, j'y tiens. Moi, je peux pas, tout me glisse entre les doigts, forcément. Ma dent, c'est plus la peine d'aller gratter la terre pour la retrouver, j'en ai fait le deuil.

J'imagine que la tête de bélier a dû te ficher une belle frousse, quand tu l'as vue dans la cour. C'est comme un genre de monument aux morts que j'utilise pour faire peur à ceux qui voudraient s'approcher de trop près. Évite d'y toucher, ça te porterait malheur.

Et rentre ou sors, mais ferme-moi cette porte, la maison craint les courants d'air et le feu s'est éteint depuis longtemps.

ÉPILOGUE

Mon cher ami,

Nous savons tous les deux que le verbe naissant vaut mieux que celui qu'on recycle.
Peu importe le prix à payer.
Tu as écrit…
… Pour la mésange bleue,
Pour l'homme derrière la vitre, honorer sa mémoire,
Pour la mère de cet homme, ses gestes ensorcelants et sa parole éteinte,
Pour un vagabond et une ombre accrochée à son ombre, jetés au fond d'un puits,
Pour une fille venue cogner à la porte d'un mourant, et qui n'en savait rien,
Pour leur enfant,
Pour clouer les coupables à la porte d'une grange,
Pour un vieil homme pendu au désespoir,
Pour un bélier sacrifié, et maintenant ressuscité,
Pour un oiseau de nuit effleurant un tapis de cendres,

Pour un chien déchirant de ses cris les couches d'obscurité,
Pour ton père qui ne survivra peut-être pas à la prochaine attaque,
Pour ta mère qui croyait arrêter le temps en t'offrant une montre,
Pour une femme qui guettait ta promesse,
Pour ceux qui sont partis et reviendront toujours,
Pour tous les invaincus,
Pour ceux qui ont tracé la voie,
Pour le loup marchant dans la steppe enneigée,
Pour cette nuit éclaboussée d'étoiles, semblable à la robe d'un mage,
Pour une éternité, échapper à la mort,
Pour ce que tu ne savais pas et ne sauras jamais,
Pour l'invraisemblable vérité, elle t'appartient,
Pour l'homme peuplé que tu es devenu.
Nul ne sait quand nous nous reverrons.
Moi qui sais les ailleurs où s'enchâsse ton âme, moi qui ai encore tant de noms à t'offrir, je ne signerai pas.

À Sofia

Parce qu'il y a parfois des lieux parfaits
pour se libérer des malédictions
et guetter une nouvelle promesse.

Harry

DU MÊME AUTEUR

Romans

L'ENTOMOLOGISTE, éditions Lucien Souny, 2007.

VAGABOND, Écorce, 2013.

PUR SANG, Écorce, 2014.

GROSSIR LE CIEL, La Manufacture de livres, 2014.

PLATEAU, La Manufacture de livres, 2016.

GLAISE, La Manufacture de livres, 2017.

NÉ D'AUCUNE FEMME, La Manufacture de livres, 2019.

ORPHELINES, Moissons noires, 2020.

BUVEURS DE VENT, éditions Albin Michel, 2020.

Composition : Nord Compo
Impression : CPI Firmin-Didot en avril 2022
Éditions Albin Michel
22, rue Huyghens, 75014 Paris
www.albin-michel.fr
ISBN : 978-2-226-46573-3
N° d'édition : 24622/01 – N° d'impression : 169578
Dépôt légal : août 2022
Imprimé en France